译文纪实

THE HOT ZONE

Richard Preston

[美]理查德·普雷斯顿 著　　姚向辉 译

血疫

上海译文出版社

献给小弗雷德里克·德兰诺·格兰特

所有认识他的人无不敬佩他

本书描述的事件介于 1967 年到 1993 年间。本书提到的病毒的潜伏期均短于二十四天。在潜伏期之外，这些病毒的感染者和接触过感染者的人都不可能再感染或传播这些病毒。本书中提到的所有在世人员均未罹患可传染的疾病。除非用实验室器材通过特殊方法冻干保存，否则这些病毒都不可能独立生存超过十天。因此，本书提到的雷斯顿和华盛顿特区的所有地点均无感染性，也绝无危险。

第二位天使把碗倒在海里，海就变成血，好像死人的血。

——《启示录》

致读者

　　这是一本纪实作品。故事是真实的，人物也一样。笔者偶尔更改角色的姓名，例如"夏尔·莫内"或"彼得·卡迪奈尔"。更改姓名时，笔者会在文中说明。

　　书中对话来自当事人的回忆，经过了多方交叉印证。在故事中的某些时刻，笔者描述了人物的心理活动。描述基于笔者与当事人的访谈，当事人在访谈中多次重复回忆他们当时的想法，事后在核对事实的会谈中，当事人也确认了这些回忆。假如你问一个人："您当时在想什么？"比起小说家有可能创作出的心理活动，你得到的答案通常会更加丰富，更能揭示一个人的处境。笔者想看透人们的面容，直窥他们的心灵，聆听他们的言辞，进入他们的生活；在那里，笔者见到的事物远超想象。

理查德·普雷斯顿

目　录

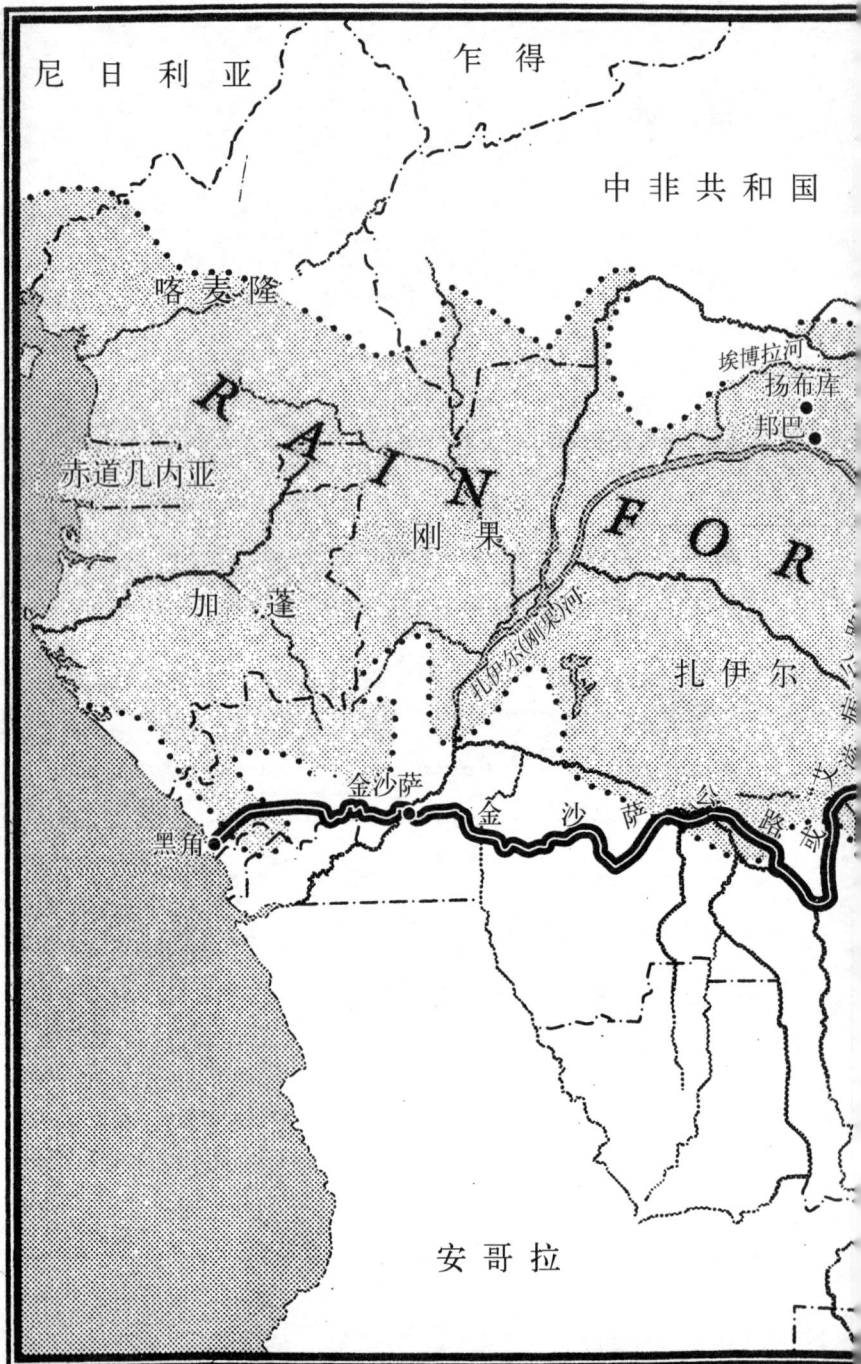

尼日利亚　　　　乍得

中非共和国

喀麦隆

R A I N F O R

埃博拉河
扬布库
邦巴

赤道几内亚

刚果

加　蓬

扎伊尔

刚果河

金沙萨

金　沙　萨　公　路

黑角

安哥拉

埃塞俄比亚

苏 丹

马里迪

墨扎拉

乌 干 达

肯 尼 亚

西非
大裂谷

埃尔贡山

奇塔姆洞

东非
大裂谷

基桑加尼

恩德培

恩佐亚河

卡森塞罗

塞苏木

内罗毕

T

卢旺达

基加利

塞塞群岛

维多利亚湖

布琼布拉

布隆迪

乞力马扎罗山

蒙巴萨

坦 桑 尼 亚

达累斯萨拉姆

赞 比 亚

莫桑比克

马拉维

疫区未经授权不得进入

请将通行卡放于感应器上打开此门

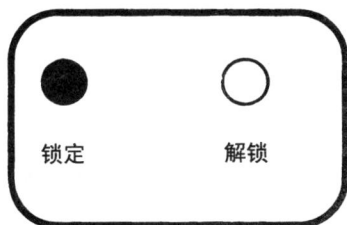

锁定　　　　　　解锁

处理中⋯⋯

进入前请消毒⋯⋯

AA－5套房

研究者：

南希·杰克斯上校

病原体：

未知

处理进行

生物安全级别

0

房间上锁

性别：
女

脱除一切皮肤接触物：
衣服，戒指，隐形眼镜，等等。
换上无菌手术服。

进入前请消毒……

生物安全级别

2

注意：
紫外线照射

生物安全级别

3

整备室

警报器：
启用中

密封防护服：
准备

注意

生物危害

生物安全级别

4

气闭门/消毒喷头

请务必穿密封防护服进入

请输入通行密码

进入前请消毒……

第一部

埃尔贡山的阴影

森林魔影

1980 年，元旦

夏尔·莫内离群索居。这位法国人独居的小木屋位于恩佐亚糖厂的私有土地之内。这片种植园位于肯尼亚西部，沿恩佐亚河而建，能看见埃尔贡山的雄姿。埃尔贡山，这座孤零零的巨大死火山紧邻大裂谷，高一万四千英尺。莫内的过往不为人知。和许多最后在非洲落脚的外来者一样，很难说清他究竟为何而来。也许他在法国惹了麻烦，也许是肯尼亚的美丽吸引了他。他是业余的博物学家，喜爱鸟类和兽类，但不怎么喜欢人。他五十六岁，中等身高，中等身材，有一头光滑的棕色直发，算是相貌堂堂。他的密友仅限于埃尔贡山周围村镇里的女人，但医生前来调查他的死因时，她们也记不起他的多少情况。他的工作是维护糖厂的抽水机械，这些设备从恩佐亚河抽水，送去灌溉绵延数英里的甘蔗田。据说白天的大部分时间他都待在河畔的泵房里，他似乎喜欢听着轰鸣声看机械运转。

对他这种病例来说，细节往往难以确定。医生记得临床症状，因为只要见过人体感染生物安全4级微生物后的结果，就永远也不可能忘记；这些症状一个接一个堆积起来，直到最终吞没被压在最底下的那个人。夏尔·莫内病例里既有冰冷的临床数据，又有恐怖的直观画面，触目惊心得能让我们倒退几步，猛眨眼睛，就像见到了变色的异域太阳。

1979 年夏天，莫内来到这个国家，当时导致艾滋病的人类免疫缺损病毒（HIV）最终从非洲中部的雨林向外爆发，开始了折磨人类的漫长征程。艾滋病这道阴影已经落在了人类头上，但此时人们还不知道它的存在。它沿着金沙萨公路悄悄蔓延，这条公路自东而西横贯非洲大陆，在埃尔贡山的视野范围内经过维多利亚湖。HIV 是一种生物安全 2 级的微生物，高度致命，但传染性并不强。它不容易在人与人之间传播，也无法通过空气传播。你不需要穿生化防护服去处理感染 HIV 的血样。

工作日里，莫内在泵房辛勤劳作；每逢周末和节假日，他就去糖厂附近的林区游玩。他会带些食物撒在地上，看着鸟类和兽类来吃。他会一动不动地坐在那里观察动物。认识他的人回忆说他尤其喜欢野生猴子，他有特别的办法与它们相处；说他会拿着一块食物坐在那里等猴子接近，猴子会就着他的手吃东西。

到了晚上，他总是待在住处。他有个叫约翰妮的管家，负责打扫卫生和做饭。他在自学如何辨别非洲鸟类。他家附近的一棵树上栖息着一群织布鸟，他花了不少时间观察它们建造和修补袋状鸟巢。据说圣诞节前后的某一天，他带着一只病鸟回家，鸟死在他家里，很可能就死在他的手中。那也许是一只织布鸟——但没有人可以确定，它也许死于某种生物安全 4 级的病毒——还是没有人可以确定。他还和一只鸦类结下友情。那是一只非洲白颈鸦，非洲常有人把这种黑白羽色的鸟儿驯养成宠物。这只白颈鸦友善而聪慧，喜欢停在莫内住处的屋顶上，望着他进进出出。白颈鸦要是饿了，会落在游廊上，走进室内，莫内就用桌上的小块食物喂它。

每天早晨，他穿过甘蔗田步行去上班，这段路有两英里。那年圣诞节前，工人烧过田地，所以地里焦黑一片。越过焦黑的土地向北望去，他能看见二十五英里外的埃尔贡山。随着气候与阴晴、雨水和阳光的不同，山峰每时每刻都在改变面貌，这是非洲光线的奇景。黎明时分，埃尔贡山是彼此交错的许多灰色岭脊，笼罩在雾气之中，只露出最顶端的两个峰顶，那是火山口被侵蚀后剩下的残骸。太阳升起，山峰披上银光闪闪的绿色，那是埃尔贡山雨林的色彩；太阳继续行进，云层渐渐出现，挡住山峰。下午临近日落，云层变厚，聚集成雷暴云砧，电光闪烁，但听不见雷声。云层底端是炭黑色，但顶端伸向高空的部分却犹如羽毛，在落日映照下发出暗橙色的辉光，云层上方的天空是深蓝色，几颗热带星辰闪闪发亮。

他有几个女性朋友住在埃尔贡山东南的埃尔多雷特镇上，那里普遍贫穷，人们住在木板和铁皮搭建的棚屋里。他给这些女性朋友钱，作为回报，她们当然乐于"爱"他。圣诞节假期前，他定下计划去埃尔贡山野营，邀请了埃尔多雷特的一个女人做伴，但没有人记得她叫什么名字。

莫内和女性朋友开着路虎驶上笔直的红土道路，这条路通往恩德贝斯断崖，火山口东侧的壮观悬崖。路面铺着红如鲜血的火山灰。两人爬上火山口的外沿，穿过玉米田和咖啡树种植园后是放牧的草场。这条路经过英国殖民时代的农庄，成排的蓝桉树遮住了半倒塌的古老屋舍。他们爬得越来越高，气温也越来越低，冠雕拍打着翅膀飞出雪松树。很少有游客来埃尔贡山，因此莫内和他的朋友多半开着这条路上唯一的车辆，但路上有成群结队的步行者：在山麓低处耕种的小农庄的村民。他们接近了埃尔贡山雨林的参差边缘，开过大大小小的零星树丛；他们经过埃尔贡山旅店，英国人在 20 世纪初修建了这家旅馆，现在年久失修，墙壁开裂，涂料因为日晒雨淋而剥落。

埃尔贡山坐落于乌干达和肯尼亚的边境，离苏丹也不远。这座山的雨林位于非洲中部，是个生物孤岛，它耸立于干燥的平原地带，与外界隔绝，方圆五十英里的土地上覆盖着树木、竹子和高山沼泽。它就像中非洲背脊上的一个骨节。火山于七百万年到一千万年前隆起，曾经猛烈喷发岩浆和火山灰，数次彻底毁灭山坡上的森林植被，直到最后堆积到可观的高度。在被侵蚀之前，埃尔贡山曾经是非洲最高的山峰，比现在的乞力马扎罗山还要高。从面积上说，它目前仍旧是非洲最广阔的山峰。太阳升起时，埃尔贡山的阴影投向西方，深入乌干达的国境，太阳落下时，阴影向东进入肯尼亚。在埃尔贡山的阴影中，散落着村镇和城市，居住着各种部落的人口，其中包括埃尔贡马萨伊人①，这些游牧民族来自北方，几百年前围绕埃尔贡山定居下来，以养牛为生。低处的山坡常年细雨蒙蒙，空气清凉新鲜，火山土壤适合玉米种植。村镇环绕火山而建，人类定居点犹如圆环，圆环向山坡上的森林不停收拢，仿佛扼杀山区自然生态的绞索。森林被砍伐清除，树木变成木柴，为放牧区域腾出空间，大象逐渐消失。

埃尔贡山有一小部分是国家公园。莫内和朋友在公园门口停车，缴纳入场费。有一只猴子（或是狒狒，但谁也记不清了）经常在门口

---

① 马萨伊人（Masai/Maasai）：东非游牧民族，人口近九十万，主要活动范围在肯尼亚南部及坦桑尼亚的北部。——译者

附近逗留，期待游客的施舍，莫内用香蕉引诱它坐上自己的肩膀。朋友见状大笑，两人在那里一动不动，静等猴子吃完食物。他们向山上开了一小段，在延伸向溪流的缓坡上找到一片湿草地扎营。小溪汨汨淌出雨林，被火山灰染成了不寻常的乳白色。青草被非洲水牛啃得很短，成堆的牛粪处处可见。

埃尔贡雨林耸立于营地四周，通体瘤节的非洲橄榄树交织成网，挂满了苔藓和攀援植物，点缀着对人类有毒的黑色橄榄果。他们听见猴子在树上抢食的声音，听见昆虫的嗡鸣，时不时还有某种猴子"哈、哈"叫喊——那是非洲疣猴，时而有一只从树上下来，匆匆穿过帐篷附近的草地，用机敏的眼睛警觉地打量两人。非洲橄榄鸽成群结队飞出树丛，俯冲向下，速度快得惊人，这是它们躲避鬣鹰的求生策略，鬣鹰会从高处扑向橄榄鸽，在半空中将它们撕碎。这里有樟树、柚树、非洲雪松和红臭木，偶尔还有深绿色的蘑菇状树冠突出林冠层——那是罗汉松，或称"波多树"，非洲最高大的树种，能和加州红杉相提并论。当时山上还活着几千只大象，你能听见它们在林间走动、剥下树皮和折断树枝。

午后，就像埃尔贡山最常见的日子，天开始下雨，莫内和朋友只能留在帐篷里，伴着雷雨敲打帆布的声音，他们也许做了爱。天渐渐黑了；雨也逐渐停歇。两人生火做饭。新年夜，他们也许开香槟庆贺了一番。和平时一样，乌云在几小时内慢慢散去，火山是银河下的一团庞然黑影。午夜时分，莫内也许站在草地上仰望星空，因为喝了香槟，所以脚步有点跟跄。

元旦，早餐后不久——那是个冷冽的清晨，气温只有华氏四十多度，草地湿冷——两人沿着泥泞的道路驱车上山，在奇塔姆洞下方的小山谷内停车。两人踏着象群沿小溪踩出的足迹，顺着山谷向上走，穿过丛生的橄榄树和茂密的草地。两人时刻留意非洲水牛，在森林里遇到这种动物是很危险的。洞口位于山谷顶端，溪流在那里形成一道瀑布。象群的足迹到洞口向内延伸。莫内和朋友在洞里度过了元旦一整天。多半又下过雨，两人在洞口一坐就是几个小时，望着溪水如纱帘般垂落。他们眺望山谷，寻找大象的影踪，看见蹄兔（毛茸茸的动物，大小和土拨鼠相仿）跑上跑下洞口的山岩。

象群会在夜间进入奇塔姆洞，获取矿物质和盐分。在平原地区，大象很容易在硬土层和干涸的水坑里找到盐分，但在热带雨林，盐分是稀缺资源。岩洞很大，足够容纳七十头大象。象群在岩洞里过夜，站着睡觉，用长牙凿开岩石，把石块从岩壁上挖下来，嚼成碎屑吞下去。洞穴内外的大象粪便里满是碎石。

莫内和朋友有手电筒，两人走进洞里，想知道岩洞通往何处。洞口很大，宽达五十五码，里面比洞口还要开阔。他们经过一片平地，脚下满是干燥成粉状的大象粪便，两人行进时搅起了团团烟尘。光线越来越暗，地势上升，变成一连串的岩架，上面覆盖着绿色黏液。洞顶栖息着以植物为生的果蝠群落，黏液是果蝠的排泄物。

蝙蝠呼啸着飞出巢穴，穿梭于两人的手电光束之间，绕着他们的头部盘旋，发出尖锐的叫声。灯光惊扰了蝙蝠，更多的蝙蝠醒来。几百只仿佛红色宝石的蝙蝠眼睛在洞顶俯视他们。蝙蝠的叫声犹如波涛，在洞顶蔓延回荡，那是一种短促而刺耳的声音，就像许多扇门轴干涩的小门同时打开。这时他们看见了奇塔姆洞里最壮美的景色。这个洞穴是一片石化了的雨林。岩壁和洞顶戳出许多矿物质化的树干，有柚树，有罗汉松，有常绿植物。七百万年前，埃尔贡山的一次爆发用火山灰淹埋了整片雨林；树干转化成了蛋白石和硅石，周围还有结晶体环绕——白色针尖状的矿物质生长在岩壁上。晶体尖锐如注射器针头，在灯光下闪烁寒光。

莫内和朋友在洞里漫步，用手电筒照亮石化的雨林。他有没有去摸石化的树干，被结晶体刺破手指？两人看见岩壁和洞顶戳出石化的骨头，有鳄鱼，有古河马和象类的远祖。树干之间的蛛网上挂着蜘蛛，它们以飞蛾和昆虫为食。

他们走上一段缓坡，洞穴到这里宽达一百多码，超过了橄榄球场的长度。他们看见一条地缝，用手电向下照。底下有些不寻常的东西：成堆的灰色和棕色的物体。那是小象已经木乃伊化的尸体。象群在夜间走过岩洞，凭借触觉导向，用长鼻的顶端探路。时常有小象掉进那条地缝。

莫内和朋友走向岩洞深处，爬下一段坡道，最后来到一根支撑洞顶的石柱前。石柱上满是劈痕和沟槽，那是象牙凿出的印记。象群若是继续在石柱底部挖掘，石柱最后肯定会崩塌，洞顶也会随之塌陷。两人在洞穴深处见到了另一根石柱，这根已经坍塌。石柱上方挂着许多蝙蝠，它们的黑色排泄物覆盖了石柱。这些蝙蝠以昆虫为食，排泄物是消化后的残渣。莫内会不会摸到了排泄物？

埃尔贡山的那趟旅行后，莫内的朋友消失了好几年，之后突然在蒙巴萨的一家酒吧里出现，她在那里卖淫。一位调查过莫内病例的肯尼亚医生在那家酒吧喝啤酒，无所事事地和她攀谈起来，说着说着提到了莫内。女人突然说："我知道他。我从肯尼亚西部来。和夏尔·莫内在一起的那女人就是我。"医生震惊了，刚开始还不敢相信，但她讲述的详实细节最终说服了他。那次碰面后，她再次消失在蒙巴萨的拥挤街巷中，现在很可能已经死于艾滋病了。

夏尔·莫内回糖厂泵房上班。每天步行穿过焦黑的甘蔗田时，他无疑会抬头欣赏埃尔贡山的风景，哪怕重重乌云掩盖了山巅，他应该仍旧能感觉到它的吸引力，就像某个无形星球的重力。另一方面，有某种生命体在莫内体内自我复制。它以夏尔·莫内的身体为宿主，正在拼命繁衍。

通常来说，接触这种病毒后的第七天，患者会开始头疼。元旦探访奇塔姆洞后的第七天，也就是 1980 年 1 月 8 日，莫内感觉到眼珠后阵阵隐痛。他决定请假，在家休息一天。头疼越来越严重。眼珠疼痛，太阳穴也开始痛，疼痛像是在脑袋里盘旋。阿司匹林不管用，紧接着他的背部开始剧痛。管家约翰妮还在度圣诞假，所以他找了个人临时帮忙。她尽力照顾莫内，但不知道如何着手。头疼后第三天，他开始恶心、高烧和呕吐。呕吐越来越严重，最后变成干呕。这时候，他整个人很奇怪地变得冷漠迟钝。面部失去了所有活力，变成一张毫无表情的假面，眼珠像麻痹了似的呆滞瞪视。眼皮微微耷拉，仿佛一方面眼珠想要弹出来，另一方面眼睛又快要闭上了。眼珠本身似乎凝固在眼窝里，而且变成了鲜红色。面部皮肤发黄，有显眼的星状红斑。他越来越像一具僵尸。这副模样吓坏了临时管家。她不明白这个人为何会变成这样。他的个性随之改变，越来越阴沉易怒，记忆也好像消失殆尽。他没有失去神智，能够回答问题，但似乎不清楚自己身处何方。

莫内几天没去上班，同事们开始担心他，于是去他家看他是否安好。黑白羽色的乌鸦在屋顶上望着他们进屋。他们见到莫内，认为他必须去医院。他病得太厉害，无法驾车，因此同事送他去了维多利亚湖畔基苏木镇的一家私立医院。医生做完检查，无法解释他的眼睛、面部和思维为什么会变成这样。医生估计或许是某种细菌感染，给他注射了抗生素，但无济于事。

医生认为他应该去内罗毕医院，那是东部非洲最好的私立医院。电话系统不怎么管用，况且也没必要费神通知对方说有人要来看病。莫内还能走路，单独旅行似乎不成问题。他有钱，他明白他必须去内罗毕。大家送他上出租车去机场，他搭上肯尼亚航空的一个航班。

来自热带雨林的危险病毒，可在二十四小时内乘飞机抵达地球上的任何城市。航空线路连接了全世界的所有城市，构成网络。病毒进入网络后，一日之间就能来到飞机抵达的任何城市：巴黎、东京、纽约、洛杉矶。夏尔·莫内带着他体内的那种生物进入了这个网络。

他搭乘的是螺旋桨驱动的福克友谊飞机，这架通勤小型机的额定乘员为三十五人。飞机发动引擎，飞过维多利亚湖，湛蓝的湖水波光闪烁，点缀着渔民的独木舟。友谊号转向东方，越过遍布茶园和小农庄的绿色丘陵。非洲的通勤航班通常总是满员，这家航班多半也不例外。飞机飞过森林条带，飞过扎堆修建的圆形茅草屋，飞过铁皮屋顶的村庄。地势陡降，变成岩架和沟壑，颜色也从绿色变成棕色。飞机正在越过东非大裂谷。乘客望着窗外的人类诞生地，看见一圈圈的刺灌丛里有星星点点的茅草屋，牛只踏出的小径从茅草屋向外辐射。螺旋桨隆隆轰鸣，友谊号经过云街，也就是裂谷上空的蓬松积云，机身随之抖动摇晃。莫内晕机了。

通勤航班的座位狭小而拥挤，机舱里无论发生什么你都会注意到。机舱密闭，空气循环流通。要是有什么异味，你立刻会觉察。你不可能看不见一个病恹恹的男人。他蜷缩在座位上。他有点不对劲，但你说不清究竟出了什么问题。

他用晕机袋捂着嘴，从肺部深处咳嗽，把某些东西呕进口袋。口袋渐渐鼓起来。他也许环顾四周，你看见他的嘴唇上沾着混有黑色斑块的红色黏液，就好像在嚼咖啡渣。他的双眼颜色仿佛红宝石，脸上毫无表情，遍布瘀伤。几天前开始出现的星状红斑已经扩散，合并成了大块的紫色团块：他的整个头部都变成了黑色和青色。面部肌肉在下垂，结缔组织在消融，一张脸像是挂在底下的骨头上，仿佛面部正在逐渐脱离颅骨。他张开嘴，向口袋里呕吐，吐个没完没了——呕吐确实不会停止，他的胃部早就空了，但他还在不停吐出液体。充满晕机袋的东西名叫"vomito negro"，也就是"黑色呕吐物"。黑色呕吐物并不完全是黑的，液体有两种颜色：犹如沥青的黑色颗粒混在鲜红色的动脉血里。这是内出血，气味仿佛屠宰场。黑色呕吐物满载病毒，感染性极强，高度致命，能吓得军方的生物危害专家魂不附体。黑色呕吐物的气味弥漫在机舱里。晕机袋装满了，莫内合上口袋，卷起袋沿。口袋鼓胀，泡得发软，有可能被撑破，他把口袋递给乘务员。

危险病毒在宿主体内增殖时，病毒粒子会渗透进入身体从大脑到皮肤的每一个部分。军方专家日后会说病毒经历了"极度扩增"。这可不是普通感冒之类的东西。极度扩增到最高峰，一滴眼药水大小的患者血液内就有数以亿计的病毒粒子。换句话说，占领宿主躯体的生物体正企图将宿主转化成它本身。然而，转化过程不完全成功，结果制造出混有病毒的大量液化血肉，算是一种生物事故。在莫内体内发生的就是所谓的极度扩增，其外在表现正是黑色呕吐物。

他整个人显得很僵硬，像是动一动就会扯断体内的什么东西。他的血液正在凝结：血流载着血液凝块，凝块在身体各处淤积：肝脏、肾脏、肺部、双手、双脚、大脑里全塞满了凝固的血块。简而言之，他的整个身体都在"中风"。凝块在肠平滑肌内堆积，切断了肠子的供血。肠平滑肌逐渐坏死，肠子开始变黑。他不再能完全感觉到疼痛了，因为在大脑内堆积的血液凝块正在阻断血流。脑损伤抹除了他的人格。这是所谓的"人格解体"，生命活力和性格特质渐渐消失。他慢慢变成了机器人。大脑里的小块组织正在液化。意识的高级功能首先磨灭，只剩下脑干深处的区域（原始的"鼠脑"、"蜥蜴脑"）还有活力，仍在工作。不妨这么说：夏尔·莫内的灵魂已经死了，只有他的肉身依然活着。

呕吐发作似乎挣破了鼻腔血管，他开始流鼻血。没有凝块的鲜红色动脉血淌出两侧鼻孔，滴在牙齿和下巴上。血怎么都止不住，因为凝血因子已经耗尽。乘务员递给他一把纸巾，他拿来堵住鼻孔，但血液无法凝结，纸巾很快被泡透了。

坐飞机的时候，邻座若是突然发病，你肯定不会招呼别人来看，免得害得他难堪。你会对自己说，这个人会好起来的。也许他只是不习惯乘飞机呢？他晕机，可怜的家伙，再说飞机上经常有人流鼻血，空气那么干燥而稀薄……你会压低声音问他要不要帮忙。他没有回答，顶多嘟囔了几个你听不懂的字眼，因此你决定视而不见，只是飞机似乎怎么都不肯落地。乘务员或许也问了他要不要帮忙，但感染了这类致命病毒，患者的行为会出现变化，让他们无法对好意做出反应。他们变得充满敌意，不愿意被人触碰。他们似乎没法好好说话。他们报得出自己的姓名，但说不出今天是星期几，也无法说清自己究竟发生了什么。

友谊号穿过云层，顺着大裂谷翱翔，莫内瘫坐在座位里，似乎在打瞌睡……也许有乘客怀疑他是不是死了。不，不，他没死。他在动。红色的眼睛睁开了，眼珠稍微转了转。

时间到了傍晚，太阳落在大裂谷以西的山岭背后，向四面八方投射光束，仿佛太阳在赤道上撞得粉碎。友谊号缓缓转弯，朝着裂谷东侧的峭壁飞去。地势越来越高，颜色从棕色回到绿色。恩贡山出现在右侧机翼下，飞机开始降落，掠过能看见斑马和长颈鹿的稀树草原。一分钟后，飞机在乔莫·肯雅塔国际机场降落。莫内动了动。他还能走路。他站起身，鲜血滴落。他走下舷梯，踏上停机坪。他的衬衫染满血污。他没有行李。他的行李全在体内，是大量增殖后的无数病毒。莫内已经变成了人体病毒炸弹。他慢慢走进航站楼，穿过建筑物，来到出租车聚集的弯道上。出租车司机包围了他——"要车吗?""要车吗?"

"内罗毕……医院，"他喃喃道。

其中一名司机搀扶他上车。内罗毕的出租车司机喜欢和顾客攀谈，这位司机多半问了他是不是不舒服。答案显而易见。莫内觉得胃里稍微好受了点。他的胃沉甸甸的，感觉发麻而肿胀，仿佛刚吃了一顿大餐，而不是空荡荡的痛得火烧火燎。

出租车开上乌呼鲁高速公路，驶向内罗毕城区。出租车穿过点缀着刺槐树的草原，经过厂房，开过环形交叉路，进入内罗毕熙熙攘攘的街道。路肩上的人群摩肩接踵，女人走在土路上，男人在闲逛，孩童在骑自行车，路边有个男人在修鞋，一辆拖拉机载着一车木炭。出租车左转上了恩贡路，经过一片市区公园，爬上一段斜坡，驶过成排的蓝桉树，拐进一条窄路，开进有岗亭的大门，内罗毕医院终于到了。车停进卖花小铺旁的出租车停车位。玻璃门上有个"门诊部"的标记。莫内拿出钱给司机，下车打开玻璃门，他走向接诊台，打手势表示他病得厉害。他说话已经很困难了。

这个人在流血，稍等一下，医生马上给他看病。他必须等医生腾出手来，但医生立刻就会给他看病，别担心。他走进候诊室坐下。

候诊室是个小房间，摆着带软垫的长椅。清澈、强烈而古老的东非光线穿透一排窗户，落在堆放着脏兮兮的杂志的桌子上，将方形亮斑投在灰色地面上，地上铺着石子，正中央是个排水口。房间隐约有烟熏味和汗味，坐满了眼神呆滞的患者，非洲人和欧洲人肩并肩坐着。门诊部常有割伤等待缝针的人。人们很耐心，用毛巾捂着头皮，用绷带缠着手指，你能看见布料底下透出血色。就这样，夏尔·莫内坐在门诊部的长椅上，他看起来和候诊室里其他病人没什么区别，除了一张毫无表情的青紫色面孔和一双红眼睛。墙上的告示提醒患者当心小偷，还有一张告示写着：

请保持安静

感谢您的配合

请注意：这里是门诊部

急救病人优先处理

遇到这种情况，您需要耐心等候通知

莫内很安静，等待着通知。突然，他进入了最终阶段：人体病毒炸弹爆炸了。军方生物危害专家对这种情况有个说法。他们说患者"崩溃并流血至死"，稍有礼貌些的说法是患者"倒下了"。

他感到眩晕，极度虚弱，他的脊梁塌下来，松弛无力，他失去了所有平衡感。房间不停旋转。他进入了休克状态。他俯下身，头部搁在膝盖上，随着一声痉挛般的呻吟，胃里涌出巨量血液，泼洒在地上。他失去知觉，向前倒在地上。房间里只听得见他喉咙里的哽咽声，他已经昏迷，但还在继续呕出血液和黑色物质。这时响起了床单撕裂的声音，那是大肠完全打开，血液从肛门向外喷射。血液里混着肠壁组织。他排泄出自己的内脏。肠壁组织脱落，随大量鲜血一同排出体外。莫内已经崩溃，血液正在流尽。

　　候诊室的其他病人慌忙起身，避开地上的男人，大声呼叫医生。他周围的血泊迅速扩张。致命病毒摧毁了宿主，此刻忙着钻出他身体的每一个孔穴，正"试图"找到新的宿主。

传　播

1980 年 1 月 15 日

　　护士和护工推着轮床跑过来，将夏尔·莫内抬上轮床，推进内罗毕医院的重症监护病房。广播里响起召唤医生的通知：ICU 有一名患者流血不止。一位名叫谢姆·穆索凯的年轻医生赶到现场。穆索凯医生是医院里公认的最优秀的内科医生，精力充沛，热情而幽默，经常接连工作许多个小时，对急诊有很好的直觉。他看见莫内躺在轮床上。他不清楚这个人出了什么事，只知道患者显然在大出血。没时间去研究出血的原因了。患者呼吸困难——随即停顿：血液被吸入肺部，引发呼吸骤停。

　　穆索凯医生摸他的脉搏：心跳微弱而虚弱。护士跑去取来喉镜，喉镜是一根导管，可用于疏通患者的气管。穆索凯医生扯开莫内的衬衫，观察胸部的起伏情况，他站在轮床顶端，俯身对着莫内的面部，上下颠倒地直视莫内的双眼。

　　莫内通红的眼睛望着穆索凯医生，但眼球一动不动，瞳孔已经放大。脑损伤：意识消失。他的鼻部和口腔都沾满血液。穆索凯医生将患者的头部向后抬起，打开气管开口，以便插入喉镜。他没有戴橡胶手套。他用手指在患者的舌头四周扫了一圈，清理死细胞、黏液和血液。滑溜溜的黑色凝血沾上了他的双手。患者散发出呕吐物和血污的气味，但这对穆索凯医生来说并不稀奇，他集中精神做他的工作。他低下头，面部离莫内的面部只有几英寸，他望进莫内的口腔，以确定喉镜的位置。喉镜滑过莫内的舌头，他推开舌头，望着会厌后部的气管，这个黑窟窿通向肺部。他将喉镜插进洞口，凑近目镜查看。莫内突然一抖，身体抬了起来。

莫内再次呕吐。

黑色呕吐物涌过喉镜，从莫内的嘴里喷了出来。黑色与红色的液体溅到半空中，落在穆索凯医生身上。液体钻进他的眼睛，洒在白色制服和他的胸口上，留下几道夹杂着黑色斑块的红色黏液。液体落进他的嘴里。

医生摆正患者的头部，用手指清理他口腔内的血污。血污沾满了医生的双手、手腕和前臂。血污到处都是：轮床上、医生身上、地上。重症监护病房的护士不敢相信他们的眼睛。穆索凯医生顺着气管朝下看，将喉镜向肺部插得更深了。他见到气管里也在出血。

空气嘶嘶地进入患者的肺部，他终于又能呼吸了。

看起来，患者由于失血而陷入休克。他失去了太多的血液，乃至于开始脱水。血液从身体的每一处孔窍向外喷涌。体内剩下的血液已经不足以维持循环，因此心跳才那么虚弱，血压也快降到了零。他需要输血。

护士取来一袋全血。穆索凯医生将血袋挂在点滴架上，拿起针头插进患者的手臂。患者的血管似乎有问题：血液在针头周围涌了出来。穆索凯医生再次尝试，将针头插进患者手臂的另一个位置，扎向血管。失败。依然血如泉涌。无论他把针头扎进患者手臂的什么地方，血管都会像煮熟的通心粉那样破裂，涌出血液；血液从患者手臂上的针孔向外冒，无法凝结。他的血液显然有问题。穆索凯医生害怕患者会因为手臂上的针孔冒血而失血死亡，因此放弃了输血的念头。患者的内脏还在出血，而且黑得像沥青。

莫内陷入更深的昏迷，再也没有恢复知觉。第二天凌晨，他在重症监护病房死去。穆索凯医生始终陪在病床边。

谁也不清楚是什么杀死了他。死因不明。医生解剖遗体，发现肾脏已经损坏，肝脏也一样。肝脏是黄色的，有些地方甚至液化了——就像死尸的肝脏；仿佛莫内还没死就变成了一具尸体。黏膜腐脱，也就是肠壁组织脱落，同样常见于陈放几天后的尸体。死因究竟是什么？说不清楚，因为可能性实在太多。患者体内的一切都不对劲，确实是"一切"，其中任何一项都足以致命：血液凝块、大量内出血、肝脏变成糊状物、肠子灌满血液。没有词汇、分类法甚至语言可以形容他身上发生的这些事情。医生最后称之为"爆发性肝功能衰竭"。他的遗体被装进防水袋——根据一名当事人的描述，就在当地落葬。多年后，我拜访内罗毕的时候，没有人记得坟墓在哪里。

1980 年 1 月 24 日

患者的呕吐物溅入了谢姆·穆索凯医生的眼睛和口腔，九天后，他的背部渐渐感到酸痛。他可不太会背痛——说真的，他从没体验过严重的背痛——但他毕竟年近三十，觉得自己也快到腰背损伤的年纪了。过去这几周他非常辛苦。他先是彻夜陪伴一位心脏有问题的患者，第二天又陪着一个内陆某地来的大出血病人过了近一宿。因此他一连几天没睡觉。他没把呕吐的事情放在心上，疼痛渐渐向全身蔓延，但他依然未曾多想。紧接着，他照镜子的时候，发现眼球变红了。

眼球变红：他怀疑自己染上了疟疾。这时他开始发烧，因此肯定是感染了什么东西。背痛持续蔓延，全身肌肉都痛得厉害。他服用抗疟疾的药物，但毫无用处，因此他请护士给他注射抗疟药剂。

护士在他手臂上做肌肉注射。针刺的疼痛异常剧烈。他从未因为区区一针感觉到这么可怕的疼痛；这种情况很反常，值得引起注意。他开始琢磨为什么一次普通的注射就能带来那种级别的剧痛。接下来，他的腹部开始疼痛，他怀疑自己感染了伤寒，于是吃了一个疗程的抗生素，但病情没有缓解。另一方面，患者需要他，所以他还是在医院里奔忙。胃部和肌肉的疼痛越来越难以忍受，他开始出现黄疸。

剧痛使得他无法自我诊治，工作也只能暂时放下了，他去找内罗毕医院的内科医生安托妮亚·巴格肖。她为他做完检查，确认了发烧、红眼睛、黄疸和腹痛，但得不出明确的结论，只怀疑他患上了胆结石或肝脓肿。胆结石急性发作或肝脓肿都可能导致发烧、黄疸和腹痛（但无法解释眼球发红），医生给他的肝脏做了超声波检查。从成像上能看出肝脏有些肿大，但除此之外也没有什么异常。这时穆索凯已经病得很严重了，医生将他安置进私人病房，护士二十四小时轮流照看他。他的脸变得毫无表情。

胆结石急性发作有可能致命。巴格肖医生建议给穆索凯医生做探查手术。由伊姆雷·洛夫勒医生带队的外科医生小组在内罗毕医院的主手术室打开了他的身体。切口位于肝脏上方，医生拉开腹部肌肉，在穆索凯体内见到的怪异景象令人震惊，谁也解释不了：肝脏肿胀发红，呈现出病态，但医生找不到胆结石的症兆。另一方面，他流血不止。外科手术肯定会切断血管，被切断的血管会出血一段时间，随即凝结；要是出血不止，医生会用明胶海绵止血。穆索凯的血管不停出血：他的血液无法凝结，就好像得了血友病。医生把明胶海绵敷在他的整个肝脏上，但血液继续渗出。医生不得不从切口吸掉大量血液，但清理干净之后，血液又会积满切口。就像在积水线下挖洞，积水的速度和排水一样快。一名外科医生后来告诉别人，手术团队"被鲜血泡到了胳膊肘"。他们从肝脏上切下一小块去做活检，将组织泡进固定液，以最快速度缝合刀口。

手术后，他的病情迅速恶化，肾脏开始衰竭。他似乎就快死了。他的医生安托妮亚·巴格肖恰好要出国，一位名叫戴维·希尔佛斯坦的医生接管了他。穆索凯医生有可能会肾衰竭，只能靠透析维持生命，这给医院染上了非常时期的色彩：同事都很喜爱他，绝对不想失去这位伙伴。希尔佛斯坦怀疑穆索凯医生感染了某种罕见的病毒。他采集患者血样，提取了血清。血清是透明的金黄色液体，去除血液中的红血球后就可以得到。他将几试管冷冻血清提交给各大实验室进行化验，其中有南非桑德林汉姆的国家病毒学研究所，有美国佐治亚州亚特兰大市的疾病控制中心。他开始等待结果。

确　诊

　　戴维·希尔佛斯坦居住在内罗毕,不过在华盛顿特区也有住所。前几年夏天,他来美国办事,我在他家附近一个购物中心的咖啡馆见到了他。我们坐在一张小桌前,他讲述莫内和穆索凯的病例。希尔佛斯坦身材瘦削,个子不高,年届五旬,留小胡子,戴眼镜,眼神警觉而敏锐。尽管他是美国人,但说话间有一丝斯瓦西里口音。我和他见面的那天,他身穿牛仔上衣和蓝色牛仔裤,皮肤晒得黝黑,体型很好,神态安详。他有飞行执照,自己驾驶飞机。他拥有东部非洲最大的私立医疗机构,因此在内罗毕属于名流。他是肯尼亚总统丹尼尔·阿拉普·莫伊的私人医生,会陪同总统一起出国访问。他为东部非洲的各种重要人物看病:腐败的政客,探险时生病的男女演员,日薄西山的英国在非贵族。他是戴安娜·德拉米尔女勋爵老年时的私人医生,陪同她旅行,监测她的血压和心跳(她有心脏问题,但不肯放弃最喜爱的运动:出肯尼亚海岸深海钓鱼)。他还是柏瑞尔·马卡姆的医生。马卡姆著有《夜航西飞》,讲述她在东部非洲当飞行员的经历。她喜欢在内罗毕航空俱乐部消磨时间,拥有千杯不醉的酒徒美名。("到我认识她的时候,她已经是个被酒泡软的老阿姨了。")他的患者穆索凯医生在疾病史上也有自己的名声。"我给他上了维持疗法，"希尔佛斯坦对我说，"我只能做到这么多。我尽量给他输入营养，体温过高时帮他退烧。简而言之，我是在束手无措的情况下照顾一个病人。"

一天半夜，凌晨两点，希尔佛斯坦在内罗毕家里的电话响了。打电话的是一名驻扎肯尼亚的美国研究人员，说南非方面在穆索凯的血样里发现了非常可怕的东西。"血样对马尔堡病毒呈阳性。情况很严重。我们对马尔堡病毒没什么了解。"

希尔佛斯坦根本没听说过马尔堡病毒。"放下电话，我睡不着了，"他告诉我，"有点像是醒着做梦，我一直在琢磨马尔堡病毒是什么。"他躺在床上，想着朋友和同事穆索凯医生，害怕这种病原体已经在医护人员中扩散了。"我们对马尔堡病毒没什么了解，"这句话始终回荡在耳边。他再也睡不着了，最后起来穿衣服，开车赶往医院，天没亮就冲进了办公室。他翻出一本教科书，开始查找马尔堡病毒。

条目很简略。马尔堡病毒来自非洲，却有个德国名字。病毒根据第一次发现的地点命名。马尔堡是德国中部的古老城市，被森林和牧场环绕，厂房坐落于绿色山谷之中。1967年，病毒在一家名叫"贝林制药"的工厂爆发，他们使用非洲绿猴的肾脏细胞生产疫苗，定期从乌干达进口猴子。病毒潜伏在前后空运来的五六百只猴子体内来到德国，其中只有两三只携带病毒，多半根本看不出病症。总而言之，它们来到贝林制药后不久，病毒开始在猴群中蔓延，其中有几只"崩溃并流血至死"。很快，马尔堡病毒跨越物种传播，突然在城区人口中显形。这是病毒扩增的一个实例。

已知第一个感染马尔堡病毒的人类名叫克劳斯·F，他是贝林制药负责喂养猴子和清洗铁笼的工作人员。1967年8月8日，他表现出症状，两周后死去。我们很不了解马尔堡病毒，关于它只出版过一本书，1970年在马尔堡大学召开过这种病毒的研讨会，事后将论文汇集出版。在这本书里，我们得知：

> 1967年8月13日，猴群管理员海因里希·P度假归来，从14日到23日上班宰杀猴子。最初的症状出现在8月21日。
>
> 8月28日，实验室助理雷娜塔·L打破了一支等待消毒的试管，试管装有被感染的组织。1967年9月4日，她病倒了。

就是这样。患者在暴露于病毒之下后七天左右开始头痛，病情迅速恶化，高烧、凝血、喷吐鲜血和临终休克。短短几天内，马尔堡市的医生以为世界末日降临了。最后统计，病毒的感染者共有三十一人，其中七人死在血泊中。马尔堡病毒的致死率约为四分之一，因此属于极度致命的病原体：哪怕在最现代化的医院里，患者连上生命支持机器，马尔堡病毒也能杀死四分之一的被感染者。相对而言，黄热病这种高度致命的病毒，在病人被送进医院后，致死率仅有二十分之一左右。

马尔堡病毒是丝状病毒（filovirus）家族的一员，它是人类发现的第一种丝状病毒。Filovirus是个拉丁词，意思是"状如细丝的病毒"。丝状病毒之间外观相似，仿佛亲生姐妹，但和地球上的其他病毒都不一样。绝大多数病毒都是胡椒粒似的球形颗粒，而丝状病毒却犹如缠结的绳索、头发、蠕虫或毒蛇。在摧毁患者的身体之后，它们出现在大量血污之中，样子像是倾倒在地上的一大盆意大利面条。马尔堡病毒有时候会盘成燕麦圈似的环形，它是目前所知的唯一一种环形病毒。

在德国，马尔堡病毒对大脑的影响尤其令人惊恐，它和狂犬病有相似之处，病毒通过某些方式损伤中枢神经系统，并有可能摧毁大脑。马尔堡病毒粒子的外形和狂犬病病毒粒子也有点像。狂犬病病毒粒子的外形像是子弹。假如你拉伸这颗子弹，它就会像是一段绳索，再把绳索盘成圈，它就变成了马尔堡病毒似的圆环。人们刚开始以为它和狂犬病有亲缘关系，于是称之为"延伸狂犬病"。后来才确定马尔堡属于它自己的科。

夏尔·莫内死后不久，研究人员确定了丝状病毒科的地位，它由马尔堡病毒和两种埃博拉病毒构成。这两种埃博拉病毒分别是扎伊尔埃博拉病毒和苏丹埃博拉病毒①。马尔堡是丝状病毒三姐妹中最温和的一位，其中最可怕的是扎伊尔埃博拉病毒，致死率达到了惊人的十分之九，一百名感染者有九十名难逃一死。扎伊尔埃博拉病毒就像是人命的黑板擦。

被三者中最温和的马尔堡病毒感染，患者会像遭受了核辐射，几乎所有组织都会受到损伤。它对内脏器官、结缔组织、肠道和皮肤的攻击尤其凶猛。在德国，所有侥幸逃生者都失去了头发：他们变成秃头或斑秃。毛囊组织坏死，头发大把脱落，就好像遭受了辐射伤害。身体的所有孔窍都在出血。我见过死于马尔堡病毒的患者照片，拍摄

---

① 目前丝状病毒科下已有三个属，埃博拉、马尔堡和奎瓦（包括 2010 年确定的 Lloviu 病毒）。埃博拉病毒已发现五个亚种，另外三个分别是雷斯顿埃博拉病毒（2002 年发现）、塔伊森林埃博拉病毒（2010）和本迪布焦埃博拉病毒（2012）。马尔堡属下目前已有两种病毒，除马尔堡外，还有 1996 年确定的 Ravn 病毒。——译者

于这名患者过世前几小时。患者躺在床上，上半身没穿衣服，脸上毫无表情。胸部、双臂和面部布满红疹和瘀斑，乳头淌血。

在康复期间，存活者的皮肤会从面部、双手、双脚和生殖器上脱落。有些男人遭遇了睾丸肿胀、发炎和部分腐烂。睾丸感染最严重的病例出现在一名停尸房的工作人员身上，他负责处理感染者的尸体，从尸体身上感染了病毒。病毒会在部分患者的眼球液体里存活许多个月。谁也不清楚马尔堡病毒为何钟情于睾丸和眼球。一名男子通过性交将病毒传给了妻子。

医生注意到马尔堡病毒对大脑的独特作用。论文集里如是说："大多数患者显得很阴郁，行为略带攻击性或抗拒性。两名患者感觉自己躺在饼干屑上。"一名患者精神错乱，显然是脑损伤的后果。另一位名叫汉斯·O-V的患者没有任何精神失常的症兆，他的高烧退去，病情似乎渐渐稳定，但突然间，在毫无征兆的情况下，血压急剧下降——身体很快垮了，他随即死去。医生解剖尸体，打开颅骨后发现脑部中央出现了严重的内出血。他的"大出血"流进了大脑。

国际卫生机构迫切希望找到猴子的确切来源，以便搞清楚马尔堡病毒在自然界的活动地点。马尔堡病毒显然不是猴群内自然传播的疾病，因为它杀死猴子的速度太快，无法将被感染者变成有效的宿主。因此，马尔堡病毒存在于另外某种动物体内——昆虫？啮齿动物？蜘蛛？爬行动物？这些猴子到底是在哪儿被捕获的呢？那里多半就是病毒藏身的地点。病毒在德国爆发后不久，一组调查人员在世界卫生组织的赞助下飞往乌干达，寻找那些猴子的来源地。结果发现猴子被捕获的地点遍布整个乌干达中部地区。调查组无法找到病毒的确切源头。

这个谜团许多年没有得到解答。1982年，一名英国兽医主动报告了马尔堡病猴的新目击证据。我称他为琼斯先生（他希望能保持匿名身份）。1967年夏，病毒在德国爆发时，琼斯先生在恩德培的一家出口机构打零工，专职的兽医检验员外出休假，他暂时负责检查出口的猴子，马尔堡病猴就在那里向外发运。这家公司的老板是一名富有的猴类商人（根据琼斯先生说，"那是个挺可爱的坏蛋"。），每年向欧洲出口一万三千只左右的猴子。数量惊人，利润更是可观。染病的那批猴子被送上夜班飞机来到伦敦，然后再飞往德国——到了德国，病毒首先在猴群中爆发，然后"企图"在人类身上站稳脚跟。

打了许多次电话之后，我终于在英国的一个小镇上找到琼斯先生，他现在是一名兽医顾问医生。他告诉我："动物发运之前只有一次肉眼检查把关。"

"检查的人是谁？"我问。

"就是我，"他答道，"我检查猴子，看外观是否正常。要发运的动物里，有时候会碰到一两只受伤或有皮肤病变的。"他的处理手段是挑出看似有病的猴子，从出货中剔除（估计是被宰杀掉），将剩下的送上飞机。几周之后，猴子在德国闹出病毒爆发，琼斯先生感觉很难过。"我吓坏了，因为签署出口证明的是我，"他告诉我，"现在我觉得那些人都是我害死的。可是，这种感觉的意思是我当时能做些什么，但我怎么可能知道呢？"他说得对，科学界当时还不知道那种病毒的存在，区区两三只外表看不出有病的动物就足以引起那场爆发。你会得出结论：这个人不该因此受到责难。

接下来的故事更令人不安。他继续讲述："我以为那些病猴都被宰杀了。"但后来他得知实情并非如此。公司老板将病猴装进笼子，送到维多利亚湖上的一座小岛放生。有那么多病猴在那里活动，小岛会变成猴类病毒的聚集地，会变成高危之岛、瘟疫之岛。"然后，要是那家伙缺少猴子了，就会背着我去岛上抓几只凑数，这些病猴或最近生过病的猴子会被送往欧洲。"琼斯先生认为马尔堡病毒已经在那座高危之岛生了根，在那里的猴群内传播，而最后出现在德国的某些猴子就来自那个小岛。世卫组织的小组前来调查，"老板命令我只要不问就别说"。事实上也没人找过琼斯先生询问，他说他没见过调查组的人。调查组没有找他这个猴子检疫员谈话，"对传染病学是坏事，但对政治是好事"，他这么告诉我。假如事实证明那名商人在疑似疫区的岛屿上捕捉疑似染病的猴子送往欧洲，他的这门生意就会破灭，乌干达也将失去一项宝贵的外汇来源。

马尔堡病毒在德国爆发后不久，琼斯先生记起一件事情，这会儿他觉得这件事很重要。马尔堡病毒很可能在离奇塔姆洞不远的乌干达农村地区肆虐已久。1962年到1965年间，他驻扎在乌干达东部埃尔贡山麓地区，检查牛只疾病。就在那段时间里，当地部落的首领说火山北坡希腊河沿岸有人染上一种怪病，这种病会导致出血、死亡和"怪异的皮疹"——而那片地区的猴子也因为同样的疾病而死亡。琼斯先生没去研究那些传闻，他也不可能确定这种疾病的起因。然而，在马尔堡病毒于德国爆发之前几年，埃尔贡山区很可能已经有过一次不为人知的病毒爆发了。

琼斯先生对马尔堡病毒爆发的看法让我想起照进黑暗洞窟的手电筒光束：让你看见热带病毒的源头与蔓延这场大戏的一角，视野有限，但足以令人不安。他说送往马尔堡的部分猴子捕获自维多利亚湖上的瑟瑟群岛。瑟瑟群岛位于维多利亚湖西北部，地势不高，覆盖着森林，从恩德培乘船很容易去。琼斯先生不记得高危之岛的具体名称了，只记得它离恩德培很近。总而言之，琼斯先生当时的老板与瑟瑟群岛的村民达成交易，从他们手上购买猴子。村民将猴子视为害兽，乐得摆脱它们，能换钱就再好不过了。商人就这么从瑟瑟群岛得到野生猴子，假如发现猴子生病，他就到恩德培附近的另一个小岛放生。来自瘟疫之岛的某些猴子最后很可能去了欧洲。

维多利亚湖面对瑟瑟群岛的西岸，在纸莎草丛和荒凉平原之间，有个名叫卡森赛罗的渔村。在村里你能看见瑟瑟群岛。卡森赛罗是全世界最早出现艾滋病的地点之一。传染病学家后来发现，维多利亚湖西北岸是艾滋病的初始传播中心。目前普遍认为艾滋病源于非洲的灵长类动物——猴类或猿类——然后通过某些途径传播给了人类。科学家认为病毒在从灵长类传播到人类的过程中经历了一系列的迅速突变，否则就不可能在人类群体中成功扎根。艾滋病病毒出现后的那些年里，卡森赛罗遭受了灭顶之灾。病毒杀死了很大一部分居民。据说艾滋病从地图上彻底抹掉了维多利亚湖沿岸的一些村落。

卡森赛罗的村民以打鱼为生，但无论是过去还是现在，都因走私而闻名遐迩。他们用木船和机动独木舟跨湖来回运送非法物资，瑟瑟群岛是他们的藏匿地点。不难猜想，假如一名猴类经销商要在维多利亚湖左近运送猴子，多半会请卡森赛罗或附近村落的走私者帮忙。

说到艾滋病的起源，目前普遍认为在 1960 年代，非洲兴起了一门利润丰厚的新生意：向发达国家出口用于医学研究的灵长类动物。乌干达是这些动物的最大出口国之一。猴类交易在整个中部非洲开花结果，体系内负责抓捕和驯养的当地工作者暴露于大量野生猴子面前，而这些动物中有一些就携带了罕见的病毒。另一方面，这些动物被一股脑塞进铁笼，暴露于彼此之前，来回传播病毒。甚至，不同种类的猴子混在了一起。这为跨物种传播的病毒大爆发搭出了完美的舞台。同时也是病毒迅速演化的天然实验室，人类免疫缺损病毒（HIV）很可能就是这么产生的。HIV闯入人类世界会是猴类交易的结果吗？艾滋病来自维多利亚湖上的某个岛屿吗？某个高危之岛？没有人知道。当我们开始探查艾滋病和马尔堡病毒的起源时，光线总会渐渐黯淡，事实变得模糊不清，但你能感觉到隐藏的联系。两种病毒似乎都符合某种模式。

戴维·希尔佛斯坦医生得知马尔堡病毒对人类的危害后，说服肯尼亚卫生部门暂时关闭了内罗毕医院。整整一个星期，来看病的患者都吃了闭门羹，六十七人在医院内隔离检查，其中大部分是医护人员，包括给莫内做尸检的医生，照顾过莫内和穆索凯医生的护士，为穆索凯做手术的外科医生和处理过莫内和穆索凯的分泌物的所有护工与技师。结果发现，医护人员里有很大一部分都直接接触过莫内或穆索凯或两位患者的血样与体液。给穆索凯做手术的外科医生记得分外清楚，他们"被鲜血泡到了胳膊肘"，在隔离检疫的两周内提心吊胆，唯恐马尔堡病毒发作。一颗人类病毒炸弹走进医院的候诊室，在那里爆炸，导致整个医院停摆。夏尔·莫内就像一颗飞鱼导弹，从水下击中了医院。

谢姆·穆索凯医生从这种致命病毒的屠刀下侥幸逃生。他病倒后十天，医生注意到好转的迹象。他不再无声无息地躺在床上，而是表现出困惑和愤怒，并拒绝服用药物。一天，护士正想帮他在床上翻身，他挥着拳头叫道："老子有棍子，小心我揍你。"就在这个时间点前后，他开始好转，许多天之后，他的高烧终于退了，眼睛也变得澄明；意识和人格重新出现，康复虽然很慢，但他彻底好了。目前他是内罗毕医院的一名主任医师，属于戴维·希尔佛斯坦的团队。访谈他的时候，他说他对感染马尔堡病毒的那几周几乎全无记忆。"我只记得一些片段，"他说，"我记得我严重意识混乱。在手术前，我记得我走出房间，点滴瓶就挂在身上。我记得护士一次又一次给我翻身。我不怎么记得疼痛了。能说得上来的只有肌肉和腰背疼痛。我还记得他对我呕吐。"医院里没有其他人确诊染上了马尔堡病毒。

在一种病毒试图"闯入"人类群体之中时，先兆很可能是于不同的时间和地点发生的零星爆发，也就是所谓的"微爆发"。内罗毕医院的案例是孤立事件，是这种雨林病毒的微爆发，它在人类中启动致命爆发的能力尚不确定。

穆索凯医生的血液被装进试管，送往世界各地的实验室，为生物库增加马尔堡病毒的活体样本。他血液里的马尔堡病毒来自夏尔·莫内的黑色呕吐物，很可能源于奇塔姆洞。今天，马尔堡病毒的这个毒株被称为"穆索凯毒株"。其中有一部分被装进玻璃容器，永远保存于美国陆军冷库这个高危微生物的动物园里。

一个女人和一名士兵

1983 年 9 月 25 日，1 800 时[①]

　　夏尔·莫内病死近四年后，马里兰州瑟蒙特。这是个典型的美国小镇，位于卡托克廷山的脚下，卡托克廷山属于南北贯穿马里兰州西部的阿巴拉契亚山脉，在一年中的这个季节，树木正变成柔和的黄色和金色。时值傍晚，青少年开着皮卡逡巡于小镇的街道上，期待能见到什么新鲜事，希望夏天永远不要结束。空气里依稀飘着秋天的气息，那是苹果成熟的香味、树叶腐朽的酸味、田野里玉米秆枯干的气味。小镇边缘的苹果树林里，成群的椋鸟落在树枝上过夜，吱吱嘎嘎叫个不停。葛底斯堡路上的车流涌向北方。

　　离镇中心不远的一幢维多利亚式房屋里，南希·杰克斯少校在厨台前为孩子做饭，她是美国陆军的一名兽医。她把盘子放进微波炉，揿下按钮，加热给孩子准备的鸡肉。南希·杰克斯穿运动裤和 T 恤，光着脚。她的脚底有老茧，那是武术训练的成果。她红褐色的卷发剪到齐肩长，眼睛颜色发绿——她的眼睛其实是两种颜色：除了绿色，虹膜四周的内缘是琥珀色。她曾经是堪萨斯的返家舞会皇后，当过堪萨斯州的农业小姐。她有运动员的苗条身材，动作敏捷，胳膊和双手打手势总是一闪而过。她的孩子很能闹腾，这会儿终于累了，所以她正在以最快速度做晚饭。

五岁的杰美攀在南希腿上，她抓住南希的运动裤使劲一扯，于是南希倒向侧面，杰美又换个方向一扯，南希就倒向另一个方向。杰美比同龄人要矮一点，拥有和母亲一样的绿眼睛。南希的儿子杰森今年七岁，正在客厅看电视。他身材瘦削，性格沉静，以后多半会像父亲那么高大。

南希的丈夫是杰拉德·杰克斯少校，大家叫他杰瑞，也是一名兽医。他在得克萨斯参加培训，所以只有南希一个人看孩子。杰瑞打过电话，说得州热得像是地狱，他很想念南希，希望能立刻回家。南希也想他。自从在大学里初次约会以来，两人从没有一次分开好几天的情形。

南希和杰瑞·杰克斯都隶属于陆军兽医部队，这个小兵种全是所谓的"宠物医生"，负责照顾陆军的护卫犬、马匹、牛羊猪骡、兔、鼠和猴子。他们还负责检查陆军的餐室。

南希和杰瑞被派遣到德特里克堡任职，德特里克堡离这里不远，通勤很方便，两人没多久就买下了这幢维多利亚式房屋。厨房很小，你能看见水管和电线露在墙壁外。出了厨房就是客厅，有一扇凸窗，窗台上摆着热带植物和蕨类，植物中间有个笼子，里面是一只名叫"赫尔基"的亚马孙鹦鹉。鹦鹉突然扯开嗓子唱歌：

呦呵，呦呵，

---

① 1 800 时，军事用语，即晚上六点。——译者

下了班咱们就回家。

"妈妈！妈妈！"鹦鹉兴奋地叫道，声音很像杰森。

"怎么了？"南希说，随即意识到说话的是鹦鹉。"够伶俐，"她嘟囔道。

鹦鹉想站在南希的肩膀上。"妈妈！妈妈！杰瑞！杰美！杰森！"鹦鹉轮流叫着家里每个人的名字。谁也不理它，它开始吹《桂河大桥》电影的主题曲，然后："怎么了？怎么了？妈妈！妈妈！"

南希不想放赫尔基出笼子。她动作很快，把盘子和餐具摆在厨台上。德特里克堡有些军官注意到她的手部动作略显突兀，说她的手"太快"，无法在危险环境下做精细活儿。南希之所以开始练习武术，有一部分原因就是希望能让动作变得冷静、和缓而有力，另一部分原因是身为一名女性军官，她对自己在军队内的提升之路有些挫折感。她身高五英尺四英寸，喜欢和身高六英尺的大块头男性士兵对打。她很享受踢得他们人仰马翻的感觉；腿踢得高过人头，这带来了某种特定的满足感。对打的时候，她用脚多过用手，因为手更容易受伤。她一记回旋踢能踢断四块木板。她已经练到了只用脚就能杀死对手的地步，不过这件事本身并不怎么让她满意。有时候她练习完回到家，脚趾破了、鼻子流血、多了个黑眼圈，杰瑞见状会摇摇头：南希又挂彩了。

家务活全是南希做的。她讨厌家务。刮地毯上的葡萄果冻无法带来成就感，再说她也没时间做这些。她偶尔会陷入清洁症大爆发，在屋里忙碌一个小时，把所有东西塞进壁橱。给全家做饭也归她管。杰瑞进了厨房简直是个废物。两人争吵的另一个焦点是他喜欢乱买东西：摩托车、帆船。派驻堪萨斯州莱利堡那会儿，杰瑞买了一艘帆船。还有一辆红色皮革内饰的柴油版凯迪拉克——真是讨厌死了。她和杰瑞曾经一起开这辆车去上班，但按揭还没还完，这辆车就开始一路冒黑烟。一天，她终于对杰瑞说："你喜欢坐在这红色皮座椅上开车都随你便，反正我是再也不会坐上去了。"于是两人卖掉凯迪拉克，换了辆本田雅阁。

杰克斯一家的住所是全镇最宽敞的维多利亚式房屋，红砖结构，有角塔、石板屋顶、高窗、穹顶和金色美国栗木的墙板。屋子位于一个路口，离救护中心不远。警笛经常在半夜吵醒他们。价钱倒是很便宜，屋子在房市上待了很久，有传闻说先前的房主在地下室上吊自杀了。杰克斯一家买下屋子之后，死者的遗孀露过一面，她来告别自己以前的住所，离开前她用蓝眼睛盯着南希说："小姑娘，你会讨厌这屋子的。就像我一样。"

除了鹦鹉赫尔基，屋里还有其他动物。客厅的铁丝笼里有一条叫"参孙"的蟒蛇，它偶尔会溜出笼子，在屋里逛来逛去，最后钻进餐室大桌的空心立柱睡觉，一睡就是好几天。吃饭的时候，你会希望蟒蛇可别恰好醒来。南希在屋子最高处的穹顶下有个书房。蟒蛇有一次溜出笼子，好几天不见踪影。他们敲打餐桌，想把它吓出来，但它不在那里。一天深夜，南希在书房看书，参孙悄悄爬下房梁，挂在她的面前，用没有眼睑的双眼注视着她，她吓得大叫。他们家还养了一条爱尔兰塞特犬和一条万能梗犬。每次杰克斯一家更换驻地，这些动物就会在箱子和笼子里和他们一起搬家，这是杰克斯一家可移动的生态系统。

南希很爱杰瑞。杰瑞身材高大，相貌堂堂，少白头。她觉得他的满头银发和他能说会道的"银舌"恰好凑成一对——否则怎么会说服她买下那辆红色皮革内饰的柴油版凯迪拉克？他有一双锐利的棕色眼睛和一个鹰钩鼻，比世上任何人都懂南希。南希和杰瑞在婚姻之外没什么社交。他们在堪萨斯的农场长大，两家只有二十英里远，但小时候并不认识。他们在堪萨斯州立大学的兽医学院认识，南希二十岁时两人结婚。他们毕业时身无分文，而且背着债，没钱开办兽医诊所，于是一起应征陆军。

南希在工作日没时间做饭，会在周六烹饪。她会用大锅炖牛肉，或者烤几只鸡，把食物装进口袋冻起来。在工作日的晚上，她从冰箱里取出一袋食物，用微波炉加热。今晚她一边解冻鸡肉，一边考虑吃什么蔬菜。青豆罐头怎么样？孩子挺喜欢。南希打开壁橱，取出一罐利比牌青豆。

她在一两个抽屉里翻找开罐头刀——找不到——她转向存放各种工具的杂物抽屉，里面有搅拌勺和去皮器。抽屉里乱成一团。

懒得找开罐头刀了——她抽出一把切肉刀。她父亲经常说别用刀开罐头，但南希·杰克斯从来不怎么听父亲的话。她把切肉刀插进罐头，刀尖卡在了铁皮里。她用右手掌根猛拍刀柄。突然，她的手顺着刀柄滑下去，沿着锋利的刀刃一抹到底。她感觉到刀刃切得很深。

切肉刀叮叮当当掉在地上，大滴鲜血落在厨台上。"真该死！"她叫道。刀切开了右手手掌的正中央。刀口很深。她害怕刀刃碰到了骨头或切断了肌腱。她按住伤口止血，走到水槽前，打开水龙头，用流水冲洗伤口。水槽很快变成红色。她动了动手指。手指能动，所以肌腱没有受伤。伤得不重。她把手举过头顶，去浴室找到创可贴，她等血液凝结，用创可贴盖住伤口，将切口两侧按在一起，封住刀口。她讨厌见血，哪怕只是自己的血。她对血有点心理障碍——因为她知道血里可能含有什么。

　　手上有伤，所以南希没给孩子洗澡，不过还是和平时一样哄他们睡觉。那天晚上，杰美和她一起睡。南希不介意，尤其是杰瑞出差去了，这让她感觉和孩子们很亲近。杰美似乎需要安慰。杰瑞不在家的时候，杰美总有点焦躁。

埃博拉计划

1983 年 9 月 26 日

第二天清晨四点，南希·杰克斯醒来。她悄悄下床，免得吵醒杰美，她冲了个澡，穿上制服。她穿陆军的绿色长裤，侧面镶有黑色竖条，她穿陆军的绿色衬衫——太阳还没升起，凉飕飕的，她又套上陆军的黑色运动衫。运动衫镶有少校军衔的金色橡叶肩章。她喝了罐健怡可乐，清醒头脑，上楼去屋顶书房。

今天她很可能会穿上生物危害密封防护服。她在接受兽医病理学训练，这门科学研究动物的疾病。她的专业将是生物安全 4 级的高危病原体，你必须穿密闭防护服才能面对这些微生物。她同时还在准备下周的病理学资格考试。太阳从镇东的苹果园和田野升起，她翻开书本，认真学习。椋鸟在树丛里吱嘎叫喊，卡车隆隆驶过窗户底下的街道。右手手掌仍在隐隐作痛。

七点钟，她去主卧室叫醒在床上蜷成一团的杰美，然后走向杰森的房间。杰森比较难叫醒，南希只好抓住他摇晃了几下。年长的保姆到了，她叫特拉帕尼夫人，她帮杰美和杰森穿衣服，给他们做早饭，南希回楼上继续看书。特拉帕尼夫人会送杰森上学校大巴，会在家里看着杰美，直到南希晚上回家。

　　七点半，南希合上书本，吻别孩子。她对自己说：记得跑一趟银行，取钱给特拉帕尼夫人。她开着本田去上班，向南上葛底斯堡路，沿着卡托克廷山的山脚前行。离弗雷德里克市辖区内的德特里克堡越近，交通就越是繁忙和缓慢。她拐下公路，来到基地大门口。警卫挥手放她过去。她右转开过旗杆和阅兵场，在一幢几乎没有窗户的建筑物旁边停车，这栋楼由混凝土和黄砖砌成，占地近十英亩。屋顶上竖着高大的通风管，排放从密闭生物实验室里泵出后再过滤的废气。这是美国陆军的传染病医学研究所，简称 USAMRIID。

　　军人管它叫"研究所"，而每次使用简称"USAMRIID"的时候，总是操着军人腔拖长元音，听着像是"you Sam rid"，让三个字在半空中悬停片刻。USAMRIID 的使命是医学防护。研究所开发各种手段，保护士兵不受生物武器和天然传染病的侵害，专攻领域是药物、疫苗和生物防护。研究所总有许多项目在同时开展——研发针对炭疽或肉毒杆菌等各种细菌的疫苗，研究有可能以天然疾病或战地武器方式侵袭美军士兵的各类病毒。二战期间，德特里克堡的陆军实验室开始研制攻击性生物武器：陆军试图开发致命的细菌和病毒毒株，装进炸弹投向敌方。1969 年，理查德·M·尼克松总统签署命令，禁止在美国境内研发攻击性生物武器。从那以后，陆军的各个实验室转为和平用途，USAMRIID 因此创立。它致力于研发保护性疫苗，集中精力研究控制致命微生物的手段。研究所知道该如何阻断恐怖病毒于人类中点燃爆发性致命传染的链条。

　　南希·杰克斯少校从后门进入大楼，向检查台后的警卫出示安全徽章，警卫对她点头微笑。她穿过迷宫般的一条又一条走廊，走向隔离区域的主办公区。到处都能看见身穿战斗服的士兵，但也有佩戴身份徽章的平民科学家和技师。所有人似乎都很忙，极少有谁在走廊里停下来和别人聊天。

南希想知道埃博拉猴子昨天一夜的变化情况。她沿着生物安全0级走廊走向名为"AA－5"的4级隔离区域，那里又名"埃博拉套房"。安全级别的数字从0到2、3到最高的4。（由于某些原因，不存在1级。）研究所从2到4的全部隔离区域都维持空气负压，就算出现泄露，气流也只会流进隔离区域，而不是流向外部的正常世界。名为AA－5的套房是一组负压隔离室，由平民身份的陆军科学家尤金·约翰逊设立，是研究埃博拉病毒的研究实验室。他是埃博拉及其姐妹马尔堡病毒的专家。他用埃博拉病毒感染了几只猴子，最近一直在测试各种药物，寻找办法阻止埃博拉病毒的感染。过去这几天，猴子开始死亡。南希以病理学家身份加入约翰逊的研究项目，任务是确定猴子的死因。

她走向一面墙壁上的一扇窗户。窗户是水族馆的那种厚玻璃质地，里面就是生物安全防护4级水平的埃博拉套房。不过从这扇窗户你看不见猴子。每天早晨，一名平民动物管理员会穿上隔离防护服，进去喂食、清理笼子和检查它们的健康情况。今天早晨，窗户内侧贴上了一张纸条，上面有管理员手写的几句话，说昨天夜里有两只猴子"倒下了"。言下之意就是"崩溃并流血至死"。

南希看见字条，知道她也必须穿上防护服，进去解剖猴子的尸体。埃博拉病毒能摧毁动物的内脏器官，尸体会在动物死后迅速瓦解。尸体会变软，器官变得仿佛果冻，哪怕放进冰箱冷藏也无济于事。你必须赶在自发液化之前尽快解剖尸体，因为你没法解剖一锅肉汤。

南希·杰克斯最初申请加入研究所的病理学团队时，主管工作的上校并不想接纳她。南希认为这是因为她的女人身份。上校对她说："这份工作不适合已婚女性。你要么会忽略工作，要么会忽略家庭。"一天，她带着简历走进上校的办公室，想说服他接纳自己。上校说，"我可以让任何人加入我的团队"——言下之意：他不想要她是因为她不够优秀——他还提到了著名的纯种赛马"秘书处"①。"要是我想让秘书处加入我的团队，"他说，"秘书处它也能来。"

　　"呃，长官，我可不是犁地的老马！"她咆哮道，将简历摔在上校的办公桌上。重新考虑之后，上校批准了她的加入申请。

　　一个人开始和病原体打交道时，陆军会让你从2级生物安全起步，然后到3级。拥有丰富经验后才能接触4级微生物，也有可能永远不允许你到那里工作。要在较低的二三级区域工作，你首先必须接种许多疫苗。南希接种的疫苗包括黄热病疫苗、昆士兰热疫苗、裂谷热疫苗、VEE/EEE/WEE复合疫苗（马匹携带的脑炎病毒）、兔热病疫苗、炭疽热疫苗和肉毒杆菌疫苗。当然，身为兽医，她还得注射一系列的狂犬病疫苗。所有注射都给她的免疫系统造成了不良反应，让她病得难受。军方因此将她调离了疫苗项目。走到这一步，南希·杰克斯事实上已经被刷下来了。无法接种疫苗，也就无法从事与3级微生物相关的工作。想继续和危险病原体打交道，她的路只剩下了一条。她只能想办法让上司指派她穿上密封防护服，进入4级区域工作。4级高危病原体没有疫苗。所谓4级高危病原体，就是没有疫苗

---

① Secretariat（1970—1989），美国赛马，1973年美国三冠马王，曾在贝蒙锦标赛上以三十一个马位大胜，打破世界纪录。——译者

和治疗方法的致命病毒。

埃博拉病毒因埃博拉河而得名，埃博拉河是蒙加拉河的上游河源，是刚果河（又称扎伊尔河）的支流。埃博拉河流经雨林地区，蜿蜒穿过星罗村庄。扎伊尔埃博拉病毒（也就是最危险的一种埃博拉病毒）第一次为外界所知的爆发是 1976 年 9 月，它在埃博拉河上游的五十五个村庄内同时突然爆发。它似乎来得无影无踪，杀死了九成的感染者。扎伊尔埃博拉病毒是研究所里最让人害怕的病原体。USAMRIID 内的普遍看法是"摆弄埃博拉的那些家伙都是疯子"。和埃博拉打交道是通往死亡的快车道。还是去玩更安全的东西吧，比方说炭疽热。

研究所内主持埃博拉研究项目的生物危害专家叫尤金·约翰逊，他是平民身份，恰好以有点疯狂而闻名。全世界真正了解高危病原体并知道如何应对的人屈指可数，他在其中算是个传奇。他是全世界最优秀的埃博拉猎手。吉恩·约翰逊[①]块头不小，离庞大只差一线，脸膛宽阔而厚实，一头棕发乱蓬蓬的，留着浓密的棕色胡须，偌大的肚皮悬在腰带外面，一双眼睛深邃而灼人。再穿上黑色皮夹克，吉恩·约翰逊可以去冒充"感恩而死"乐队的巡演经纪人。他怎么看都不像为军队工作的那种人。他属于最顶尖的现场流行病学专家（实地研究病毒性疾病的人员），但出于某些原因，他不总是有机会发表工作成果。这解释了他或许有些神秘的名声。了解约翰逊工作的人提到他，你经常会听见"吉恩·约翰逊做了这个，吉恩·约翰逊做了那个"，

———————————

① 吉恩（Gene）是尤金的昵称。——译者

内容永远充满了智慧和想象力。他为人颇为害羞，总有点提防别人，但打心底里提防病毒。我大概从没见过有谁比吉恩·约翰逊更害怕病毒了，他的恐惧之所以让我印象深刻，就在于它源自知识，是基于理性的深切尊重。他在非洲中部旅行多年，寻找埃博拉和马尔堡病毒的储存宿主。为了寻找这些生命体，他简直翻遍了整个非洲，但无论怎么努力，都未能找到它们在自然环境下的藏身之处。没有人知道任何一种丝状病毒来自何方，没有人知道它们在自然环境下的栖息地。病毒的足迹在非洲中部的森林和草原上渐渐消失。找出埃博拉的储存宿主是约翰逊最大的心愿之一。

研究所里没什么人想参与他的埃博拉项目。埃博拉这个人命的黑板擦，能对我们做出你不愿多想的恐怖事情。这种病原体过于可怕，哪怕是穿惯了密封防护服的老手也不想去碰它。他们不想研究埃博拉，因为他们不愿被埃博拉研究。他们不知道携带这种病毒的是什么东西——是某种苍蝇、蝙蝠、虱子、蜘蛛、蝎子，还是某种爬行动物或两栖动物（例如蛙类或蝾螈），还是来自猎豹或大象。他们也不知道这种病毒的确切传播途径，不知道它如何由一个宿主传播给另一个宿主。

自从开始和埃博拉病毒打交道，吉恩·约翰逊就经常做噩梦。他会浑身冷汗地醒来。噩梦的内容都差不多。他身穿密封防护服，戴着手套，拿着埃博拉病毒——含有病毒的某种液体。液体突然溅在手套上，他意识到手套满是针孔，液体滴在他裸露的手上，流进密封防护服。他会陡然惊醒，自言自语道：上帝啊，我暴露给病毒了。随后他会发现自己在卧室里，妻子正在身旁安睡。

埃博拉虽说尚未在人类中引发无法逆转的决定性大爆发，但这一天似乎越来越近了。多年来它频频在非洲各处引起微爆发。科学家担心某次微爆发会酿成无法阻止的滔天巨浪。一种病毒能杀死九成感染者，疫苗和治疗手段都不存在，你可以想象会有什么后果。后果就是全球大爆发。约翰逊喜欢说的一句话是：我们不怎么清楚埃博拉以前做过什么，也不知道它未来可能会做什么。埃博拉的行为不可预测。假如出现了以空气传播的埃博拉毒株，它会像流感一样在六周内席卷全世界，杀死无数人口。当然，它也可能永远悄然游走于边缘地带，每次只夺去少量的性命。

埃博拉这种病毒颇为简单，就像火龙卷那么简单。它快速高效地杀死人类，造成毁灭性的影响。埃博拉与麻疹、腮腺炎和狂犬病病毒是远亲，与某些肺炎病毒也有亲缘关系，例如导致儿童感冒的副流感病毒和能让艾滋病患者得上致命性肺炎的呼吸道合胞病毒。埃博拉在雨林里的未知宿主身上，沿着神秘路径一路演化的时候，俨然得到了上述所有病毒各自最凶残的一面。和麻疹病毒一样，它能激发全身出现麻疹。它的部分表现很像狂犬病：精神错乱，狂躁。另外一些表现很奇怪地像是重感冒。

埃博拉病毒粒子只有七种蛋白质：七种不同的大分子排列成状如长辫的结构，组成埃博拉病毒粒子的长丝。我们大致了解其中的三种蛋白质，另外四种则完全未知：结构和功能都是谜团。无论这些埃博拉蛋白质是什么，它们似乎都能瞄准免疫系统进行特定攻击。这一点上它又有点像同样摧毁免疫系统的 HIV，但和 HIV 的悄然偷袭不同，埃博拉的攻击是爆炸性的。埃博拉病毒在人体内肆虐的时候，整个免疫系统都会失灵，你会像是丧失了应对病毒袭击的能力。人体像是被围困的城市，城门大开，敌军拥入，在公共广场上安营扎寨，放火焚烧所有一切；就在埃博拉病毒进入血液系统的那一刻起，你就已经输掉了这场战争，几乎肯定难逃一死。你无法像击退感冒那样击退埃博拉，埃博拉十天内就能完成艾滋病要花十年才能做到的事情。

埃博拉的人际传播原理目前尚不清楚。陆军的研究人员认为埃博拉病毒通过血液和体液直接接触传染（与艾滋病病毒的传播方式相同）。但是，埃博拉似乎还有其他的传播途径。非洲有许多埃博拉的感染者曾经接触过患者尸体。埃博拉有一条传播途径似乎是通过无法凝结的血液和尸体流出的黏液从死者向生者传播。在扎伊尔 1976 年的爆发中，前来哀悼的亲属亲吻并拥抱死者，或者处理尸体准备落葬，然后在三到十四天后纷纷病倒。

吉恩·约翰逊的埃博拉试验很简单。他用病毒感染猴子，然后给药，希望病猴能转危为安。通过这种手段，他或许能找到可以对抗埃博拉病毒甚至治疗它的药物。

从生物学角度而言，猴子和人类差别极小，所以科学家才用它们做医学实验。人类和猴子都是灵长类，埃博拉猎杀灵长类就像猛兽吃肉，它分不清人类与猴子的区别。病毒很容易就能在人类与猴子之间跨物种传播。

南希·杰克斯主动以病理学家身份参与约翰逊的埃博拉项目。这是 4 级工作，不需要接种疫苗，因此她有这个资格。她渴望证明自己，渴望继续和致命病毒打交道。然而，研究所里有些人怀疑她穿密封防护服在 4 级实验室工作的能力。她是一名"已婚女性"，他们据此认为，她有可能会惊慌失措。他们认为她的手看上去神经过敏或者笨拙，不适合处理 4 级高危病原体。人们觉得她会割伤自己，或者用沾有感染物的针头刺伤自己——甚至别人。她的双手成了安全隐患。不过，真正的症结其实在于她是女性。

她的直属上司是安东尼·约翰逊中校，他和埃博拉项目的领头人吉恩·约翰逊并无血缘关系。托尼·约翰逊[①]说话慢声细气，举止冷静。现在他必须决定是否允许她进入4级区域工作。为了更好地了解情况，他向整个研究所放话：谁认识南希·杰克斯？谁能来说说她的长项和短处？南希的丈夫杰瑞·杰克斯少校走进约翰逊中校的办公室。杰瑞反对让妻子穿上密封防护服的主意。他反对得很激烈。他说他们家已经讨论过了南希去研究埃博拉病毒的事情。"家庭讨论，"杰瑞对南希说，"我只有你这么一个妻子。"他自己工作时不穿防护服，也不希望自己的妻子穿。他最害怕的就是妻子去接触埃博拉。他的妻子，他深爱的女人，他们孩子的母亲，会亲手拿起无药可救的致命生命体——他不能接受这个想法。

托尼·约翰逊中校听过杰瑞·杰克斯的意见，听过其他人的看法，觉得他应该和南希本人谈一谈，于是请她来办公室见面。他看得出南希很紧张。两人交谈时，他留神观察她的双手。他觉得这双手没什么异样，不笨拙，动作也并不太快。他认为有关她那双手的传闻纯属臆测。她对中校说："我不需要特别优待。"很好，你不会得到任何优待。"我要调你进埃博拉研究项目，"中校说。他说他会允许她穿上密封防护服进入埃博拉区域，最初几次他会全程陪同，教她如何操作，观察她工作时双手的表现。他会像老鹰似的盯着她。他认为她已经准备好了完全浸入高危区域。

---

① 托尼，安东尼的昵称。——译者

听他这么说，她感动得当面哭了出来——"她流了几滴眼泪，"他事后回忆道。那是喜悦的热泪。此时此刻，将埃博拉病毒捧在手里就是她心里最大的愿望了。

1 300 时

南希在办公室处理了一上午文书工作。吃过午餐，她摘掉钻石订婚戒指和结婚戒指，锁进办公桌抽屉。她去了一趟托尼·约翰逊的公司，问他有没有准备好进去。两人下楼，穿过走廊去埃博拉套房。套房前只有一间更衣室。托尼·约翰逊坚持请南希·杰克斯先进去换衣服，然后他再去。

更衣室很小，贴着一面墙放了几个储物柜，有几个架子，水槽上方有一面镜子。她脱掉包括内衣在内的全部衣物，放进储物柜。她没有揭掉手上的创可贴。她从架子上拿起消过毒的手术服：绿色长裤和绿色衬衫，就是外科医生做手术穿的那一身。她穿上裤子，系紧腰间的拉绳，扣上衬衫的按扣。手术服底下不许穿其他衣物，内衣也不行。她拿起手术帽戴上，对着镜子把头发塞进帽子里。她看起来并不紧张，但心里渐渐有点紧张了。这才是她第二次进入高危区域。

她光着脚，在镜子前转身，面对通往 2 级区域的门，门上的小窗透出深蓝色的光束：紫外线。病毒在紫外线下会分崩离析，紫外线能摧毁病毒的遗传物质，让它们无法自我复制。

她打开那扇门，走进 2 级区域，感觉门上有力量在抵抗她的拉动，那是气压差的功劳，一股和风吹过她的肩膀，向内涌去，流向高危区域。这就是空气负压，设计用意是让高危病原体只能飘向区域内部。门在背后关上，她进入了 2 级区域。蓝光洒在她的脸上。她穿过淋浴室——淋浴室里有紫外灯、消毒皂和普通香波。过了淋浴室就是卫生间，卫生间里的架子上有些干净的白袜子。她穿上一双，推开另一扇门，走进 3 级区域。

这个房间名为"整备室"，有一张桌子、一部电话和一个水槽。桌子旁边的地上有个圆筒形的防水纸板箱。这是个生物危害物品容器，俗称"帽盒"或"冰淇淋盒"。帽盒上印着生物危害的红色尖头三瓣花符号，用于储藏和运送传染性废物。这个帽盒是空的，放在这儿只是充当座椅。

她找到一盒乳胶外科手术手套和装有婴儿爽身粉的筛眼瓶。她摇出些爽身粉到手上，然后戴上手套。她找到一卷胶带，扯下几段贴在桌子边缘，接着开始密封自己。她每次取下一段胶带，将手套开口和手术服袖口贴在一起，胶带绕着手腕转了几圈，确保密不透风。她把袜子和长裤也贴在一起。这样，她的身体和有强大复制力量的魔物之间就有了一层防护。

约翰逊中校身穿手术服经过 2 级区域进来。他戴上乳胶手套，也用胶带把手套和袖子固定在一起，把袜子和长裤固定在一起。

南希向右转走进预备室，看见她的密封防护服摆在储物架上。这是一件 Chemturion 生物密封防护服，胸口标着"杰克斯"几个字。Chemturion 防护服是鲜艳的蓝色，因此又称"蓝色套装"。这种塑料防护服从内部加压，结实耐用，符合政府研究可经空气传播的高危病原体的需要。

她拉开防护服，放在混凝土地面上，抬起脚站进去。她套上防护服，拉到腋窝处，将手臂伸进袖管，直到手指插进手套。防护服有棕色的橡胶手套，通过腕部的密封垫与身体相连。这是防护服的主手套，厚橡胶质地。它们是她和埃博拉之间最重要的屏障。手套是薄弱部位，是整套防护服上最容易受损的组件，这是因为它们接触的东西包括枕头、手术刀和骨骼的尖锐部位。你要负责保养自己的密封防护服，就像伞兵要负责收拾和保养自己的降落伞。南希今天也许有点着急，没有按规程彻底检查防护服。

约翰逊中校大致讲了讲流程，帮她戴上防护服的头盔。头盔是柔软的塑料质地。约翰逊隔着透明面罩看着她的脸，想确定她的状况。

她拉上防护服胸口的密保诺拉链，拉链合拢时发出噗噗的声音——噗、噗、噗。防护服完成密封，面罩上顿时结起雾气。她取下墙上的黄色通气管，接上防护服。气流呼呼涌入，防护服开始膨胀，变得臃肿而坚硬，干燥的空气迅速吹干了面罩内部凝聚的小水珠。

研究所里有个说法：天晓得谁进了密封防护服会惊慌失措。这种事时有听闻，主要发生在没有经验的人身上。头盔刚一盖住面部，眼睛里就会透出惊恐，他们会汗出如浆，面色发紫，抓挠防护服，企图扯开它，呼吸新鲜空气，然后失去平衡，倒在地上，随即在防护服里尖叫或呻吟，听起来就像在壁橱里快要憋死了似的。有一次，一个男人在4级区域突然大喊大叫："放我出去！"——他扯掉防护服的头盔，大口吸入4级区域的空气。（其他人拖着他去用消毒药水冲洗，把他在淋浴室里关了好一阵。）

托尼·约翰逊帮南希·杰克斯穿好防护服，在她的眼睛里寻找惊恐的迹象；然后穿上自己的防护服，密封好并准备就绪后，他拿起一包解剖工具递给南希。他看上去冷静而镇定。两人转过身，面对不锈钢密封门。这扇门里是一个气密室，再过去就是4级区域了。门上贴着生物危害标志和警告文字：

注意

生物危害
请务必穿通风服入内

USAMRIID 内，只要一扇门开在不同级别的防护区域之间，就贴着国际通用的生物危害标志，这是个红色三叶草图案，让我想起蟾影延龄草。

4 级区域的气密室是个灰色区域，两个世界在这里相交，高危地带接触到了平常世界。灰色区域既不高危也不平常：这里既没有被证明无菌，但也未被证实有传染性。USAMRIID 的灰色区域也有蟾影延龄草绽放。南希深吸一口气，集中思绪保持镇静，用武术训练的技巧控制呼吸。人们在走进那扇不锈钢门前会有各种各样的小仪式。有人在胸前画十字。有人的防护服里挂着护身符——虽然从规定上说，防护服里除了身体和手术服外不准再有其他东西。他们希望万一防护服严重破损，护身符能抵挡高危病原体。

她拔掉通气管，拨开不锈钢门上的插销，走进气密室，托尼·约翰逊紧随其后。气密室完全由不锈钢打造，有一排喷洒清水和消毒药剂的喷头。这是消毒淋浴。门在他们身后关闭。南希打开气密室另一侧的门，走进高危区域。

完全浸入

1983 年 9 月 26 日，1 330 时

他们站在一条狭窄的煤渣砖走廊里。走廊两边是各种用途的房间。高危区域仿佛迷宫。墙上挂着黄色通气管。天花板上悬着频闪警示灯，通气系统失灵时会立刻提示。墙上刷着厚厚的环氧树脂涂料，所有插座的边缘都用凝胶物质封死。这是为了消除所有缝隙和孔洞，以防高危病原体穿过空心电缆逃逸出去。南希拿起一根通气管，接进防护服。除了头盔里的呼呼风声，她什么都听不见。防护服里的隆隆通气声实在太吵，两人甚至没有尝试交谈。

南希打开一个金属壁橱。壁橱里射出蓝色光线，她取出一双黄色橡胶靴。橡胶靴让她想起谷仓里的工作靴。她把防护服柔软的脚部塞进靴子，看一眼约翰逊，两人对视片刻：头儿，我准备好行动了。

两人拔掉通气管，沿着走廊继续前进，走进关猴子的房间。房间里有两排铁笼，沿两侧墙壁摆放，互相面对。杰克斯和约翰逊接上通气管，向笼子里张望。一排铁笼关着两只隔离的猴子，也就是所谓的"控制组"。它们没有被注射埃博拉病毒，因此是健康的。

健康的猴子看见身穿防护服的陆军军官，顿时闹将起来。它们拍打铁笼，跳上蹿下。穿防护服的人类让猴子紧张。猴子大呼小叫——"噢！噢！吼，哇，吼！"还有一种尖细的叫声："呀！"猴子跑到笼子前部，摇晃笼门，前后跳跃，碰，碰，碰，自始至终一直盯着杰克斯和约翰逊，非常警觉。笼门上有精巧的锁，以防被灵长类的手指拨开。猴子是很有创造力的鬼灵精，她心想，而且在笼子里百无聊赖。

另一排铁笼基本上非常安静。这一排是埃博拉笼，铁笼里的猴子都被注射了病毒，其中大多数沉默、温顺而孤僻，但有一两只显得怪异而狂躁。它们的免疫系统已经崩溃或失灵。大部分猴子看起来还不像有病，但它们没有表露出警觉性和猴类通常的活跃，也就是健康猴子跳来跳去、拍打铁笼的行为，绝大多数猴子没有吃早餐的糕点。它们几乎一动不动地坐在笼子里，毫无表情地看着两位军官。

这些猴子被注射了全世界已知最致命的埃博拉毒株：扎伊尔埃博拉的玛英嘉毒株。它来自一位名叫玛英嘉·N 的年轻女性，1976 年10 月 19 日，她死于这种病毒。玛英嘉是扎伊尔一所医院的护士，照顾过一名死于埃博拉的罗马天主教修女。修女死前流出的血液沾在玛英嘉护士的身上，几天后玛英嘉护士也病发去世。玛英嘉护士的部分血样最后来到美国，曾经生长于玛英嘉护士血液里的毒株如今存活在小玻璃瓶里，保存在研究所的超级冷藏柜内，这个冷藏柜的温度维持在零下一百六十华氏度。冷藏柜上有锁和警报器，贴着生物危害的标记，用胶带封得严严实实。抵御高危病原体的第一道防线就是胶带，因为它能封死缝隙。简而言之，要是没有胶带，也就没有生物防护这回事了。

吉恩·约翰逊解冻了玛英嘉护士的少量冰冻血样，注射进猴子体内。猴子开始生病，他尝试用某种药物治疗，希望能够帮它们抵御病毒。这种药似乎不起作用。

南希·杰克斯和托尼·约翰逊逐个铁笼检查病猴，终于发现那两只流血而死的猴子。两只动物在各自的笼子里蜷成一团。它们鼻孔流血，眼睛半张，视线呆滞，眼珠呈鲜红色，瞳孔放大。它们的面部没有表情，甚至看不出痛苦。病毒已经摧毁了皮肤下的结缔组织，导致面容略显扭曲。面相怪异还有另一个原因，那就是控制表情的那部分大脑已被摧毁。面容僵硬、眼球通红和鼻孔流血，这些是灵长类动物感染埃博拉病毒后的标准症状，猴类和人类在这方面并无区别。它们是脑损伤和皮下软组织遭到破坏这个可怕组合的表征。标准的埃博拉面容使得猴子像是看见了什么超乎想象的场景，但那里绝对不是天堂。

南希·杰克斯心里一阵难过。看见死去的和正在受苦的猴子，她感到很不安。她是兽医，深信自己的职责是治疗动物，免除动物的痛苦。但她也是科学家，深信自己的义务是从事医学研究，最终能够减轻人类的痛苦。她在农场长大，父亲饲养供食用的家畜，但还是无法安然接受动物的死亡。小时候，父亲将她的"四健会"① 获奖肉牛交给屠夫时，她哭得很伤心。她喜欢动物胜过喜欢许多人类。发兽医誓言的时候，她向荣誉典章宣誓说，她将献身于照顾动物，但同时也将献身于通过医药拯救人类生命。但是在工作中，这两种理念时常会迎头相撞。她告诉自己，这项研究是为了寻找治疗埃博拉的方法，因此是能够帮助拯救人类生命的医学研究，甚至有可能避免人类遭受灭顶

---

① 美国农业部的农业合作推广体系所管理的一个非营利性青年组织，四健代表的是头脑、心灵、双手和身体。——译者

之灾。这个想法消除了一部分不安的感觉，她也尽量把情绪放在一边不去理会。

杰克斯开始执行取出尸体的步骤，约翰逊仔细盯着她。在 4 级区域处理没有知觉的猴子是个棘手活儿，因为猴子有可能会醒来，它们有牙齿，咬合力惊人，而且非常强壮和敏捷。实验室用的可不是街头艺人驯养的猴子。这些是来自雨林的野生大型动物。被感染了埃博拉病毒的猴子咬一口，几乎肯定会丢掉性命。

南希首先隔着栏杆观察猴子。这是一只大块头的雄性，看起来是死透了。她看见它的犬齿还在，不禁有些紧张。通常来说，为了保证安全，实验室会挫掉猴子的犬齿。但不知为何，这只猴子还长着巨大的天然犬齿。她把戴着手套的手伸进栏杆，捏了捏猴子的脚趾，看它的眼睛有没有动静——眼睛一动不动，茫然瞪视。

"继续，打开笼子，" 约翰逊中校说，防护服里风声呼啸，他只能大声呼喝。

她打开门锁，向上滑动笼门，直到笼门洞开。她再次仔细查看猴子。没有肌肉抽动的迹象。这只猴子确实已经死了。

"好，继续，把它搬出来，" 约翰逊说。

她伸手进笼子，抓住猴子的上肢，翻过去让它背对自己，这样就算它突然醒来，想咬也咬不到她。她将上肢向后拉，并起来攥在手里，然后将猴子搬出了铁笼。

约翰逊抓住猴子的双脚，两人把猴子抬到一个帽盒边，将它放了进去。两人抬起帽盒，走向验尸室，他们穿着密封防护服，只能慢慢挪动脚步。两个灵长类抬着另一个灵长类。前者是地球的主宰——至少他们自己这么相信；后者栖息在树上，动作敏捷，是地球主宰的近亲。除了人类和猴子这两个物种，房间里还有另一种生命体，它比两者都要古老和强大，它的栖息地是血液。

杰克斯和约翰逊抬着猴子，慢慢走出房间，左转又左转，走进验尸室，将尸体放在不锈钢验尸台上。猴子的皮肤布满皮疹，透过稀疏的毛发，能看见星星点点红斑。

"戴手套，"约翰逊说。

两人在防护服的手套外又戴上一副乳胶手套。他们现在戴着三层手套：贴皮肤的一副，防护服上的一副，最外层的这一副。约翰逊说："咱们清点一下。剪刀。止血钳。"他把工具在桌首摆成一排，每件工具都有编号，他大声念出号码。

他们开始工作。约翰逊用钝头剪刀破开尸体，杰克斯从旁协助。两人动作很慢，一举一动非常小心。他们没有使用锐利的刀具，因为刀具在高危区域是致命武器。手术刀有可能划破手套，割破手指，在你感觉到痛楚之前，病原体就已经进入你的血液。

南希将工具递给他，她将手指探进猴子的身体，扎住血管，用小块海绵吸走溢出的血液。它的体腔内是一片血海。这是埃博拉之血，猴子体内流得到处都是：大量内出血的结果。肝脏肿大，她看见肠内有血。

她不得不逼着自己放慢手上的动作。她的手似乎动得太快了。整个过程中她一直在和自己说话，保持警醒和聚精会神。保持干净，保持干净，她心想。好，拿起止血钳。夹住那条动脉，因为它在出血。停一停，清洗手套。尽管她的双手清洁而干燥，扑过爽身粉，但隔着手套，她能感觉到埃博拉之血：湿，滑。

她从体腔内抽出双手，在一盆放在水槽里的 EnviroChem 消毒剂里清洗手套。这种液体呈浅绿色，就像日本绿茶，能够摧毁病毒。她开始清洗手套，猴血将消毒剂染成棕色。她只听见防护服里的气流声。呼呼风声堪比地铁穿过隧道。

病毒是包膜和蛋白质构成的微小囊状物。囊体里有一条或多条DNA或RNA链，DNA和RNA是长形分子，包含病毒复制所需的软件程序。有些生物学家将病毒列为"生命体"，因为从严格意义上说，病毒不能算是"活着"。病毒非生非死，它的"活着"很难定义；病毒存在于生命与非生命的边界之上。若是处于细胞外，病毒只是存在而已，什么也不会发生。它们是死的，甚至能结成晶体。血液或体液内的病毒粒子或许看起来是死的，但粒子只是在等待机会而已。它们的表面有黏性。要是细胞凑巧经过，碰到病毒，病毒的黏性与细胞的黏性能够匹配上，病毒就会附着在细胞上。细胞感觉到病毒的附着，会包裹住病毒，将它拉入内部。一旦病毒进入细胞，就变成了特洛伊木马。它活跃起来，开始复制。

病毒就像寄生虫。它无法自己生存，只能在细胞内进行复制，利用的是细胞的物质和运行机制。所有生物的细胞内都携带有病毒，甚至真菌和细菌也不例外，有时候还会被病毒摧毁。简而言之，疾病也有自己的疾病。病毒在细胞体内自我复制，直到细胞被病毒塞满和撑破，于是病毒涌出破裂的细胞。病毒也会穿透细胞壁出芽，就像龙头渗出的水滴：一滴、两滴、三滴，复制、复制、复制、复制——艾滋病病毒就是这么复制的。水龙头不停漏水，直到细胞被耗尽物质，最终毁灭。宿主的细胞死到一定数量，宿主就会死去。病毒并不"想"杀死宿主，这不符合病毒的最大利益，因为病毒会和宿主一同死去，除非它能以足够快的速度从濒死宿主传播到新宿主身上。

埃博拉内的遗传密码只有一条 RNA。这种分子被认为是最古老和"原始"的生命编码机制。四十五亿年前，地球形成后不久，原始海洋开始存在，其中很可能就有基于 RNA 的微观生命体了。言下之意：埃博拉是一种古老的生命形式，几乎和地球同样古老。关于埃博拉非常古老这一点还有一个证据，那就是它显得既非生又非死。

病毒在繁殖时看起来是活着的，但从另外一个角度说，它们又显然是死的——只是机器而已，小归小，但完全是机械式的，不比手提钻更有生机。病毒是分子大小的鲨鱼，是没有思想的行动。紧凑，冷酷，理性，只考虑自己，病毒全心全意自我复制：速度有时候非常惊人。它的首要目标就是复制。

病毒太微小了，肉眼看不见。让我来帮你想象一下它的尺寸吧。把曼哈顿岛缩小到这个大小：

这个曼哈顿能轻易容纳九百万个病毒。再放大这个曼哈顿，假如它充满了病毒，你会看见小小的黑影充斥街道，就像第五大街上的午餐人群。这句话结尾的句号里能放下一亿个结晶的脊髓灰质炎病毒。那个句号里的病毒可以举行两百五十场伍德斯托克音乐节，英法两国的人口加起来都没那么多，而你却浑然不知。

保持干净，南希心想。不能有血，不能有血。我不喜欢血。每次见到一滴血，我看见的都是十亿个病毒。停一停，清洗手套。停一停，清洗手套。放慢动作。看着托尼的防护服。检查是否完好。

你必须盯着搭档的防护服，寻找破洞或裂缝的踪迹。就像你是看着孩子的母亲——永远留神查看，确定是否一切正常。

另一方面，约翰逊也盯着她。他在观察她有没有犯错，使用工具时动作是否突兀。他害怕会看见她不小心弄掉什么东西。

"咬骨钳，"他说。

"什么?"她问。

他指了指她的通气管，意思是你先折一下，好听见我在说什么。她抓起通气管折了一下。送风停止，防护服渐渐泄气，噪音消失。他把头盔凑近她的头盔，又说了一遍"咬骨钳"三个字，她松开通气管，拿起咬骨钳递给约翰逊。咬骨钳这个词来自法语，意思是"咬啮者"，用以打开颅骨。

打开颅骨在 4 级区域永远是个烦人事。灵长类动物的颅骨很坚硬，骨板彼此啮合。在普通环境下，你会用电动骨锯破开颅骨，但在 4 级区域不能使用骨锯，因为它会将雾状的骨头碎屑和血滴打入空中，谁都不想在高危区域弄出这么一团有感染性的气雾，哪怕你身穿密封防护服也一样：实在太危险了。

两人用钳子撬开颅骨，发出响亮的破碎声。他们取出大脑、眼球和脊髓，放进一瓶防腐剂。

约翰逊正要递给她一个装有样本的试管，他突然停下来，看着她戴手套的双手。他指了指她的右手。

南希低头去看。手套浸满鲜血，但她还是一眼就看见了破洞：右手外层手套的掌心中央有一条裂缝。

南希扯掉手套。防护服的主手套沾满血液。血液沿着防护服的外层袖管蔓延。很好，真是好——埃博拉血沾上了我的防护服。她在消毒剂里清洗手套和手臂——洗干净了，湿漉漉地发亮。她在剩下两层手套里的手突然感觉不对：冰冷，湿滑。防护服手套内感觉湿乎乎的。她害怕那只手套也破了，害怕右手主手套上有泄漏点。她仔细检查那只手套：看见了。手腕上有条缝隙。她的防护服上有泄漏点。她的手感觉湿漉漉的。她害怕埃博拉血液钻进了密封防护服，而且位置就在右手手掌上的伤口附近。她指着手套说："破洞。"约翰逊低头检查她的手套，看见腕部的缝隙。她看见约翰逊面露讶色，抬头看着她的眼睛。南希在他的眼睛里看见了恐惧。

她惊恐起来。她用大拇指指了指出口："我先出去了，老大。你一个人能行吗？"

他答道："我要你立刻出去。我收拾好这个区域，然后跟你出去。"

南希用完好的左手拔掉通气管，沿着走廊跑向气密室，右臂僵硬地悬在身旁。她不想移动那只手，因为只要一动，她就会感觉手套里有什么湿乎乎的东西。恐惧威胁着要吞没她。她该怎么不动那只手就脱掉靴子呢？她摆腿甩掉靴子。靴子顺着走廊飞出去。她拉开舱门走进去，随手关上背后的门。

她扯动从气密室天花板垂下来的链条，启动消毒淋浴。消毒淋浴持续了七分钟，你在此期间不得离开，因为消毒剂需要时间起效。首先启动的是水流，冲掉防护服上的血污。水流停止后，四面八方的喷嘴随即吐出 EnviroChem 喷雾，从外侧净化密封防护服。当然了，化学药剂无法影响存活于手套内的东西。

气密室内没有灯；这里光线昏暗，近乎于漆黑一片，确实符合"灰色区域"的定义。真希望这里有挂钟，好让你知道自己还要等多久。五分钟？四分钟？化学喷雾顺着面罩流淌。感觉就像冒雨开车，雨刷却出了故障，你什么也看不清。该死，该死，该死，她心想。

研究所里有个 4 级防护的生物隔离医院，俗称"监狱"，医生和护士身穿密封防护服治疗患者。要是暴露于高危病原体之下，你被送进监狱，不幸因此丧命，那么尸体就会送进旁边的 4 级防护停尸房，那儿俗称"潜水艇"。这个名字是研究所里的士兵叫出来的，因为它的大门是沉重的钢铁质地，很像潜水艇里的水密门。

　　真是该死！她心想。我会被关进监狱。托尼会填写事故报告书，我会埃博拉发作。一周以后，我就进潜水艇了。该死！杰瑞在得克萨斯。我今天还没去银行。家里没有现金。孩子们和特拉帕尼夫人在家里，她还等着我发工资呢。我今天没去超市。家里没有食物。我要是进了监狱，两个孩子吃什么？今晚谁哄他们睡觉？该死，该死，该死！

　　淋浴停止。她打开门，冲进整备室。她以最快速度脱掉防护服——剥开衣服，跳出来。防护服落在水泥地上，湿漉漉的，还在滴水。

　　右臂从防护服里出来的时候，她看见手术服的袖子是湿的，内层手套染上了红色。

　　防护服手套有泄漏点。埃博拉血碰到了最内层的手套。污血沾在乳胶手套上，里面就是皮肤，就是那块创可贴。最后一层手套薄得透明，她隔着手套都能看见创可贴，就在埃博拉血的底下。心脏怦怦乱跳，她险些呕吐——胃部收缩，翻江倒海，喉咙里一阵发紧。呕吐反应：发现自己毫无防护地面对生物防护 4 级的有机体，谁都会突然有呕吐的欲望。她的大脑转得飞快：现在怎么办？这是一只未经消毒的手套——上面沾着埃博拉血。天哪。我应该遵守什么规程？我现在该怎么办？

托尼·约翰逊的蓝色身影出现在气密室里，她听见喷嘴嘶嘶作响。他开始消毒了，但要过足足七分钟，他才有可能回答她的问题。

关键问题是有没有污血穿过最后一层手套，碰到她的伤口。悬浮在一滴血里的五到十个埃博拉病毒粒子能够轻易钻进外科手术手套上的小孔，足以引发一场爆发性的传染。这东西能够自我增殖。肉眼无法看清手套上有没有小孔。她走到水槽前，把手放在龙头底下冲洗了一段时间。水带着污血进入排水管道，废水将在加热容器里煮沸。

她轻轻抓住手套的腕部，摘掉了最后这一层手套。右手脱离出来，手上沾着爽身粉，指甲剪得很短，没有指甲油，没有戒指，关节上有道伤疤，那是小时候被羊咬的——还有掌心的创可贴。

她看见血液和爽身粉混在一起。

上帝啊，求求你，千万就是我自己的血。

对——确实是她自己的血。伤口又在出血，从创可贴边缘渗了出来。她没有在手上看见猴子的血。

她把最后一层手套放在水龙头下。水灌满了手套。手套像气球似的膨胀起来。她害怕会突然看见手套上射出一丝水流，那代表着存在渗漏点，代表着她的生命将要走向终点。手套继续膨胀。没有漏水。

她的两条腿忽然一软，靠在煤渣砖的墙壁上，滑了下去，感觉像是肚子上挨了一拳。她过去坐在帽盒上，不知是谁拿了个这种容器当椅子坐。她的两腿提不起半点力气，她软绵绵地靠在墙上。托尼·约翰逊走出气密室，看见的南希就是这个样子。

事故报告书最后的结论是杰克斯少校没有暴露在埃博拉病毒之下。她的最后一层手套完好无损，所有人都认为这种病原体靠直接接触血液和体液传播，因此病毒虽然突破了密封防护服，但还是未能进入她的循环系统。那天晚上，她开车回家，没有被关进监狱，这都是最后一层手套的功劳。她险些从一只病死的猴子身上感染埃博拉，猴子身上的病毒来自一位名叫玛英嘉的年轻女性，多年前她在扎伊尔的丛林里被一位流血而死的修女传染。

那天晚上，她打电话给还在得克萨斯的杰瑞。"你猜怎么了？我今天出了个小事故。险些就碰上了埃博拉。"她把事情告诉了丈夫。

丈夫吓得魂不附体。"真是该死，南希！我说过你别去搀和那个埃博拉病毒！他妈的埃博拉！"他叽里咕噜唠叨了十分钟，说身穿密封防护服从事高危工作有多么凶险，尤其是处理埃博拉病毒。

她很冷静，没有和杰瑞争辩。她明白杰瑞并不是在对她发火，只是害怕而已。她让杰瑞说了下去，等他说够了，开始冷静下来，她说她很有信心，认为一切都会好起来的。

另一方面，杰瑞吃惊的是妻子竟然这么冷静。要是觉察到妻子有一丝不安，他当晚就会搭飞机赶回家。

埃博拉治疗实验并未成功，因为那些药物对这种病毒均告无效。吉恩·约翰逊的病猴悉数死亡。病毒绝杀了那些猴子，彻底抹掉了它们的生命。实验全部的幸存者就是控制组，也就是那两只未被感染的健康猴子，生活在病猴对面的笼子里。控制组没有感染埃博拉病毒，因此不出所料，它们没有发病。

手套沾血事故的两周之后，埃博拉套房里出了一件可怕的事情。那两只健康猴子也开始眼球发红，鼻孔流血，最后崩溃并流血至死。它们没有被人为感染埃博拉病毒，也没有靠近过病猴。它们和病猴之间隔着好大一段空地。

让一个健康的人坐在房间一侧，一个艾滋病患者坐在另一侧，艾滋病病毒不可能飘过房间去感染那个健康的人。但埃博拉病毒做到了。它的动作迅速而果断，而且途径不为人知。最大的可能性是控制组将病毒吸进了肺部。"不知怎的，病毒就过去了，"几年后，南希·杰克斯向我讲述这段经历时这么说，"猴子喜欢吐口水，扔东西。管理员用水管清洗笼子，会制造出气溶胶级的液滴。病毒很可能是通过被雾化的分泌物传播的。从那以后，我知道了，埃博拉也能通过空气传播。"

埃博拉河

1976 年夏末秋初

1976 年 7 月 6 日，苏丹南部，埃尔贡山西北五百英里，中部非洲热带雨林的指状边缘处，一个以后将被埃博拉猎人牢牢记住的男人进入休克状态，死时身体的每一个孔窍都在流淌鲜血。大家提到他的时候只用他的姓名缩写：YuG。YuG 先生是这次未知病毒爆发中的指示病例，也就是第一起确诊的病例。

YuG 先生是恩扎拉镇上一家棉花加工厂的仓库管理员。恩扎拉的人口近年来增长迅速，这个小镇也经历了全球赤道地区共通的人口爆发。苏丹南部这个地区的居民是赞德人，他们是一个大部落。赞德人的家园很美丽，是夹杂着河畔森林的大草原，金合欢树丛生于季节性的河流两岸。非洲鸽栖息在树枝上，发出悠长的叫声。河流之间是象草的海洋，它们能长到十英尺高。向南朝着扎伊尔走，地势越来越高，平原变成丘陵，森林从河畔向外延伸，变得越来越浓密，在头顶上搭成树冠，你就进入了雨林地带。恩扎拉镇周围是肥沃的种植园，种着柚木、果树和棉花。人们很贫穷，但努力工作，供养大家庭，恪守部落传统。

YuG 先生靠薪水吃饭。加工厂里有个堆满布匹的房间，他的办公桌就在那儿。蝙蝠栖息在离办公桌不远的天花板上。谁也没法证明那些蝙蝠有没有携带埃博拉病毒。病毒也许是通过某种未知途径进入加工厂的，比方说困在棉絮里的昆虫，又比方说加工厂里的老鼠。甚至有可能病毒和加工厂根本没关系，YuG 先生是在其他什么地方感染的。他没有去医院，最后死在自家院子里的一张吊床上。家里人给他举办了赞德人的传统葬礼，把尸体抬到象草丛的一片空地里，放在堆起来的石块底下。许多欧美医生拜访过他的坟墓，他们想亲自看一眼这个地方，思考它的含义，向苏丹埃博拉的指示病例聊表敬意。

后来人们记忆中的他是个"安静、不起眼的男人"。他活着的时候没有拍过照，似乎也没有人记得他的长相。哪怕在故乡，认识他的人也不多。据说他的兄弟高大瘦削，那么他大概也差不多。除了家人和少数几名同事，没有人知道他悄然离世。假如他不是这种病毒的宿主，他恐怕不会在世间留下任何印象。

他的病情开始自我复制。他死后没几天，办公室的另外两名职员也突然出血和休克，死时从全身的所有孔窍淌出鲜血。其中一名死者喜欢交际，姓名缩写 PG。他和安静的 YuG 先生不同，社交圈很宽，有好几个情人。他在镇上广泛传播这种病毒。病毒很容易就完成了人际传播，显然是通过身体接触和性行为传播的。它蔓延得非常迅速，很容易就能在一个人身上扎根。它在苏丹爆发时，经历了多达十六代的传染，同时杀死了许多宿主。尽管这个结果并不符合病毒的最大利益，但假如一种病毒的传染能力足够强，能够足够迅速地从一名宿主传播到另一名身上，那么前一名宿主的命运也就无所谓了，因为病毒可以在相当长的一段时间内自我增殖，直到杀死宿主群体的大量人口为止。苏丹埃博拉的绝大多数致命病例都可以沿着传染链条追溯到那位安静的 YuG 先生。这个高危毒株从他身上辐射出来，几乎摧毁了苏丹南部的全部人口。这个毒株犹如野火，从恩扎拉镇出来一路向东来到马里迪镇，这个镇有一所医院。

病毒像炸弹似的击中医院，在患者之中肆虐，又从医院向外，像链状闪电似的打穿患者的家庭。医护人员给患者注射时显然没有给针头消毒，病毒通过针头很快传遍整个医院，随后扑向医护人员。高致病性、高致命性且无药可救的病毒有个特征，那就是它会迅速传入医护人员群体内。在某些案例中，医疗体系还可能进一步激发爆发的强度，就好比放大镜将阳光聚集在一堆易燃物上。

病毒把马里迪的医院变成了停尸房。它在病床之间传播，杀死左右并排的患者，医生注意到发狂、精神错乱、人格解体、类似僵尸的行为。有些垂死者脱光衣物，冲出医院，赤裸裸地浑身淌血，徘徊于马里迪镇的街道上，寻找自己的住处，似乎不知道发生了什么，也不知道自己为什么会变成这样。毫无疑问，埃博拉病毒损伤了大脑，导致智力衰退。不过另一方面，你很难分清脑损伤和恐惧效应。假如你被困在医院里，看着人们在病床上化作血水，只怕也会想逃出去，假如你在流血，吓得心惊胆战，只怕也会脱掉衣服，而人们肯定会认为你发疯了。

苏丹毒株比马尔堡病毒致命一倍，致死率是百分之五十。也就是说，感染者有一半会迅速死去。这可以和中世纪黑死病的致死率相提并论。假如苏丹埃博拉病毒扩散到非洲中部，几周内就会到达喀土穆，再过几周将攻破开罗，紧接着抵达雅典、纽约、巴黎、伦敦、新加坡——它有可能传遍全世界的每个角落。但这种事终究没有发生，苏丹的危机很快结束，全世界绝大多数人毫不知情。苏丹发生的事情相当于秘密引爆了一颗原子弹。我们永远也不会知道人类离一次重大生物灾难有多近。

出于尚不清楚的某些原因，爆发渐渐平息，病毒随之消失。马里迪的医院是这场灾难的震中。病毒肆虐医院的时候，侥幸逃生的医护人员惊慌失措，逃进树林。这很可能是最明智的举措，也是能够想象的最佳结果，因为这么做停止了污染针头的使用，并且清空了整个医院，有助于打断传染的链条。

苏丹埃博拉病毒的消失还有一个可能的原因。它的致死率太高了。杀人的速度太快，没有留下足够的时间，让患者在死前去传染其他人。另外一点，这种病毒无法通过空气传播。它的感染能力不够强，无法引发全面规模的灾难。它靠血液传播，但流血的患者在死前接触不了太多人，因此病毒没有太多机会被传给新宿主。假如病人能通过咳嗽让病毒进入空气……那就完全是另一码事了。总而言之，苏丹埃博拉病毒在非洲中部杀死了几百人，势头就像火焰吞噬一堆干草，火焰最后从中央熄灭，留下一团灰烬；它不像艾滋病，艾滋病在全世界闷烧，仿佛煤矿里的大火，永远不可能被扑灭。埃博拉病毒的苏丹化身退回了丛林深处，毫无疑问直到今天还在那里存活，它在某种未知宿主身上循环复制，能够改变自己的形状，能够突变成另一种新病毒，伺机以新的形态进入人类这个物种。

苏丹危机爆发两个月后，时间来到了 1976 年 9 月初，一种更加致命的丝状病毒出现在向西五百英里扎伊尔北部的邦巴区，那儿的热带雨林里分布着村庄，埃博拉河为人们提供水源。扎伊尔埃博拉毒株比苏丹埃博拉还要致命近一倍。似乎有某种对人类怀着深仇大恨的力量，出于某些我们无法理解的意图创造了这个怪物，让它无声无息地涌现世间。直到今天，科学家还没能确证扎伊尔埃博拉的第一起人类感染病例。

大概在 9 月的头几天，居住在埃博拉河南岸某处的某个无名氏触碰了什么带血的东西。或许是猴子肉——这个地区的居民捕猎猴子为食物；或许是另外某种动物，比方说大象或蝙蝠。也可能这个人摸了一只被碾死的昆虫，或是一只蜘蛛咬了他/她。无论病毒的原始宿主是什么，肯定是在雨林的血液间接触让它进入了人类世界。人类世界的大门多半就是这个无名氏手上的一道小伤口。

病毒在扬布库教区医院浮出水面，这家由比利时修女开办的医院开在扎伊尔内陆，有着波纹铁皮屋顶和石灰刷白的水泥墙，坐落于森林里的一座教堂旁边。每当教堂敲响钟声，你就会听见人们合唱赞美诗，用班图语念诵大弥撒。教堂隔壁，疟疾病人打着摆子在医院门口排队，等待修女给他们打针，让他们感觉稍微好点。

扬布库教区还开设有儿童学校。8 月底，一名老师和几个朋友去扎伊尔北部度假。他们找教会借了辆路虎向北走，一路考察这个国家。他们循着别人的车辙走得很慢，时不时陷进烂泥，驱车穿越扎伊尔就会遇到这种事。这条路基本上是树冠下的一条步行小径，永远被树荫笼罩，感觉就像在隧道里开车。最后，他们终于来到埃博拉河畔，搭渡轮过河后继续向北。来到乌邦贵河附近，他们在路边市场停下，那位老师买了些新鲜羚羊肉。他的一个朋友买了只刚宰杀的猴子，放在路虎的后车厢里。他们开着路虎一路颠簸，几个人里谁都有可能摸过死猴子或羚羊肉。

他们掉头返回，老师到家后，妻子炖了羚羊肉，家里的每一个人都吃了些。第二天早晨，他感觉不舒服，所以在上班前去了趟教堂另一侧的扬布库医院，请护士给他打针。

每天清晨，扬布库医院的修女都会把五支注射器摆在桌上，一整天就用这些注射器给患者打针。她们每天用五个针头给门诊和妇产科数以百计的患者注射药物。修女和医护人员偶尔在一次注射后用一盆热水洗掉针头上的血液，但大多数时候不清洗就直接给下一个人注射了，针头从一条胳膊转移到另一条胳膊，混合了越来越多人的血液。埃博拉病毒的传染性很强，血液里的五到十个病毒粒子就足以在下一个宿主身上引发极度增殖，因此这种行为给病原体传播创造了绝佳的条件。

老师接受注射后没几天，扎伊尔埃博拉病毒就发作了。他是扎伊尔埃博拉已知的第一起病例，但他有可能是在医院里通过脏针头染上病毒的，所以在他之前看病的某个人或许也感染了病毒，修女给他注射用的针头后来用在了老师身上。这个无名氏多半就站在老师前面排队等待打针。正是这个人引发了扎伊尔的埃博拉爆发。和苏丹那次一样，这种从理论上说有可能传遍全世界的生命体，它的涌现完全起始于一名感染者。

病毒同时在医院周围的五十五个村落爆发。首先杀死了接受注射的那些人，然后在家庭内传遍，杀死家庭成员——尤其是女性，在非洲为葬礼包裹死者的是女人。病毒扫荡了扬布库医院的护理人员，杀死绝大多数护士，然后扑向比利时修女们。第一个发作埃博拉的修女是一名助产士，她接生了一个死婴。母亲因为埃博拉而奄奄一息，将病毒传给了尚未出生的孩子。胎儿显然在子宫内崩溃并流血至死，因此母亲自然流产，接生死胎的修女在操作时双手沾上了鲜血。母亲和胎儿的血液都有极强的传染性，修女的皮肤上肯定有小破口或伤口。

五天后，她死于爆发性感染。

扬布库医院有个现在被称为 M. E. 修女的护士。她染上 l'épidémie（法语，"流行病"，人们刚开始就是这么称呼这种病的），病得很厉害。扬布库的一名神父决定带她去扎伊尔的首都金沙萨，让她得到更好的医治。他和一位 E. R. 修女开路虎带着 M. E. 修女来到邦巴镇，镇子位于刚果河畔，煤渣砖和木头简易房乱糟糟地挤在一起。他们去邦巴机场雇了一架小型飞机去金沙萨，降落后送 M. E. 修女进恩加利埃马医院，这是瑞典修女开办的一家私立医院，她得到了一个独立病房。她在这里忍受临终前的痛苦，最后将灵魂托付给上帝。

扎伊尔埃博拉病毒袭击人体内除骨骼肌和骨骼之外的所有器官和组织。这是一种完美的寄生生物，因为它几乎将整个人体变成了饱含病毒粒子的黏液。构成埃博拉病毒粒子的七种神秘蛋白质就像不知疲倦的机器、分子尺寸的鲨鱼，吞噬人类的身体，供病毒自我复制。血液中出现细小的凝块，血液越来越黏稠，流得越来越慢，凝块附着在血管壁上。这就是所谓的"铺壁"，因为凝块会像瓷砖似的拼接在一起。瓷砖越铺越厚，继续产生更多的凝块，凝块随着血液流进毛细血管，堵塞血流，切断人体各个部位的供血，导致大脑、肝脏、肾脏、肺部、大小肠、睾丸、乳腺组织（无论男女）和全身皮肤出现坏死点。皮肤上出现名为"瘀点"的红色斑点，那实际上是皮下出血。埃博拉病毒攻击结缔组织尤其凶狠；它在胶原内增殖，胶原是维系器官的结缔组织的主要构成蛋白质，而埃博拉那七种蛋白质能够吞噬支撑人体的蛋白质。就这样，人类体内的胶原变成稀泥，皮肤从底层开始坏死和液化。皮肤上会冒出无数白色小水疱，和名为"斑丘疹"的红色皮疹混在一起。这种皮疹看上去像是木薯布丁。皮肤上会自发出现裂口，裂口涌出血液。皮肤上的红斑会增长、扩散和合并，变成自发产生的大块瘀伤，皮肤变得柔软和脆弱，稍微有点压力就会破裂。你的口腔会出血，牙龈会出血，连唾液腺都会出血——身体的每一个孔窍，无论多么细小，都会开始出血。舌头表面变得鲜红，随后腐烂剥落，死肉被吞下去或吐出来。据说失去舌头表皮的疼痛超乎想象。舌头的皮肤会在黑色呕吐物涌出时被撕掉。喉咙底部和气管外壁也会腐烂脱落，坏死组织顺着气管滑入肺部，或者随着痰液被咳出来。心脏内会出血，心肌变软，出血流入心室；心脏每一次跳动，血液都会被挤出心肌，涌入胸腔。坏死的血液细胞堵塞大脑，这是所谓的脑内血球沉积。埃博拉会攻击眼球内壁，血液会充满眼球，你也许会丧失视力。眼睑淌出血滴，你也许会流下血泪。血液从眼睛顺着面颊流淌，而且无法凝结。你会半身中风，一侧身体瘫痪，这在埃博拉病例中永远是致命打击。哪怕凝血在渐渐充满你的内脏器官，流出身体的血液却无法凝结，情形就像是从凝乳里挤出的液体。血液内的凝血因子已被消耗一空。你把流动的埃博拉血液放进试管观察，会发现血液本身已被摧毁。红细胞破损死亡。血液像是在电动搅拌器里打过似的。

埃博拉在宿主还活着的时候就能杀死大量组织。它能造成斑状坏死，逐渐扩散到所有内脏器官内。肝脏膨胀变黄，开始液化，最后崩裂。裂口贯穿整个肝脏，深入其内部，肝脏彻底坏死和腐烂。凝血和死细胞堵塞肾脏，肾脏停止工作。肾脏衰竭之后，尿液毒素进入血液。脾脏变成一整个棒球大小的坚硬血凝块。血液会充满肠子。肠壁组织死亡后脱落进入肠内，与大量血液一同排出。对男人来说，睾丸会肿胀，变成青紫色，精液会充满埃博拉病毒，乳头会流血。对女人来说，阴唇会变成青紫色，向外突出，阴道会严重出血。病毒对孕妇来说是个灾难：胎儿会自然流产，通常会被病毒感染，生下来就眼球通红，鼻孔流血。

埃博拉比马尔堡病毒更加彻底地摧毁大脑，埃博拉患者在临终时往往会进入癫痫般的痉挛：犹如大发作型癫痫——整个身体抽搐震颤，双臂和双腿胡乱踢打，流血的眼睛翻白眼。震颤和抽搐会让血液飞溅。癫痫溅血很可能也是埃博拉的求生策略：通过污染创造传播机会——在患者濒死时引发全身抽搐，将血液洒得到处都是，给病毒传播给下一个宿主的机会。

埃博拉和马尔堡的增长迅速而猛烈，人体内被感染的细胞塞满了病毒粒子的结晶体。这些结晶体是细胞内尚未破壁而出的病毒幼体，俗称"砖块"。砖块首先出现在细胞中心附近，继而向表面移动。晶体抵达细胞壁后，会分解成数以百计的病毒粒子，幼体像发丝似的穿透细胞壁，进入宿主血液。新生的埃博拉病毒粒子附着在身体各处的细胞上，钻进去继续增殖。它就这么不断增殖，直到身体各处的组织内都塞满了结晶体，成熟后就有更多的病毒粒子进入血液，扩大增殖冷酷无情地继续着，最后宿主的一滴血液里就有上亿个病毒粒子。

宿主死后，尸体会突然瓦解：内脏器官已经坏死或部分坏死好几天，早已渐渐解体，崩溃过程与患者的休克有所联系。尸体的结缔组织、皮肤和内脏器官布满了坏死斑块，经过高烧的加温，因为休克而损毁，此刻开始液化，尸体泄漏出的液体充斥着埃博拉病毒粒子。

M. E. 修女死后，病房的地板、椅子和墙壁都沾满血迹。见过那个房间的人告诉我，医护人员用许多被单包裹尸体后送去埋葬，但谁都不肯进房间清理。医生和护士不肯碰墙上的血液，甚至害怕呼吸房间里的空气。房间关闭上锁，一放就是好几天。这位修女死后的病房或许会让人怀疑上帝的本性，也会让不信者看清大自然的本性。

没有人知道这位修女的死因，凶手无疑是某种有复制能力的病原体，但这种疾病的病征和症状让你很难冷静思考。同样让人很难冷静思考的还有从森林地区来的传闻：据说这种病原体在上游的刚果荡平了几个村庄——这些传闻其实是谣言。病毒有选择地攻击一个个家庭，但谁也不明白原因，因为从上游来的消息已被阻断。金沙萨的医生研究修女的病例，开始怀疑她死于马尔堡病毒或类似马尔堡的某种病原体。

这时，E. R. 修女（她陪同 M. E. 修女乘车到邦巴，然后又飞到金沙萨）也发作了那种"流行病"。医护人员将她安置进独立病房，她表现出同样的病征和症状，渐渐死去。

恩加利埃马医院有个名叫玛英嘉·N的年轻护士（名叫玛英嘉，姓氏缩写为 N），M. E. 修女在染血病房死去时，她负责照顾修女。她很可能接触了修女的血液或黑色呕吐物，开始感觉头痛和疲倦。她知道她病了，但不想承认那是什么病。她出身穷苦，但志向不小，她得到了奖学金，可以去欧洲念书。她害怕生病会被禁止出国。头痛愈发剧烈，她扔下工作消失了，一连两天不见踪影。在这两天内，她去了城里，想在明显生病前搞定出国许可证。失踪的第一天，1976 年 10 月 12 日，她在扎伊尔外交部排了一天的队，希望能办好她的文件。

第二天，10 月 13 日，她的感觉更加不好了，但她没有去上班，而是再次进城。这次她乘出租车去了金沙萨最大的医院：耶莫妈妈医院①。

---

① 即现在的金沙萨综合医院，耶莫妈妈是蒙博托总统的母亲，在蒙博托下台后改名。——译者

她的头痛得眼前发黑，胃痛也在加剧，她肯定是吓坏了。她为什么不去自己工作的恩加利埃马医院就诊呢，那里的医生肯定会照顾她。这是个"心理否认"的案例。她不想承认她被传染了，哪怕是向自己承认。她希望自己只是疟疾发作而已。她去了耶莫妈妈医院，这里是全城穷人的最后希望，她在挤满了贫民和儿童的临时病房里等了几个小时。

我能在脑海里看见她——玛英嘉护士，美国陆军冷库里那一株病毒的来源。她是个安静而美丽的非洲姑娘，讨人喜欢，二十来岁，鲜花般的年纪，怀着未来和梦想，希望自己身上的事情并没有真的发生。据说她的父母很爱她，她是父母的掌上明珠。此刻她坐在耶莫妈妈的临时病房里，挤在疟疾患者、裹着破布的大腹孩童中间，谁都不会多看她一眼，因为她只是头痛和眼球发红而已。人们会猜她也许哭过，所以眼睛才那么红。医生给她打了一针抗疟疾药，说她的病情需要隔离。但耶莫妈妈医院的隔离病房没有床位了，所以她离开医院，又叫了辆出租车，请司机送她去另一家医院：大学医院，那儿的医生也许能帮她。但来到大学医院，医生在她身上找不出什么异样，只觉得有些病征像是疟疾。头痛越来越严重。她坐在医院的候诊室里，我试着想象那时的她，几乎可以肯定她在哭泣。最后，她别无选择，只好返回恩加利埃马医院，以患者身份就诊。医生给她一个独立病房，她变得没精打采，面容像是僵硬的面具。

病毒和病毒如何残害人类的消息已经渐渐传出森林地区，这会儿又有传闻说一名生病的护士在金沙萨活动了两天，在拥挤的房间和公共场所与许多人有过面对面的接触，全城顿时陷入恐慌。消息首先在教会内不胫而走，然后是政府雇员和鸡尾酒会上的外交人员，最后抵达欧洲大陆。消息传到世界卫生组织的日内瓦总部，他们进入全面戒备。当时在那里工作的人说你能感觉到走廊里飘着恐惧，看得出总干事心神不定。在一个两百万人口的第三世界拥挤城市里，玛英嘉护士似乎是爆发性致命传染链上的关键携带者。世卫组织的官员害怕玛英嘉护士会引发一场世界级大瘟疫。欧洲国家的政府考虑封锁来自金沙萨的航班。一名应该在医院接受隔离的感染者进城活动了两天，这件事开始像是能威胁全人类的生存了。

扎伊尔的最高领导人蒙博托·塞塞·塞科总统派遣军队开始行动。他在恩加利埃马医院周围布下岗哨，禁止除医生外的任何人出入。绝大多数医护人员在医院里接受隔离，而士兵负责保证隔离得滴水不漏。蒙博托总统下令军队用路障封锁邦巴地区，射杀所有企图闯关者。邦巴与外界主要通过刚果河联系。船长们到此时已经听说了病毒的威力，无论人们在岸上如何苦苦哀求，他们也不肯在邦巴地区靠岸。接下来，与邦巴的无线电联络也中断了。没有人知道上游在发生什么，谁在死去，病毒如何肆虐。邦巴从地图上消失，落入沉寂的黑暗深渊。

恩加利埃马医院第一名患者 M. E. 修女临死前，医生决定给她做所谓的"濒死活检"，也就是在接近死亡时快速采集组织样本，而不是等死后做全面尸检。尽管医生很想知道是什么病原体在她体内繁殖，但她所属的教会禁止尸检。临终休克和抽搐开始时，医生将长针插入她的上腹部，吸出一定量的肝脏组织。肝脏已经开始液化，针头很大。足量的肝脏组织通过针头进入活检注射器。很可能就是在濒死活检的时候，她的血液喷在了墙上。医生还在她的手臂上采了血样，装进玻璃试管。这位修女的血液非常珍贵，因为它含有这种未知的高危病原体。

血样被空运送往比利时的国家级实验室，还有英国的国家级实验室：位于威尔特郡波顿唐的微生物研究所。两个实验室争分夺秒开始鉴定这种病原体。另一方面，美国佐治亚州亚特兰大的疾病控制中心（简称CDC）的科学家感觉受到了排斥，他们想方设法希望能拿到修女的血液，打电话到非洲和欧洲恳求样本。

CDC有个分部专门研究新出现的未知病毒，名叫"特殊病原体部"。1976年扎伊尔爆发疫情时，部门主管是卡尔·M·约翰逊医生，这位病毒猎手的活跃区域是中南美洲。（他与平民病毒猎手吉恩·约翰逊和病理学家托尼·约翰逊均无血缘关系。）卡尔·约翰逊和CDC的同事们对扎伊尔河流上游区域的疫情几乎一无所知，只知道扎伊尔有人因为"一般症状"的"热病"而死，森林地区和修女死去的医院都还没有传出消息。但他们觉得事情听起来很严重。约翰逊打给他在波顿唐实验室的朋友，据说他是这么说的："分一点修女血样的残渣给我就行，我们实在很想研究一下。"英国人答应下来，他收到的也确实就是一点残渣。

送达CDC的修女血样装在玻璃试管里，玻璃试管放在盛满干冰的保温箱里。试管在运输过程中破碎了，腐败的原始样本流遍了整个保温箱。CDC的病毒学家帕特里夏·韦伯（她当时和约翰逊是夫妻）打开箱子，发现里面被血糊满了。血样黑色而黏稠，看起来像是焦油或土耳其咖啡。她戴上橡胶手套处理血样，但除此之外没有特别做其他预防措施。她用棉球蘸了些黑色物质，然后用戴着手套的手指挤棉球，采集了刚够检验病毒的几滴血样。

帕特里夏·韦伯将黑色血样加入盛着猴子细胞的三角瓶，细胞很快染病和死亡，而且是爆裂而死。这种未知病原体能感染猴子细胞，并且撑爆它们。

另一位研究这种未知病毒的 CDC 医生是弗雷德里克·A·墨菲，这位病毒学家曾经出力鉴别马尔堡病毒。他过去和现在都是全世界最顶尖的电子显微镜摄影师之一，专门拍摄病毒，作品曾在多家艺术博物馆展出。墨菲想瞅一眼这些垂死的细胞，看能不能拍摄到里面的病毒。10 月 13 日，也就是玛英嘉护士在金沙萨的候诊室里等着看病那一天，他采集了细胞里的液体，滴了一滴在载玻片上晾干，然后放进电子显微镜，看能不能找到点什么。

他不敢相信自己的眼睛。样本里挤满了病毒粒子。某种状如长索的东西贯穿了冻干液体。一时间他都不敢呼吸。他心想：马尔堡。他认为出现在眼前的还是马尔堡病毒。

墨菲突然起身，感觉很怪异。他刚才制备样本的实验室：那间实验室已是高危区域，危险得堪比地狱。他走出显微镜室，随手锁好门，匆忙跑向他操作原始材料的那间实验室。他取出一瓶次氯酸钠消毒液，从上到下擦洗整个房间，没有放过任何一个试验台和水槽。他一丝不苟地给整个房间消了毒，然后打电话给帕特里夏·韦伯，报告他在显微镜里看见了什么。帕特里夏打给丈夫："卡尔，你快来实验室。弗雷德看了个样本，他见到了'蠕虫'。"

他们望着那些"蠕虫"，尝试分辨形状。他们看见了长蛇、辫子、树枝、像是字母 Y 的分叉、像是小写 g 的蜿蜒曲线、像是字母 U 的弯曲形状、像是数字 6 的圈环。他们还看见了一个典型形状，命名为"牧羊人的曲杖"。其他埃博拉研究者称之为"有眼螺栓"，你在五金

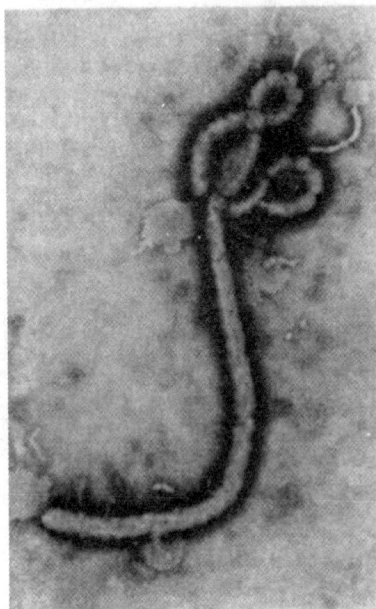

一个埃博拉病毒粒子，拥有显著的"牧羊人的曲杖"结构，不过在这张照片里是个缠结的双曲杖。这是埃博拉病毒最早的照片之一，拍摄于 1976 年 10 月 13 日，拍摄者是当时在疾病控制中心工作的弗雷德里克·A·墨菲。神秘的结构性蛋白质像绳索般缠在一起，围绕着含有遗传密码的 RNA 单链。放大倍率：112 000。

店里很容易见到这个形状的这种螺栓。还有人形容它是带长尾巴的玉米圈。

　　第二天，帕特里夏·韦伯对病毒做了一些测试，发现它对能辨认马尔堡和其他病毒的测试没有反应，因此这是一种未知病原体，一种新病毒。她和同事分离出毒株，确定这种病毒前所未见。他们赢得了为其命名的权利。卡尔·约翰逊将它命名为"埃博拉"。

　　卡尔·约翰逊后来离开了疾控中心，如今大多数时间都在蒙大拿飞钓鲑鱼。他为各种事务提供顾问服务，包括设计负压的高危工作区。我得知可以通过蒙大拿大天空（Big Sky）的一个传真号码联系他，于是发了份传真给他。我在信里说埃博拉病毒让我很着迷。对方收到了我的传真，但没有回音。我等了一天，再发一份传真。依然石沉大海。他肯定忙着钓鱼没时间搭理我。但就在我放弃希望之后，我的传真机突然吐出了他的回信：

普雷斯顿先生：

假如一条眼镜蛇对着你摆动头部，而你盯着它的眼睛，你会认为这种感觉叫"着迷"吗？但这就是我对埃博拉的感觉，说是吓得屁滚尿流还差不多。

卡尔·约翰逊和同事们首先分离出埃博拉病毒后的第三天，他与疾控中心的另外两名医生前往非洲，同时还带去了十七箱器材，希望能阻止病毒在扎伊尔和苏丹的蔓延（苏丹那次爆发还在继续）。他们先飞到日内瓦，联系世界卫生组织，发现世卫组织也不怎么清楚爆发的具体情况。于是疾控中心的医生们调配设备，装上更多的箱子，准备去日内瓦机场赶往非洲。但就在最后一刻，疾控中心的一名医生畏缩了。据说他被指派前往苏丹，但一步都不肯向前走了。这种情形并不罕见。卡尔·约翰逊向我解释说："我见过能引发大出血的病毒吓得年轻医生落荒而逃——绝对不夸张。他们无法在爆发期间继续工作，甚至不愿意下飞机。"

约翰逊，埃博拉病毒的发现者之一，喜欢一边飞钓一边回顾往事。（"凡事都有个轻重缓急嘛，"他对我解释说。）于是我飞到蒙大拿，和他一起钓了几天大角河的鳟鱼。10月份的天气晴朗而温暖，河畔棉白杨的树叶已经变黄，在南风中沙沙作响。约翰逊戴着眼镜，站在齐腰深的多变河水里，嘴角叼着香烟，手持钓竿，从水里提出钓线，投向水流上游。他身材瘦削，留着大胡子，声音柔和，你在风中得竖着耳朵听。他在病毒探索史上是个大人物，发现并命名了地球上好几种最危险的生命体。"大自然并不平静，我很高兴，"他这么说，望着水面，向下游走了一步，再次投下钓线，"但在今天这样的日子里，咱们就当大自然很平静好了。所有怪物和猛兽都有平静的时刻。"

"扎伊尔当时发生了什么?"我问。

"我们抵达金沙萨的时候，那儿根本就是个疯人院，"他说，"邦巴地区没有传来任何消息，没有无线电通信。我们知道那里的情况很糟糕，我们知道我们在和某种新病毒打交道。我们不知道它能不能像流感那样，通过空气中的悬浮液滴传播。假如埃博拉能轻易通过空气传播，今天的世界恐怕就大不一样了。"

"会怎么样?"

"人类会少很多。假如一种病毒与呼吸系统密切相关，那么你想控制它就非常困难了。我心里想，假如埃博拉是安德洛墨达毒株①——高致死率，能通过液滴传播，那么全世界就不存在安全的地方了。与其在伦敦歌剧院被传染，还不如去爆发中心工作呢。"

"你担心那会是一次威胁整个人类的危机吗?"

他盯着我。"这话什么意思?"

"意思是一种能抹平人类的病毒。"

"唔，我想有这个可能——当然到现在还没有出现。我并不担心那个。更有可能的是这种病毒有能力按比例减少人口。比方说百分之三十。百分之九十。"

---

① 美国小说家迈克尔·克莱顿在同名小说（1969年）里创造的病毒。——译者

"人类被杀死十分之九？而你不担心？"

他脸上闪过一丝神秘的沉思表情。"假如一种病毒能减少一个物种的密度，那么这种病毒也许还是有用的呢。"

一声尖啸撕破天空，听起来不像是人类发出的。

他从水面转开视线，环顾四周。"听见那只雉鸡了吗？我喜欢大角河就是因为这个，"他说。

"你觉得病毒很美丽？"

"噢，对，"他用柔和的声音说，"盯着眼镜蛇的眼睛看，恐惧其实还有另外一面，你说是不是？你渐渐看见美的本质，恐惧越来越少。在电子显微镜下看埃博拉病毒，就像欣赏完美的冰雕城堡。这东西那么冰冷。纯粹得那么彻底。"他漂亮地抛出钓线，水流吞没了钓饵。

世卫组织在金沙萨召集了一个国际团队，努力阻止这场埃博拉爆发，卡尔·约翰逊担任领队。

和约翰逊飞到扎伊尔的另一位疾控中心医生乔尔·布雷曼加入现场勘察小组，乘飞机去内陆，探查邦巴的局势。那是一架 C-130 水牛运输机，美国制造，属于扎伊尔空军，其实就是蒙博托总统的私人飞机，有猎豹皮的座椅、折叠床和酒吧，就像总统阁下的空中宫殿，平时负责运送总统和家人去瑞士度假，今天却载着世卫组织的工作组，沿着刚果河飞往东北部的高危地区。他们坐在猎豹皮的座椅上，窗外是一望无垠的雨林和棕色河流，偶尔有 U 字形河湾打破单调的风景，依稀可见的小路将圆形茅草屋连成珠串。布雷曼趴在窗口，望着脚下慢慢变成非洲的心脏地带，他开始害怕着陆。在空中他很安全，离深不可测的森林还远着呢，但底下……他开始想到，去邦巴就像自寻死路。他最近刚以州政府的传染病学家身份调往密歇根州，此刻临时被召集来到非洲。他把妻子和两个孩子留在密歇根州的家里，这会儿突然怀疑自己再也见不到他们了。他带了过夜包和牙刷，花了点时间把纸质外科手术口罩、手术服和橡胶手套塞进行李。他没有处理高危病原体的合适装备。水牛运输机开始下降，邦巴镇这个沿着刚果河蔓生的没落港口出现在眼前。

水牛运输机在镇外的跑道降临。扎伊尔籍的机组人员很害怕，不肯呼吸机舱外的空气，没有停下螺旋桨就把医生赶出舱门，将行李搬下飞机。水牛飞机加速起飞，留下医生们站在机尾的气浪里。

进了镇子，他们找到邦巴地区的总督。他是本地出身的政治家，正心烦意乱。他深陷困境，倒霉事已经淹过头顶。"我们处境艰难，"他对医生说，"我们得不到食盐和糖。"他的声音开始颤抖，眼泪都快掉下来了，他又说："我们甚至搞不到啤酒。"

小组里的一位比利时医生知道怎么处理这种事情。他夸张地把一个黑色航空包扔在桌上，把包翻过来，几沓现金稀里哗啦地掉出来，在桌上垒成令人赞叹的一堆。"总督阁下，这个也许能帮你改善局面，"他说。

"你这是干什么？"布雷曼问比利时人。

比利时人耸耸肩，低声说："你看着，这儿就是这么办事的。"

总督捧起钞票，保证用他能动用的一切政府资源全力配合他们开展工作，还借给他们两辆路虎越野车。

他们向北边的埃博拉河推进。

时值雨季，所谓的"道路"是被溪流切断的一连串烂泥坑。引擎嚎叫，车轮空转，他们在连绵不断的大雨和窒息的闷热中以步行速度穿过森林。他们偶尔遇到村庄，在每个村庄都看见伐倒大树垒成的路障。和天花病毒打了几个世纪的交道之后，村庄里的智慧长者已经有了控制病毒的土办法：切断村庄与外部世界的联系，保护村民不受瘟疫肆虐的侵害。这是反向隔离，非洲的古老传统，村庄在疾病流行期间禁止陌生人入内，赶走胆敢出现的外来者。

"你们是谁？你们干什么？"他们隔着路障对路虎喊话。

"我们是医生！我们来帮忙！"

村民终于清开树木，小组继续深入森林。经过漫长而艰苦的一天跋涉，他们从刚果河向内陆走了五十英里。最后临近傍晚的时候，一排圆顶茅草屋出现在眼前。茅草屋另一侧的森林中央是一座白色教堂。教堂旁边有两个足球场，他们看见其中一个足球场上有一堆焚烧过的床垫。再过去两百码，他们来到了扬布库教区医院，低矮的水泥建筑物外墙用石灰刷白，屋顶是波纹铁皮。

医院安静得像是坟墓，似乎已经荒弃。铸铁或木质床架上没有床垫，染血的床垫已经在足球场上被付之一炬，地面经过擦洗，干净得一尘不染。小组找到了三位幸免于难的修女和一位神父，还有几位忠实于职责的非洲护士。病毒杀死了除他们之外的所有人之后，他们将医院打扫干净，这会儿正在用杀虫喷雾熏蒸病房，希望这么做就能驱散病毒。有一个病房尚未打扫，那是连修女都没有勇气进去的产科病房。乔尔·布雷曼和小组成员推开门，看见几盆污水，沾着血的注射器扔得到处都是。垂死的母亲在这里产下感染埃博拉病毒的胎儿，病房在她们分娩的过程中被放弃了。小组在世界尽头找到了病毒女王的红色房间①，这种生命体在这里通过母亲和死产的胎儿增殖扩张。

　　大雨没日没夜地下着。医院和教堂周围是肆意生长的美丽树木，樟树和柚木彼此纠缠，树冠盘绕交错，在雨中沙沙作响；猴群发出难以解释的呼号，像风一样在树冠之间跳跃，树枝随之摇曳摆动。第二天，医生们驱车继续深入森林腹地，接触到受到感染的村庄，看见人们在茅草屋里等死。有些患者被送进村庄边缘的孤立茅草屋，这是非洲人对付天花的老办法。有些死过人的茅草屋被付之一炬。病毒的潮头似乎已经渐渐过去，病毒在邦巴迅猛地来回扫荡，绝大多数会被夺去生命的人已经死去。乔尔·布雷曼胸中一阵翻腾，医生的清醒头脑突然帮他看清了事情本质：患者是在医院被感染的。病毒在修女身上扎根，然后吞噬了向修女寻求帮助的人们。在一个村庄里，他给一名垂死的埃博拉感染者做检查。这个人坐在椅子上，抱着腹部，身体痛苦地前倾，牙齿缝里涌出血液。

　　他们尝试用无线电联系金沙萨，想报告卡尔·约翰逊等人说疫情已经过了最高峰。一周后，他们还在努力建立无线电联系，但信号就是不通。他们回到邦巴镇，在河畔等候。一天，一架飞机嗡嗡飞过，绕着镇子盘旋一圈后降落，他们跑向飞机。

　　金沙萨的恩加利埃马医院，医生将玛英嘉护士送进独立病房，需要经过准备室才能进去，这算是个灰色区域，护士和医生要在进病房前穿上生物防护服。照顾玛英嘉的是一位南非医生，名叫玛格丽莎·

---

① 典出《爱丽丝镜中奇遇》，红方女王对爱丽丝说："在我们这儿，得拼命地跑，才能保持在原地。"——译者

伊萨克森，她刚开始戴着军用的防毒面具，但在热带的高温下觉得越来越不舒服。她心想：我受不住了，戴着这鬼东西，我要是能活下来才叫奇怪呢。她随即想到自己的两个孩子。她心想：我的孩子已经成年，我不需要再为他们负责了。于是她摘掉防毒面具，面对面地照顾垂死的玛英嘉。

伊萨克森医生尽其所能救助玛英嘉，但面对这种病原体，她和面对黑死病的中世纪医生一样无能为力。（"这东西不像艾滋病，"她后来向我回忆道，"和它相比，艾滋病就像儿童玩具。"）她让玛英嘉护士含住冰块，缓解喉咙的剧痛；让她服用安定，尽量帮她忘记前方的大恐惧。

"我知道我快死了，"玛英嘉对她说。

"胡说什么呢。你才不会死，"伊萨克森医生答道。

玛英嘉开始流血，血从口腔和鼻孔淌出，没有血流成河，只是不停滴落，无论如何都止不住，也不会凝结。这是出血性的鼻衄，在心脏停止跳动前是不会停止的。伊萨克森医生给她输了三次全血，以弥补鼻衄失去的血液。玛英嘉一直到临终都清醒而沮丧。到了最后阶段，她的心脏狂跳不止。埃博拉病毒进入了心脏。玛英嘉能感觉到心脏在胸腔内逐渐肿大，她的惊恐难以用语言形容。当晚她死于心肌梗死。

她的病房被血液污染，那两位修女的病房也面临同样问题，血迹斑斑的房间一直锁着。伊萨克森医生对医护人员说："现在我对你们没什么用处了。"她找到水桶和拖把，开始清扫病房。

玛英嘉在金沙萨活动的那段时间内，曾经与三十七个人有过面对面的接触，医疗小组开始分头寻找这些人的下落。他们在医院设立了两个生物隔离大棚，将这些人隔离了两周时间。他们用浸泡过化学药剂的被单层层包裹两名修女和玛英嘉护士的尸体，套上两层塑料裹尸袋，放进用螺钉固定顶盖的气密棺材，在医生们的注视下，在医院内举行了葬礼。

调查组赶往上游邦巴地区之后，卡尔·约翰逊没有收到他们的任何消息，他害怕他们已经死了，担心病毒即将席卷整个城市。他组织起一艘医疗船，停在刚果河上。这是供医生使用的隔离船。金沙萨市也许会变成高危地区，这艘船将成为灰色区域，医生们的避难所。当时约有一千名美国人生活在扎伊尔。在美国本土，陆军的八十二空降师进入紧急状态，一旦金沙萨市出现埃博拉病例，他们就会开始疏散美国公民。但事情的发展让扎伊尔和全世界都又是吃惊又是松了一口气：病毒始终没有蔓延进入城区。它在埃博拉河上游渐渐消退，返回了它在森林里的藏匿地。埃博拉病毒似乎不会通过面对面接触传播，似乎不会通过空气传播。玛英嘉护士与至少三十七个人有过近距离接触，但没有传染其他人。她甚至和某人分享了一瓶汽水，连这个人都没有得病。危机就这么过去了。

卡迪奈尔

1987 年 9 月

　　和埃博拉一样，马尔堡病毒的秘密藏身之处也不为人知。马尔堡病毒突然在夏尔·莫内和谢姆·穆索凯医生身上出现后，再次变得无影无踪，谁也不知道它去了什么地方。它就像从地球上消失了，但病毒从来不会真的消失，只会躲藏起来，马尔堡病毒还在储存宿主——非洲的某些动物或昆虫身上繁衍生息。

　　1987 年 9 月 2 日，大约晚餐时间，为 USAMRIID 工作的平民生物危害专家尤金·约翰逊站在杜勒斯国际机场海关大门外的到达区，等待从阿姆斯特丹飞来的一个荷兰航空公司航班。这架飞机上有一名来自肯尼亚的乘客，他拎着行囊走过海关，和约翰逊互相点头致意。（"我就不提这个人的名字了，就说他是我认识的某个人吧，总之我很信任他，"约翰逊向我解释道。）他把行囊放在约翰逊脚边，拉开拉链，取出用浴巾包裹得严严实实的某样东西。他解开浴巾，里面是一个没有标记的纸板箱，用胶带缠了许多圈。他把盒子递给约翰逊，两人几乎没有交谈。吉恩拿着盒子走出航站楼，放进轿车的后尾厢，驱车赶往研究所。盒子里是一名十岁丹麦男孩的血清，我们姑且叫他彼得·卡迪奈尔好了。大约一天前，他在内罗毕医院去世，他表现出各种极端症状，显示死于某种尚未确定的第4级病毒。

开车去研究所的路上，约翰逊琢磨着他该怎么处理这个纸板箱。他很想把它塞进烘箱消毒，然后烧成灰烬。先烤后烧，彻底忘掉。每天都有血液和组织样本从世界各处送到研究所，其中绝大多数里并没有任何不寻常的东西，没有让人感兴趣的病毒。换句话说，绝大多数样本只是假警报。约翰逊不确定他愿不愿意花时间分析这个男孩的血清，因为他很有可能不会发现任何东西。他开进德特里克堡的大门，决定还是检查一下好了。他知道这么一来，他大半个晚上都没法休息了，但他必须在血清变质之前做完该做的事情。

约翰逊穿上外科手术服，戴上橡胶手套，拿着盒子走进埃博拉套房的3级整备区，他打开盒子，里面是泡沫填充物。他从填充物里取出一个用胶带密封并打上生物危害标记的金属圆筒。整备区的墙边是一排不锈钢柜橱，有橡胶手套伸进柜橱。这是4级生物安全的操作柜。内部空间与外部世界隔绝，你可以隔着橡胶手套处理高危微生物。操作柜的构造类似于用来处理核弹组件的安全柜。这里的安全柜旨在不让人类直接接触凶险的大自然。约翰逊拧开几个螺母，打开安全柜上的小门，将金属圆筒放进。他关上门，拧紧螺母。

接下来，他将双手插进手套，拿起金属圆筒，透过小窗看着自己的一举一动，他剥掉胶带。胶带粘在了橡胶手套上，他怎么都摘不掉。该死！他骂道。这会儿是晚上八点，今天肯定没法回家了。他终于打开圆筒，里面是一团泡过消毒剂的纸巾。他打开纸巾，看见一个"密保诺"自封袋，里面是两个带拧盖的塑料试管。他拧开瓶盖，倒出两个非常小的塑料小瓶，里面盛着金黄色的液体：彼得·卡迪奈尔的血清。

男孩的父母在肯尼亚为一家丹麦救济机构工作，住在维多利亚湖畔的基苏木镇。彼得在丹麦的寄宿学校念书。那年8月，死前的几个星期，他去非洲探望父母和姐姐。他姐姐在内罗毕的一家私人学校念书。她和彼得很亲近，彼得来肯尼亚探望家人时，两人绝大多数时候都待在一起：弟弟和姐姐，最好的朋友。

彼得来到非洲后，卡迪奈尔全家外出度假，他们驱车穿越肯尼亚——父母想让他看看非洲的美丽和妖娆。彼得的眼睛开始发红的时候，他们正在蒙巴萨，住在海边的旅馆里。父母带他去医院，医生检查后说他得了疟疾。母亲不相信那是疟疾，她觉察到儿子正在死去，急得要命。她坚持要送他去内罗毕接受治疗。"飞行医生"（非洲的航空急救服务）接上他送往内罗毕，以最快速度赶到内罗毕医院。治疗他的是戴维·希尔佛斯坦医生，他曾经在夏尔·莫内将黑色呕吐物喷进穆索凯医生双眼后治疗穆索凯。

"彼得·卡迪奈尔金发蓝眼，高高瘦瘦，是个看起来很结实的十岁少年，"希尔佛斯坦回忆道，我们正在华盛顿他家附近的购物中心喝咖啡。旁边一张桌子上的小姑娘突然大哭，母亲拼命哄着她。购物客人来来去去，走过我们那张桌子。我望着希尔佛斯坦医生的脸：钢丝框眼镜，小胡子，双眼盯着半空中——他在回忆那场非同寻常的死亡病例，语气平淡。"彼得进来时在发烧，但他不当一回事，很活泼，喜欢聊天。我们给他做透视，他的肺部有绒毛。"有黏稠的分泌物在男孩肺部聚集，导致他呼吸困难。"这是典型的ARDS，也就是急性呼吸窘迫综合征，很像肺炎早期，"希尔佛斯坦医生说，"很快，他就在我眼前变得肤色发青。他的指尖变成青色，同时还出现了小块红斑。我命令所有人接触他前都必须戴上手套。我们怀疑他感染了马尔堡病毒，但他没有穆索凯医生那样的偏执症状。我们只是预防万一而已。二十四小时后，他上了呼吸机。我们发现他的针刺部位很容易出血，同时出现了肝功能紊乱。小块红斑越来越大，变成了自发性的瘀斑。他的皮肤变成黑紫色。紧接着他的瞳孔开始扩大。这是脑死亡的症状。他的大脑正在出血。"

男孩的身体开始肿胀，皮肤下布满了血包。有些部位的皮肤与皮下组织几乎剥离。这发生在他接上呼吸机后的最终阶段。这是所谓的"第三间隙"。流血进入第一间隙，也就是进入肺部。第二间隙，胃部和肠道。第三间隙，皮肤和肌肉之间。皮肤开始鼓起，像包袋似的与肌肉分离。彼得·卡迪奈尔的皮肤下在大量出血。

你越是琢磨高危病毒，就越会觉得它们不像寄生生物，而是越来越像猎食者。猎食者的特征之一就是会无声无息地潜行，有时候会埋伏很长时间，而后突然暴起袭击。大草原上，青草轻轻起伏，四下里只有刺槐树上非洲鸽在鸣唱，有节奏的叫声响彻一整个炎热的白天，既不变慢也不停歇。远方闪烁的热浪中，一群斑马正在吃草。突然，从草丛中闪出一个身影，一只狮子出现在斑马群里，咬住了其中一只的咽喉。斑马发出惨叫，叫声旋即被打断；猎食者和猎物，两只动物扭打成一团，跳舞似的旋转，直到腾起的尘土淹没了身影；第二天，骨骸上会爬满苍蝇。有些以人类为食的猎杀者已经在地球上存活了很久，比人类要久得多，它们的起源可以追溯至地球形成之时。它们中的一员捕杀并吞噬了一名人类，尤其是在非洲，这种事很容易会被推向时空的起点，于是披上了无比古老的感觉。

彼得·卡迪奈尔的父母和姐姐望着他被某种无形的猎食者慢慢吞噬，震惊得无法思考。他们无法想象他的痛苦，也不能在他身旁安慰他。血液涌入第三间隙，他依然睁着瞳孔扩大的眼睛，眼球充血，视线呆滞而黑暗，犹如无底深渊。他们不知道他能不能看见他们，不知道他看见了什么，不知道那双睁大的眼睛背后在想什么、有什么感觉。接在头部的机器显示脑电波已是直线，脑电活动非常微弱，但直线偶尔会有一次颤动，像是他的脑海里还有什么东西在挣扎，他被摧毁的灵魂还剩下一些残片。

他们必须决定是否关闭呼吸机。希尔佛斯坦医生对他们说："还是别让他受苦了，因为他已经脑死亡。"

"要是早点把他从蒙巴萨送过来就好了，"母亲说。

"对不起，但那也没有什么用处。谁也救不了他，"希尔佛斯坦答道，"这个结果从一开始就注定了。"

吉恩戴着探进操作柜的橡胶手套，取出少量男孩的血清，滴进装着猴子活体细胞的三角瓶。要是彼得·卡迪奈尔的血液里存在什么东西，肯定会开始在猴子的细胞内繁殖。做完这些已经是凌晨三点了，约翰逊回家睡觉。

接下来几天，约翰逊密切观察三角瓶，看猴子细胞有否变化。他发现细胞爆裂和死亡。它们感染了某种东西。卡迪奈尔毒株肯定是某种高危病原体：它大量屠杀细胞，而且速度极快。

接下来一步是分离病毒。他从三角瓶中抽出少量液体，注射到三只恒河猴身上，用卡迪奈尔微生物感染它们。其中两只猴子死去，第三只陷入濒死休克，但不知怎的熬过去，活了下来。因此，卡迪奈尔病原体高度危险，能够快速复制，可以杀死猴子。"我很清楚，这肯定是马尔堡病毒，"约翰逊后来这么告诉我。

他取出少量卡迪奈尔毒株，注射给几只豚鼠，看豚鼠会不会得病。它杀豚鼠就像拍苍蝇似的。不止如此，雄性豚鼠的睾丸肿得有高尔夫球那么大，变成紫色。卡迪奈尔毒株是一种老练的有机体，知道自己想要什么。它能在许多种类的动物体内增殖。这是一种极具侵略性的生命体，凶残，不挑食。它体现出你只有在大自然中才能见到的毒辣，这种毒辣可怕得甚至到了拥有美感的境地。它在非洲某处生存。尤其有意思的一点是它能够轻易在猴类、人类和豚鼠等多个物种身上增殖，对这些物种来说极度致命，因此其原始宿主应该不是猴类、人类或豚鼠，而是另外某种不会被它杀死的动物或昆虫。病毒通常不会杀死天然宿主。马尔堡病毒就像旅行家，能在物种之间传播，打破物种之间的分隔屏障，但从一个物种传播到另一个物种时，它有可能会彻底摧毁这个物种。它根本不知道分界线的存在。它不知道人类是什么，当然，从另一方面说，它也很清楚人类是什么：它知道人类就是肉食。

约翰逊分离出卡迪奈尔毒株，确认这就是马尔堡病毒，他的注意力立刻转向下一个问题：彼得·卡迪奈尔是在何处以何种方式染上病毒的。那孩子去过什么地方？他做了什么事情导致自己被感染？他具体的旅行路线是什么？问题纠缠着约翰逊。他寻找这些丝状病毒的储存宿主已经有好些年了。

他打电话给肯尼亚的一位朋友和同行：彼得·图凯医生，他是内罗毕的肯尼亚医学研究所的科学家。"我们知道这是马尔堡病毒，"吉恩对他说，"你能搞到那孩子的活动历史吗？查清楚他去过哪儿，做了什么？"

图凯医生说他去找孩子的父母谈一谈。

一周后，吉恩的电话响了。打来的是图凯医生。"你猜那孩子去过哪儿？"他说。"埃尔贡山的奇塔姆洞。"

吉恩觉得头皮一阵麻痒。夏尔·莫内和彼得·卡迪奈尔的足迹在全世界只有这一处相交，也就是奇塔姆洞。他们在洞里做了什么？在那里发现了什么？他们触碰了什么？吸入了什么？奇塔姆洞里栖息着什么？

深 入

　　尤金·约翰逊在德特里克堡的一个野鸭池塘边架起野餐桌,他凑近注视着我。仲夏时分,天气炎热。他戴着眼镜,把粗大的双肘挂在桌上,摘下眼镜,揉了揉眼睛。他身高六英尺二,体重约两百五十磅,棕色眼睛深陷在胡子拉碴的脸膛上,眼睛底下有黑眼圈。他显得很疲惫。

　　"彼得·图凯打电话说那孩子去过奇塔姆洞,"约翰逊说,"我现在想起来都还背脊发麻。几周后,我飞到内罗毕,找收治孩子的戴维·希尔佛斯坦了解情况。彼得·图凯陪着我。我们走遍那孩子在肯尼亚去过的每一个地方,甚至包括他家。他父母在基苏木有一幢漂亮的屋子,离维多利亚湖很近。灰泥粉饰的外墙,外面还有一道围墙,有厨子、管家和司机。屋里干净整洁,通风良好,用石灰粉刷过。我们看见屋顶有一只蹄兔,那是他家的宠物,住在排水沟里。有几只鹳,有兔子、山羊和各种鸟类。我在他家附近没有看见蝙蝠。"

　　他顿了顿,思考片刻。周围没有其他人。几只野鸭在池塘里游泳。"和他的父母谈话让我很紧张,"他说,"你看,我妻子和我没有孩子。我不是懂得安慰母亲的那种人,再说我为美国军方做事。我根本不清楚该怎么和他们说话。我试着换位思考,回想我父亲过世时我的心情。我听他们谈论他们的孩子。彼得·卡迪奈尔到肯尼亚后就和他姐姐寸步不离。两个孩子总在一起玩，做什么事都在一起。他们的行为有什么区别？为什么彼得·卡迪奈尔感染了病毒，而他姐姐没有？我得知他们的行为有一点不同。父母讲了关于洞穴岩石的事情。他们说那孩子是个业余地质爱好者。那么问题就来了：他有没有被洞里的水晶刺破手指？我们和父母讨论这种可能性。彼得说他想采集奇塔姆洞的水晶标本，于是用铁锤敲打岩壁，采集了一些附有水晶的石块。司机破开这些石块，厨子清洗了它们。我们给他们验了血，他们的马尔堡检验呈阴性。"

接触点似乎很可能是孩子的双手，病毒通过某个细微伤口进入卡迪奈尔的循环系统。他有可能被一块水晶刺破手指，而水晶上沾着某种动物的尿液或一只被碾碎昆虫的残骸。但就算他确实是被水晶刺破手指的，我们也无从得知病毒在大自然里的何处生活；无法搞清楚病毒的天然宿主是什么。

"我们要去勘察那个洞穴，"他说，"我们进去的时候必须保护好自己。我们知道马尔堡病毒能通过空气途径传播。"

1986年，也就是彼得·卡迪奈尔死去的前一年，吉恩·约翰逊通过实验证明马尔堡和埃博拉病毒确实能通过空气传播。他让猴子通过肺部吸入马尔堡和埃博拉染上病毒，他发现极少量的马尔堡或埃博拉病毒就能在猴子身上引发爆发性感染。因此，约翰逊请探险队成员先戴上呼吸面具再进洞。

"我有带过滤器的军用防毒面具。我们还需要罩住头部，免得蝙蝠粪便掉进头发。我们在当地商店买了些枕套。白色的，有大朵花饰。第一次进洞，一帮肯尼亚人和我戴着军用防毒面具，脑袋上套着花饰枕套，肯尼亚人笑得前仰后合。"

他们探索洞穴，绘制地图。经过初步勘测，吉恩·约翰逊说服陆军出资，组织起一次奇塔姆洞的正式考察。彼得·卡迪奈尔死后半年，1988年春，吉恩带着二十个装满生物防护器具和科学仪器的板条箱回到内罗毕。箱子里还有军用裹尸袋，用以装运人类尸体，小组成员认真讨论过，万一他们中有人不幸死于马尔堡病毒感染，遗体应该如何处理。这次吉恩感觉他离病毒很近了。他知道就算它存活于奇塔姆洞内，想找到它也会很艰难，但他觉得已经这么近了，他不可能失败。魔鬼就住在洞里，他要进去找到它。

肯尼亚政府答应在肯尼亚与美国的联合调查组寻找病毒时，暂时向游客关闭奇塔姆洞。调查组的领队是肯尼亚医学研究所的彼得·图凯医生。吉恩·约翰逊负责出主意、筹措设备和资金。调查组有三十五名成员，大多数是肯尼亚人，包括野生生物学家、科学家、医生和技师。他们用箱子带来了大量豚鼠，还有十七只装在笼子里的猴类，包括狒狒、赛克斯猴和非洲绿猴。猴子和豚鼠是哨兵动物，就像煤矿里的金丝雀：关有动物的笼子会放在洞内和洞口附近，看会不会有哪几只染上马尔堡病毒。不存在能够侦测病毒存在的仪器。目前在野外寻找病毒的最佳手段就是将哨兵动物放在病毒的疑似出没区域，看动物会不会得病。约翰逊认为，要是发现有猴子或豚鼠发病，他就能从生病动物体内分离病毒，顺藤摸瓜搞清楚动物是怎么感染上的。

1988 年春

奇塔姆洞穴考察组的指挥部设在埃尔贡山宾馆，这家日益衰败的旅馆始于英国人统治东非的 1820 年代，为猎人和鲑鱼钓客而建，坐落于一片悬崖上，俯瞰蜿蜒上山去奇塔姆洞的红土道路。曾经包围旅馆的英式花园，如今已经部分坍塌，只剩断壁和非洲野草。室内铺着硬木地板，每天打蜡以保持光亮。旅馆有塔楼和圆形厅堂，有用非洲橄榄木手工雕刻而成的仿中世纪门窗，客厅有巨大的壁炉和雕花的壁炉架。工作人员不怎么会说英语，但乐于向偶尔登门的客人展示英国人的好客之风。埃尔贡山旅馆仿佛纪念碑，向尚未完全消失的大英帝国致敬，帝国的核心早已衰亡，但在非洲的荒僻角落还有点滴残存，就像是不受大脑控制的身体痉挛。到了霜降时节的夜晚，工作人员会用埃尔贡橄榄木点燃壁炉。餐厅提供的英式传统食物非常难吃，但酒吧好得无与伦比，酒吧在一个圆形厅堂里，是个雅致的僻静场所，亮晶晶地摆着一排排酒瓶，有塔斯克啤酒，有法国开胃酒，有颜色发暗的非洲白兰地。人们身穿防护服在洞里忙碌一天之后，会坐在吧台前喝啤酒，靠在壁炉架上吹牛。接待台旁边的墙上有个告示，说明金钱方面的微妙问题：由于埃尔贡山旅馆的供应商不再向旅馆赊账供货，因此旅馆也只能非常抱歉地不允许顾客赊账了。

他们将动物一段一段送上山，让动物习惯当地气候。来到通往奇塔姆洞的山谷后，他们清理了一些下层灌木，用蓝色防水布搭起帐篷。洞穴本身被定为 4 级高危区域。距离洞口最近的油布帐篷就是灰色区域，两个世界相接的地方。每次从洞里出来，他们都在灰色区域用化学药剂喷淋消毒。另一个防水布帐篷是 3 级整备区，他们在那里穿脱密封防护服。还有一个防水布帐篷是 4 级尸检区。他们在那里身穿防护服，解剖捉到的所有小型动物，寻找马尔堡病毒的踪影。

"我们做的事情从未有人做过，"约翰逊告诉我，"我们将 4 级生物防护的理念带到了丛林地带。"

他们穿橙色雷卡防护服进洞。雷卡防护服是可移动的正压防护服，有电池驱动的供气系统，用于在可空气传染的极端生物危害环境下野外作业。雷卡防护服又名橙色防护服，因为它是鲜艳的橘红色。它比 Chemturion 轻，与 Chemturion 不同，它可自由移动，带有全套呼吸设备。防护服主体能与头盔和送风系统分离，在使用一两次之后可焚烧处理。

他们身穿雷卡防护服，制定出蜿蜒进入奇塔姆洞的路线，用雪崩探杆标出路线，以防有人迷失方向。他们沿路线摆放装有猴子和豚鼠的笼子。他们用电池供电的电网围住笼子，赶走企图来吃猴子的豹子。他们在洞顶的蝙蝠群落正下方放了几只猴子，希望掉落在猴子身上的东西会让猴子感染马尔堡病毒。

他们在洞穴内采集了三万到七万只会咬人的昆虫：洞里到处都是虫子。"我们把粘蝇纸放在洞穴内的岩缝上，捕捉爬行昆虫，"约翰逊告诉我说，"我们在洞里挂上电池驱动的灯光捕虫器，采集飞行昆虫。你知道怎么采集虱类吗？它们嗅到呼吸里的二氧化碳，就会从泥土里爬出来。嗅到，爬出来，咬你的屁股。所以我们带了二氧化碳气罐，用来诱捕虱类。我们捕捉了所有进入洞穴的啮齿动物。用的是哈瓦哈特活捕笼。在洞穴深处的水池旁，我们发现了沙蝇，这种蝇类会咬人。我们看见豹子和非洲水牛的足迹遍布各处。我们没有采集大型动物的血样，豹子、非洲水牛和羚羊都没采集。"

"马尔堡有可能活在非洲的大型猫科动物身上吗？"我问，"有可能是豹子携带的病毒吗？"

"有可能，但我们没有得到捕猎豹子的许可。我们采集了麝猫样本，但它们身上没有。"

"会是非洲象吗？"

"你有没有试过在野生大象身上抽血？我们可没有。"

肯尼亚生物学家用陷阱和罗网捕捉了数以百计的鸟类、啮齿动物、蹄兔和蝙蝠。他们身穿雷卡防护服，在防水布下的尸检区杀死并解剖动物，采集血液和组织样本，装进液氮容器冷冻。有些当地人（埃尔贡马萨伊人）居住在埃尔贡山的某些洞穴里，在洞穴里豢养牛只。肯尼亚医生采集这些人的血样，记录他们的病史，也采集他们所养牛只的血样。这些当地人及其牛只对马尔堡抗体均呈阴性——假如呈阳性，就说明他们曾经暴露在马尔堡病毒之下。尽管事实证明没有人表现出受过感染的迹象，但埃尔贡马萨伊人还是能说出不少故事：某一家的成员，某个孩子或年轻的妻子，在某人的怀里流血而死。他们见过家庭成员崩溃并流血至死，但是不是马尔堡或其他病毒引起的呢？没有人知道。也许当地的马萨伊人以他们自己的方式知晓马尔堡病原体的存在，只是没有给它起名而已。

没有一只哨兵猴子染病。它们活得健康而无聊，被关进铁笼在洞里待了好几个星期。实验要求在最后结束它们的生命，让研究人员采集组织样本，检查尸体是否存在感染迹象。到了这个时候，用灵长类动物做研究的最困难的一个部分开始折磨吉恩·约翰逊。他无法鼓起勇气对猴子处以安乐死。他承受不了杀死它们的念头，无法进洞去完成任务。他等在洞外的森林里，另一名小组成员穿上防护服，进去给猴子注射了大剂量镇静剂，让它们长眠不醒。"我不喜欢杀死动物，"约翰逊告诉我说，"对我来说这是个大问题。你给这些猴子吃的喝的，三十天之后你们就是朋友了。我喂它们吃香蕉。那感觉很可怕。太难受了。"他穿上橙色雷卡防护服，在尸检区解剖猴子，心情沮丧而悲伤，尤其是最后发现它们都很健康。

这次实地考察没有成果。所有哨兵动物都健康地活到最后，从其他动物、昆虫、鸟类、马萨伊人及其牛只身上采集的血液和组织样本中都没有马尔堡病毒的踪迹。吉恩·约翰逊无疑非常失望，他甚至始终无法提起精神，发表文章描述这次考察和发现的成果。发表文章说他在奇塔姆洞没有任何发现，这么做似乎毫无意义。他能确定的只有一点，那就是马尔堡病毒存在于埃尔贡山的阴影之中。

有一点约翰逊当时并不知道，只是在奇塔姆洞穴考察失败之后，他才近乎于本能地意识到：他在非洲这个洞穴里得到的知识和经验，还有他带回德特里克堡的防护服和生物危害防护设备，在另一个时间和另一个地方也许会派上用场。他把非洲考察的设备存放在研究所，装在橄榄褐的军用运输箱中，塞进储藏室和停放在大楼背后的拖车里，因为他不希望别人染指他的装备，不希望被别人使用或者干脆拿走。他希望随时能够准备就绪，等待马尔堡或埃博拉再次浮出水面。有时候他会想到他很喜欢的一句名言，那是路易斯·巴斯德说的："机遇只青睐有准备的头脑。"巴斯德研发了炭疽和狂犬病的疫苗。

1989 年夏

陆军一直很头疼该怎么安排南希和杰瑞·杰克斯。他们是一对夫妻，军衔相同，隶属于同一个小兵种：陆军兽医部队。其中一位（妻子）接受过使用密封防护服工作的训练。你该派遣他们去什么地方？陆军将杰克斯夫妇派往马里兰州阿伯丁附近的化学防御研究所。他们卖掉维多利亚式住所，带着鸟和另外几只动物搬家。离开瑟蒙特那幢屋子，南希并不觉得难过。他们搬进一幢排屋，这更符合她的心意，他们开始用鱼缸养鱼（爱好而已），南希参与军方项目，研究神经毒气对鼠类大脑的影响。她负责打开小鼠头部，搞清楚神经毒气对大脑做了些什么。这比研究埃博拉要安全和愉快得多，只是有点无聊。最后，她和杰瑞双双被提升为中校，佩戴银橡叶肩章。杰美和杰森慢慢长大。杰美是出色的体操运动员，和南希一样短小精悍，南希和杰瑞希望她能在国内取得名次，要是能参加奥运会就更好了。杰森高大而安静。鹦鹉赫尔基没什么变化。鹦鹉的寿命长着呢。它还会叫"妈妈！妈妈"，用口哨吹《桂河大桥》里的进行曲。

南希在 USAMRIID 的直属上司托尼·约翰逊上校对她穿上密封防护服后的能力印象深刻，很想让她回来工作。他觉得她就该属于研究所。他后来得到了沃尔特·里德陆军医疗中心病理学主任的位置，于是研究所的病理学主任就空缺了。他恳请陆军让南希·杰克斯接手，军方听取他的意见，也认为她很适合从事高危生物的研究工作，因此 1989 年夏天，她得到了这份工作。军方同时指派杰瑞·杰克斯领导研究所的兽医部门。就这样，杰克斯夫妇变成了有实权的重要人物。南希回来穿上防护服。杰瑞还是不喜欢，但已经能够容忍了。

升职之后，1989 年 8 月，杰克斯夫妇卖掉他们在阿伯丁的住所，搬回瑟蒙特。南希对杰瑞说，这次别再买什么维多利亚式的屋子了。他们买了一幢带天窗的科德角式现代房屋，周围有大片空置的草地和森林，狗可以撒欢，孩子可以玩耍。新家在卡托克廷山脚下的缓坡上，隔着苹果树的海洋俯瞰全镇。走到厨房窗前，越过连绵起伏的农田，你能看见内战时军队行进过的地方。马里兰州中部的山峰河谷一直延伸到地平线，树木和坡田犹如条带，点缀着一个个代表家庭农庄的筒仓。美丽田园之上的高空中，喷气式客机穿过天空，留下彼此交叉的白色尾迹。

第二部
猴　舍

雷斯顿

1989 年 10 月 4 日，星期三

弗吉尼亚州的雷斯顿位于华盛顿特区以西约十英里处，紧邻环形公路，是个繁华的好社区。时值秋季，西风吹得天空分外晴朗，从雷斯顿的办公楼高层能看见华盛顿纪念碑的米色尖顶，纪念碑位于国家广场的中央，再过去就是国会大厦的圆顶。雷斯顿是全美首批规划的市郊居住区之一，象征着美国对合理设计和繁荣市郊的信念。这里拥有和缓的弯曲街道，穿梭于风景如画的街区之间，失序和混乱不见踪影，也无处藏身。雷斯顿人口近年来稳步增长，高科技企业和蓝筹股咨询公司纷纷进驻办公园地，玻璃墙壁的高楼在 1980 年代像水晶似的生长起来。在这些水晶出现之前，雷斯顿被农田包围，小城现在仍旧有不少草场。到了春天，草场上会绽放出灿若天河的黄色芥子花，知更鸟和打谷鸟在郁金香和白蜡树上欢唱。

小镇提供了昂贵而优美的居住环境、良好的学校、公园、高尔夫球场和优质的儿童日托服务。雷斯顿有几个湖泊是以美国博物学家命名的（梭罗湖、奥杜邦湖），周围是面向湖水的住宅。雷斯顿在华盛顿市区的快速通勤范围之内。沿着连接城区交通的利斯堡收费公路，

兴建起了供高级经理人居住的房屋，半月形的车道上停着奔驰轿车。雷斯顿曾经是个乡村小城，不愿被抹去的田园过往仍在抗争，就像拒绝被钉下去的一枚铁钉。在高级住宅之间，你偶尔能看见一些平房，硬纸板填补破损的窗户，皮卡车停在侧面院子里。到了秋天，摊贩会在利斯堡收费公路旁出售南瓜。

离利斯堡收费公路不远，有个小型办公园区。它修建于1960年代，没有玻璃外墙，也不如新园区时髦，但干净而整洁，已经存在了很久，足以让悬铃木和香枫树长得高大，用林荫覆盖草坪。马路对面，麦当劳快餐店里满是中午来吃饭的员工。1989年秋天，一家名叫黑泽尔顿研究制品的公司将园区内的一幢单层办公楼用作猴舍。黑泽尔顿研究制品是康宁公司的子公司。康宁公司的黑泽尔顿分部负责进口和销售实验用的动物。黑泽尔顿猴舍的对外名称是雷斯顿灵长类动物检疫隔离中心。

每年约有一万六千只野生猴子从热带地区进口至美国。进口的猴子必须隔离检疫一个月，然后才能运往美国各处。这是为了防止能杀死其他灵长类动物（包括人类）的传染性疾病的蔓延。

兽医学博士丹·达尔加德是雷斯顿灵长类动物检疫隔离中心的顾问兽医。要是有猴子生病，需要医治，打个电话他就会上门。他的正职是黑泽尔顿华盛顿公司的首席科学家，这家公司同属康宁集团旗下，总部在利斯堡公路旁的弗吉尼亚州维也纳市，离雷斯顿的猴舍不远，所以每次有需要，他很容易就可以驱车赶到。达尔加德的个头很高，五十来岁，戴金属框眼镜，眼睛是浅蓝色，举止有些腼腆，说话带点他在得州念兽医学校时学到的柔和拖腔。他在办公室一般穿灰色商务正装，和动物打交道就换上白大褂。他是一位知识渊博、经验丰富的兽医学家，专精于灵长类的科学饲养，享有国际声誉。他个性沉静而平和，喜欢做白日梦；他经常会望着办公室窗外发呆，想想这个，想想那个。到了晚上和周末，他就沉迷于修理古董钟表的嗜好之中。他喜欢用双手修理东西，这让他感觉平和、沉静和超脱尘世，他对卡住的钟表充满耐心。他有时候甚至很想离开兽医学领域，全身心投身于钟表修理事业。

1989 年 10 月 4 日星期三，黑泽尔顿研究制品公司收到了从菲律宾发来的一百只野生猴子。这批货的发运方是费莱特养殖场，一家离马尼拉不远的猴类动物批发机构。猴子捕自棉兰老岛近海岸的热带雨林，用小船送到费莱特养殖场，塞进称之为"群笼"的大型铁笼，公猴时常打斗流血，甚至杀死对手。接下来，猴子被装进木箱，用特别改装的货机空运至阿姆斯特丹，然后转运到纽约。到达肯尼迪国际机场后，再用卡车沿东海岸公路送到雷斯顿猴舍。

这一批送来的是食蟹猴，这个物种栖息在东南亚的河流沿岸和红树林沼泽地带。食蟹猴分布广泛，价格低廉，容易捕捉，因此是常见的实验动物。它们的弯曲长尾仿佛鞭子，胸口毛色发白，背部呈米色。食蟹猴属于猕猴，又称长尾猕猴。它们的突出口鼻部类似犬类，鼻孔张大，犬齿异常锐利，能像利刃似的轻易撕开皮肉。它们的皮肤是偏粉红的灰色，近似于白人。它们的手很像人类，有大拇指和灵巧的手指，也长有指甲。雌性的胸部有两个乳房，乳头呈浅粉色，与人类乳房相似得惊人。

食蟹猴不喜欢人类。它们与居住在雨林的人类是竞争关系。它们喜欢蔬菜，尤其是茄子，喜欢洗劫农民种植的作物。食蟹猴集体活动，在树枝之间翻着跟斗跳跃，发出"喀拉！喀拉"的叫声。它们很清楚一旦洗劫了茄子田，就很可能会被农民找上门来，农民会拿着霰弹枪四处寻找它们，所以必须时刻做好逃进雨林深处的准备。它们看见枪支就会警觉地大叫"喀拉！喀拉！喀拉"。有些地方因为这个叫声，干脆就称它们为喀拉猴，亚洲雨林的大多数居民认为它们是害兽。白天结束，夜晚降临，猴群会在没有叶子的枯树上睡觉。这是猴群的大本营。猴子喜欢睡在枯树上，这样就可以看见所有方向的动静了，随时警惕人类和其他捕食者。这棵树通常伸出在河流上方，方便它们在树枝上排泄，不至于污染地面。

日出时分，猴群逐渐醒来，你能听见它们向阳光打招呼的叫声。母亲召唤孩子，让它们在树枝上排好队；猴群出发，在树枝间腾跃，寻找水果。它们什么都吃，除了蔬菜和水果，也吃昆虫、野草和树根，还会咀嚼吞咽小块黏土，多半是为了获取盐分和矿物质。它们尤其爱吃螃蟹。吃螃蟹的劲头上来了，猴群就前往红树林沼泽大快朵颐。它们从树上下来，守在水里的螃蟹洞旁边。螃蟹爬出洞穴，猴子一把将它捞出来。猴子有办法对付螃蟹的大钳。螃蟹爬出洞口的时候，猴子会从背后抓住它，撕掉钳子扔掉，享用剩下的部分。有时候猴子的动作不够快，螃蟹会钳住猴子的手指，猴子就会尖叫着摆动手臂，在水里上蹿下跳，想甩掉螃蟹。只要听见沼泽地传来食蟹猴遇到难题时的尖叫，你就知道它们又在捕食螃蟹了。

猴群有严格的等级制度。统领者是个头最大、攻击性最强的雄猴。它通过瞪视控制其他成员。要是属下胆敢挑战，它就会瞪得它们屈服。要是人类瞪着笼子里的猴王看，猴王就会冲到笼子前面回瞪，会怒不可遏地撞击栏杆，企图攻击这名人类。猴王想杀死瞪视它的人类：有敌对的灵长类动物挑战它的权威，它绝对不能显示出害怕。把两只猴王放进同一个笼子，能活着离开的只有一只。

雷斯顿猴舍的每一只食蟹猴都有独立的笼子，由人工灯光提供照明，喂食饲料和水果。猴舍共有十二个存放猴子的房间，分别用从字母A到L命名。在10月4日送达的那批猴子里，有两只死在了箱子里。这并不稀奇，因为猴子会在运输途中死亡。但接下来的三周内，雷斯顿猴舍里逐渐死去的猴子数量越来越不同寻常。

10月4日，也就是那批食蟹猴送达雷斯顿猴舍的当天，发生了一件将会彻底改变杰瑞·杰克斯上校这一生的事情。杰瑞有个弟弟叫约翰，约翰夫妇和两个小孩住在堪萨斯市。约翰·杰克斯是个成功的商人和银行家，是一家生产信用卡用塑料的制造厂的股东。他比杰瑞年轻几岁，两兄弟非常要好。他们一起在堪萨斯的农场长大，都在堪萨斯州念大学。两人相貌也很像：高大、少白头、鹰钩鼻，眼神锐利，举止沉着而冷静；唯一的区别是约翰留小胡子，杰瑞不留。

10月4日晚上，约翰·杰克斯和妻子本来要去孩子的学校参加家长和教师见面会。快下班的时候，约翰从制造厂的办公室打电话给妻子说他要加班。电话打来时，她恰好不在室内，于是约翰在答录机上留言说他会直接从办公室去学校和她碰面。但他却始终没有出现，妻子开始担心，开车赶往工厂。

工厂已经下班，机器悄无声息。她走过整个厂房，来到楼梯口。约翰的办公室在楼梯顶上，能够俯瞰整个厂房。她爬上楼梯，约翰的办公室开着一条缝，她推门进去。约翰身中数弹，房间里到处是血。这是一起暴力凶杀案。

堪萨斯市凶杀科负责办理此案的警官名叫里德·布恩蒂。他和约翰有私交，很敬仰他，约翰在堪萨斯市银行担任总裁的时候，他曾经是银行的警卫。布恩蒂警官决心要侦破案件，将凶手绳之以法。但时间慢慢过去，案情始终没有突破，他也有些气馁。约翰·杰克斯和工厂的另一名股东意见不合，此人名叫约翰·韦佛，堪萨斯市凶杀科将其视为嫌犯。（最近我打电话给布恩蒂警官的时候，他证实了这一点。韦佛本人也已因心脏病去世，案件仍未结案，因为谋杀案只有告破才会结案。）物证很少，而韦佛有不在场证明。警官遇到的困难越来越多。他曾经这么对杰瑞说："你很容易就可以买凶杀人。很便宜。买张桌子的钱就够你杀一个人了。"

约翰·杰克斯的惨死使得杰瑞悲痛得不想动弹。时间应该能治愈一切，但时间却让杰瑞的情绪生了坏疽。南希开始认为他患上了抑郁症。

"我感觉就像我这辈子已经完了，"他告诉妻子，"和以前再也不一样了。我的生活再也回不去了。我无法想象约翰尼居然会有敌人。"在堪萨斯市的葬礼上，南希和杰瑞的孩子杰美和杰森看着灵柩，然后对父亲说："天哪，爸爸，就好像你躺在了那儿。"

10月和11月，杰瑞·杰克斯几乎每天都给凶杀科打电话。警官就是破不了案。他开始考虑去搞把枪，驱车前往堪萨斯市，杀死约翰的生意伙伴。他心想，要是这么做，我会进监狱，我的孩子会怎么样？要是幕后黑手不是约翰的生意伙伴呢？那我岂不是杀了个无辜的人？

11月1日，星期三

雷斯顿猴舍的猴群管理员名叫比尔·伏特。他看着自己管理的猴子死去，不禁越来越不安。11 月 1 日，那批食蟹猴送达后近一个月，他打电话给丹·达尔加德，说最近从菲律宾来的猴子死亡率高得不寻常。送来的一百只猴子里，他已经数出有二十九只死亡的。也就是说，死亡率接近三分之一。另一方面，猴舍的供热和通风系统出了故障。恒温设备失灵，热量排不出去。加热器以最高功率送热，空调系统就是不肯打开。室内热得难受。伏特怀疑是高温使得猴子中暑了。他还注意到绝大多数死亡发生在同一个房间里，也就是位于大楼后侧一条长走廊上的 F 室。

达尔加德答应开车过来看看，但他手头还有别的事情，直到下一个星期才腾出时间。他来到猴舍，比尔·伏特带他去死亡集中的 F 室，好让达尔加德检查猴子。他们穿上白大褂，戴上外科手术口罩，走进一条煤渣砖的长走廊，走廊两侧的铁门里就是关猴子的房间。走廊里非常热，他们开始出汗。隔着门上的玻璃，他们看见数以百计的猴子望着他们走过。这些猴子对人类的出现非常敏感。

F 室里只有 10 月份从菲律宾费莱特养殖场送来的那些食蟹猴。一只猴子一个笼子。猴子显得很温顺。几周前，它们还在树上荡来荡去，对自己此刻的遭遇并不满意。达尔加德走过一个个笼子，观察每一只猴子。他能从猴子的眼神里读到很多信息。他还能看懂它们的肢体语言。他在寻找显得没精打采和痛苦的猴子。

达尔加德盯着它们的眼睛看，猴子光火不已。他经过一只猴王，仔细打量它，猴王扑过来企图咬死他。他见到一只猴子眼神迟钝，没有光彩，显得呆滞而缺乏生气。眼皮耷拉着，眼睛微微闭拢。通常来说，猴子的眼皮是收起来的，你能看见完整的虹膜，因此健康猴子的眼睛像是脸上的两个亮圈。这只猴子的眼皮微微闭拢，耷拉下来，所以虹膜变成了椭圆形。这是猴子生病的征兆。

他戴上皮革防护手套，打开笼门，伸手进去按住猴子。他脱掉一只手套，飞快地摸了摸猴子的腹部。对，摸起来暖烘烘的，所以是在发烧。它还在流鼻涕。他放开猴子，关上笼门。他不认为这只猴子得了肺炎或感冒，他怀疑是高温造成的中暑。房间里非常热。他建议比尔·伏特向房东施加压力，尽快修好供热系统。他又找到一只猴子耷拉着眼皮，眼睛也同样眯缝着。这一只摸起来也暖烘烘的：在发烧。因此 F 室里有两只病猴。

当天夜里，这两只猴子都死了。第二天早晨，比尔·伏特发现它们蜷缩在笼子里，呆滞的眼睛依然半睁。伏特很焦急，决定验尸，看到底是什么杀死了猴子。他把两具尸体搬进走廊里的检验室，关上房门，不让其他猴子看见。（你不能当着其他猴子的面解剖死猴，那样会引发大暴乱。）他用手术刀切开尸体，开始查看。他不喜欢、也不理解他看见的东西，于是打电话给达尔加德，他说：“我觉得你应该过来一趟，再看看这些猴子。”

达尔加德立刻开车赶到猴舍。能够娴熟地拆开钟表的双手开始探查猴尸。他在猴子体内看见的景象让他困惑：看起来像是死于供热系统故障导致的中暑，但脾脏却肿大得奇怪。中暑不会导致脾脏肿大，对吧？另外还有一点让他迟疑。两只动物的肠道内都有少量血液。怎么会这样？

当天晚些时候，从费莱特养殖场来的另一批食蟹猴送到了。比尔·伏特将这一批放进和 F 室隔着两个门洞的 H 室。

丹·达尔加德开始担心 F 室的猴子。他怀疑房间里存在某种传染性病原体。肠道出血像是名叫“猿猴出血热”（简称 SHF）的猴类病毒在作怪。这种病毒对猴类是致命的，但对人类无害，因为它无法在人类体内存活。猿猴出血热能在猴群内迅速传播，通常来说会抹去整个群落。

这一天是 11 月 10 日星期五。达尔加德本来想在住处的家庭活动室修理钟表。但星期六早晨，他铺开工具和一台需要修理的古董钟表，却忍不住想到那些猴子。他很担心它们。最后，他告诉妻子说他必须去办点公事，于是穿上大衣，开车到猴舍，在门口停车，从正门进去。那是一道玻璃门，他刚进去，就感觉到楼里的异常酷热席卷而来，听见了熟悉的猴子尖叫声。他走进 F 室。"喀拉！喀拉！"猴子惊恐地对他叫道。他又发现了三具猴子尸体：蜷缩在笼子里，睁着眼睛，面无表情。糟糕。他把死猴搬进检验室切开，查看内脏的状况。

在此之后不久，丹·达尔加德开始写日志了。他每天在个人电脑上敲上几个字。他没多想就给日志起名叫《大事记》。时间已近 11 月中旬，每天傍晚太阳落山，办公室附近的利斯堡交通拥堵，达尔加德就开始写日志。他敲着键盘，回忆他在猴子体内看见的景象。

目前，机体损伤呈现出明显的脾肿大特征（切开面干燥得出奇），肾脏肿大，多个器官偶见出血……临床观察：动物表现出突发性厌食症（丧失食欲）和嗜睡。一旦动物表现出食欲减退，身体状况就将急剧恶化。处死猴子的直肠温度并未升高。鼻涕、鼻衄和血便症状不明显……大部分动物身体健壮，体脂率高于刚从野外送来的猴子。

除了这些，他在死猴身上找不到更多的异样之处。它们只是突然停止进食，然后倒地而死。它们死时睁着眼睛，露出瞪视的表情。无论这是什么疾病，死因都不明显。是心肌梗死？是高烧？到底是什么？

　　脾脏的受损难以解释。脾脏就像个过滤血液的口袋，在免疫系统中也扮演一定的角色。正常的脾脏是柔软的袋状物，有着湿润的红色中央部位，总让达尔加德想起果酱甜甜圈。用解剖刀切入正常的脾脏，遇到的阻力不会比刀切果酱甜甜圈时更大，而且会涌出大量血液。但病猴的脾脏不但肿大，而且硬如石块。正常的猴类脾脏是胡桃大小，但病猴脾脏有柑橘那么大，表面坚韧，让他想起萨拉米香肠：多肉、结实、干燥。解剖刀落下去能被弹开。他可以用刀锋轻敲脾脏，刀锋都不会切进去多少。他没有意识到（他没有发现，因为实在难以想象），整个脾脏已经变成了一团凝血。他在用解剖刀轻敲一块柑橘大小的凝血块。

　　11月12日星期天，达尔加德在家里收拾屋子，修理东西，做点家务事。吃过午饭，他又回到猴舍。他发现F室又多了三只死猴。猴子持续死亡，每晚都有几只。雷斯顿机构出了怪事。

　　其中一只死亡猴子被命名为O53。达尔加德将O53猴尸搬进检验室解剖，查看体腔内部的情况。他用解剖刀切下一片O53的脾脏：肿大、坚硬、干燥。他用棉签轻擦死猴的喉咙，采集少量黏液样本——所谓的咽喉取样。他将棉签放进装满蒸馏水的试管，拧紧盖子。黏液内只要存在病原体，就会被暂时保存下来。

进入 3 级

1989 年 11 月 13 日，星期一

星期一上午，解剖 O53 猴尸后的第二天，达尔加德决定请德特里克堡的 USAMRIID 帮忙看一看猴子究竟出了什么问题。他听说那里有能够辨别猴类疾病的专家，而他很想确认他究竟遇到了一种什么疾病。从雷斯顿向西北驱车一小时左右，过了波托马克河就是德特里克堡。

达尔加德最后和一位平民身份的病毒学家通上了电话。这位病毒学家叫彼得·耶林，以熟悉猴类病毒而闻名。两人从未打过交道。达尔加德对耶林说："我觉得我们的猴子感染了某种 SHF（猿猴出血热）病毒。切开它们的脾脏，感觉就像切萨拉米香肠。"达尔加德问耶林能不能看一眼样本，做个诊断，耶林答应下来。他的问题挑起了彼得·耶林的好奇心。

耶林的职业生涯基本上是在研究所度过的，早先他曾在中美洲居住过一段时间，在雨林里搜寻病毒（他发现了几个不为人知的毒株）。他戴着钢丝框眼镜，金发刚开始变灰，面容愉快而生动，很有些冷幽默感。他生性谨慎而细心。他从事防御高危病毒的研究：疫苗和药物

治疗；也对雨林病毒做基础医学研究。杀手和无名氏是他的专业领域。他不会多去思考高危病原体的可怕能力。他告诉自己，你要是思考了，大概就会决定换个谋生方式。

耶林夫妇和三个孩子住在瑟蒙特，住处离杰克斯夫妇家不远，是一幢砖结构的牧场式房屋，门前有白色栅栏。栅栏围起没有树木的草坪，车库里是一辆棕色大型轿车。尽管两家住得很近，但耶林一家和杰克斯一家并无交往，因为两家的孩子年龄不同，而且生活方式也不一样。

彼得·耶林定期修剪草坪，免得被邻居看作懒蛋。在外界眼中，他住在城郊地带，过着几乎毫无特点的生活，很少有邻居知道他每天坐进烂泥颜色的轿车是前往高危区域工作；不过他用的字母车牌倒是说得很清楚：LASSA（拉沙）。拉沙热是西非的一种 4 级病毒，也是彼得·耶林最喜欢的生命体，他觉得从某个角度说，这东西迷人又美丽。他隔着手套拿过几乎每一种已知的高危病原体，只有埃博拉和马尔堡除外。有人问他为什么不和这两种病毒打交道，他说："我还不是很想死呢。"

彼得·耶林和丹·达尔加德通过电话之后的第二天，取自 O53 猴尸的几小块冷冻样本送到了研究所。见到样本，他又是吃惊又是生气，这是因为这几块碎肉居然用锡纸包着，就好像吃剩下的热狗。

状如热狗的碎肉是死猴脾脏，包着它的冰块染上了红色，已经开始融化滴水。样本里还有装着咽喉取样的试管和死猴的血清。耶林拿着样本走进 3 级防护实验室。3 级实验室的空气保持负压，防止病原体逸出，但在这里工作不需要穿密封防护服。耶林穿上外科手术服，戴上纸质手术口罩和橡胶手套。他打开锡纸。一名病理学家站在旁边帮忙。他们戳了戳那片脾脏，它在锡纸上滚来滚去——正如达尔加德的描述，是一小片结实的粉色肉块。耶林心想，很像你在学校餐厅吃到的天晓得什么肉片嘛。耶林对旁边的同事说："还好不是马尔堡。"两人笑得很开心。

当天晚些时候，他打电话给达尔加德，说的内容大致是："我跟你说说该怎么寄样本给我吧。这儿的人也许确实敏感过头，但要是送来的样本把血水滴在地毯上，是个人都会不太高兴的。"

鉴别病毒的方法之一是让它在三角瓶里的活细胞内生长。把病毒样本滴一滴进三角瓶，病毒在细胞内扩散。假如病毒喜欢这些细胞，就会开始增殖。几天之内，一两个病毒就会变成十亿个：在一个大拇指尺寸的容器里，病毒的个数堪比中国人口。

一位名叫琼·罗德里克平民技师负责培养来自 O53 猴尸的未知微生物。她用研钵和碾槌压碎一小块脾脏样本，制成带血的糊状物，将糊状物滴进几个装有猴类肾脏细胞的三角瓶。她还取了部分咽喉取样放进另一个三角瓶，取了部分血清放进再一个三角瓶。最后，她将这摆满一架子的三角瓶放进加热器（培养箱，温度维持体温），希望能培养出点什么来。培养病毒和酿啤酒差不多：你照着配方走，酿造罐保持温暖，等待变化发生。

接下来的一天，丹·达尔加德没有去猴舍，但还是打电话给管理员比尔·伏特询问情况。伏特说所有猴子看起来都挺好。昨夜没有病死的。传染病似乎自然而然地消失了。很好，雷斯顿似乎已经平静下来，达尔加德松了一口气，他所属的公司逃过一劫。

不过，研究所的科学家有没有分析出什么结果呢？他打给耶林，耶林说为时尚早，现在还什么都不知道。培养病毒需要几天时间。

又过了一天，比尔·伏特打来电话报告坏消息。F室有八只猴子停止进食。换句话说，有八只猴子即将死去。疫情卷土重来。

达尔加德赶到猴舍，发现局势突然恶化。还有更多的猴子眯起眼睛，视线呆滞，眼睑下垂。无论那是什么，都在F室内扎下了根。到这个时候，F室已有过半猴子死亡。要是不想办法阻止，整个房间的动物都会死去。达尔加德非常焦虑，期待着彼得·耶林的消息。

11月16日星期四，猴舍报告说和F室同一个走廊的其他房间也有猴子开始死亡。当天下午晚些时候，丹·达尔加德接到彼得·耶林的电话。研究所的一名病理学家仔细检查脾脏样本后，初步判断确实是猿猴出血热：对人类无害，对猴类致命。

达尔加德知道他必须尽快控制爆发，以免病毒传遍整个猴舍。猿猴出血热在猴群内的传染性极强。当天下午，他沿利斯堡公路来到雷斯顿的那个园区。时值秋末冬初，那是个灰暗的落雨傍晚，五点钟的通勤交通从华盛顿涌向居住区，他和黑泽尔顿的另一名兽医给F室的所有猴子注射了致命剂量的麻醉药。事情结束得很快，猴子没几分钟就全死了。

达尔加德解剖了八具看似健康的猴尸，看是否能找到猿猴出血热的症状。他很吃惊地发现这些猴子看起来一切正常。这让他非常难过。处死猴子这种事很艰难，令人厌恶和沮丧。他知道房间里有疾病在肆虐，但这些猴子是美丽而健康的动物，却死在了他的手上。这种疾病从 10 月初就在楼里传播，而现在已经是 11 月中旬了。研究所给了他一个初步诊断，大概是目前最好的诊断了，他现在的任务是尽可能抢救剩下那些动物的生命。晚上回到家，他觉得这一天过得很不顺心。后来他在日志中写道：

> 有一点值得注意，那就是找不到任何出血部位。总体而言，这些动物都肥得出奇（胖乎乎的）、年龄不大（小于五岁），而且身体健壮。

那天离开猴舍前，他和另外一名兽医将死猴装进透明塑料袋，送进走廊对面的冷藏柜。冷藏柜有可能危机四伏。在生物高危区域，没有任何传感器、警报系统和设备能告诉你这一点。所有设备都悄无声息，没有任何提示。透明塑料袋里的猴尸清晰可见。它们凝固成扭曲的体态，胸腔打开，内脏挂在外面，垂下红色的冰柱。它们的手攥着拳头或展成钩爪，像是抓着什么东西，它们的脸上毫无表情，结霜的眼睛茫然凝视虚空。

暴　露

11 月 17 日，星期五

　　托马斯·盖斯伯特在研究所实习和接受训练。他二十七岁，人高马大，眼睛是深蓝色，棕色中长发从中间分开，盖过前额。盖斯伯特是经验丰富的钓客和步枪神射手，他在森林里度过了很多时间。他穿蓝色牛仔裤和牛仔靴，不怎么理会权威。他是当地人，就在德特里克堡附近长大。他父亲是研究所的建筑总工程师，负责高危区域的维护和运营。汤姆·盖斯伯特①小时候，父亲带他参观过研究所，汤姆隔着厚玻璃窗看身穿防护服的人们，心想这份工作真叫酷。现在他如愿以偿，心情很好。

　　研究所雇他操作电子显微镜。电子显微镜用电子束拍摄病毒之类的微小物体，在病毒学实验室属于基础工具，可用于拍摄极小块的组织，在其中寻找病毒的踪影。对盖斯伯特来说，鉴别高危毒株和分类病毒群落就像采集整理蝴蝶和花卉的标本。他喜欢内部空间的那份孤独，那种被全世界遗忘的感觉。身穿密封防护服在高危区域走来走去，拿着满满一架子装有未知致命微生物的试管，他反而感觉平心静气。比起和搭档一起进入 4 级套房，他更喜欢一个人进去，尤其是在深夜。但他的工作热情影响到了个人生活，婚姻终告破裂。他和妻子在9月分手了。家庭烦恼使得他愈加埋头于4级区域。

除了工作，盖斯伯特最大的人生乐趣就是钓黑鲈和猎鹿之类的户外活动。他为肉而打猎——他把野味分给家庭成员；得到了足够的肉之后，他为纪念品而打猎。每年感恩节前后，他都会去弗吉尼亚州西部打猎，他和几个朋友会在猎鹿季节开始时租下一幢房屋。他的朋友不太清楚他靠什么讨生活，他也不怎么想告诉他们。

盖斯伯特尽可能多地研究病毒样本，磨练他使用电子显微镜的技能。他正在学习如何通过查看颗粒照片，用肉眼辨认高危微生物。少年卡迪奈尔的样本从非洲送来后，盖斯伯特一连几天盯着病毒看个不停。它们让他着迷。卡迪奈尔毒株是纠缠成团的数字6、大写U、小写g、大写Y、长蛇和玉米圈，混合在部分液化的人体组织之中。盖斯伯特花了许多时间盯着病毒看，它们是自然界最恐怖的造物之一，最后这些形状烙印在他的脑海里。

汤姆·盖斯伯特[①]听说了弗吉尼亚州的病猴事件，他想给猴体组织拍照，看能不能辨认出猿猴出血热病毒的颗粒。11月17日星期五，也就是丹·达尔加德杀死F室剩下所有猴子的第二天，盖斯伯特决定看一眼用猴细胞培养病毒的三角瓶。他想在感恩节打猎前先用光学显微镜查看一下，看是否能观察到任何变化。光学显微镜就是使用透镜聚焦光线的普通显微镜。

星期五上午九点，他穿上外科手术服，戴上纸口罩，走进3级实

---

① 汤姆是托马斯的昵称。——译者

验室，那些三角瓶保存在这里的恒温箱中。他遇到了负责培养雷斯顿样本的琼·罗德里克。她在用双筒显微镜观察一个小三角瓶。三角瓶里装的细胞感染了来自O53猴尸的猿猴出血热病毒。

她扭头对盖斯伯特说："三角瓶里不太对劲。"

这是个标准的病毒培养三角瓶，大小若人类拇指，透明塑料质地，可以直接放在显微镜下观察。三角瓶有黑色拧盖。

盖斯伯特望进显微镜的目镜。他看见了三角瓶里的复杂小世界。在生物学研究之中，难就难在搞清楚你看见的究竟是什么。大自然的模式深奥而复杂，永远在变化。他看见三角瓶里到处都是细胞。细胞状如小囊，每个细胞里都有细胞核，也就是细胞中央附近一个颜色更深的团块。细胞有点像煎蛋，没下锅的那一面朝上。蛋黄就是细胞核。

活细胞通常总是附着在三角瓶底部，仿佛活物构成的一层地毯——细胞生长时倾向于攀附在表面上。但眼前的地毯却像是遭了虫蛀：细胞死亡飘走，留下一个个窟窿。

盖斯伯特检查了所有三角瓶，其中大多数都一样，像是虫蛀的地毯。细胞的状况很不妙，像是病得很严重。某种东西在杀死这些细胞。细胞肿胀而蓬松，胖乎乎的像是怀孕了。汤姆能看见它们含有某种颗粒或斑块。斑块有点像胡椒粉。像是有人把胡椒粉洒在了煎蛋上。他似乎能看见胡椒粉里有反光，有点像光线照在结晶体上。晶体？这些细胞染上了不知名的病症，而且病得很严重，被撑爆的死细胞让液体变得浑浊。

他们决定叫上司彼得·耶林来看一眼。盖斯伯特去找耶林，他离开3级区域——脱掉手术服，淋浴后换回日常装束——走向耶林的办公室，然后带着耶林返回 3 级实验室。他们花了几分钟在更衣室换装，穿上手术服。准备完毕的他们像是两个外科医生，他们走进 3 级区域，在显微镜前坐下。盖斯伯特说："这个三角瓶里的情况很离奇，我不确定到底是什么，但肯定不像 SHF。"

耶林望进目镜，看见三角瓶里的液体变得浑浊，像是已经变质。"应该是被污染了，"他说，"细胞被炸散了，只剩下沉渣。"细胞已经破裂死亡。"脱离了塑料壁，"他说，意思是死亡细胞从三角瓶内壁上脱离下来，漂浮在培养基之中。他认为是某种野生细菌侵入了细胞群落。培养病毒样本的时候经常会发生这种讨厌事，细菌会荡平整个三角瓶。野生细菌会将培养基吃个干干净净，在生长时产生各种各样的气味——病毒杀死细胞时不会发出任何气味。耶林猜想荡平这个三角瓶的是常见于土壤中的假单胞菌。这种细菌存在于泥土中，存在于每家每户的后院和指甲缝里。它是地球上最常见的生命体之一，经常会入侵培养基，摧毁整个细胞群落。

耶林拧开黑色瓶盖，在瓶口扇动手掌，让气味飘向鼻子，然后闻了一下。咦，奇怪，没有怪味。

他问汤姆·盖斯伯特："你闻过假单胞菌吗?"

"没有，"汤姆答道。

"像是韦尔奇葡萄汁。给你——"他把三角瓶递给汤姆。

汤姆闻了闻。没有气味。

耶林接过三角瓶，又闻了闻。他什么都没有闻到，但三角瓶里的液体是浑浊的，细胞都已破裂。他大惑不解，把三角瓶还给汤姆说："放到射线里，咱们看看到底是什么。"所谓"放到射线里"，意思是用电子显微镜观察，电子显微镜比光学显微镜的倍率大得多，能更加深入微观世界。

　　盖斯伯特把一些浑浊液体倒入试管，放进离心分离机里旋转。试管底部出现了一丁点灰色泥状物质，这是一小堆死细胞和垂死的细胞，只有针头那么大，呈浅褐色。盖斯伯特觉得它有点像土豆泥。他用木签挑起那团东西，泡进塑料树脂保存。但此刻他已经满脑子都是猎鹿季了。星期五下午晚些时候，他回家收拾行李。他打算开他的福特野马，但车出了故障，所以一个猎鹿伙伴开皮卡来接他，他们装上盖斯伯特的行囊和枪盒，出发前去打猎。丝状病毒在人体内开始增殖时，潜伏期在三到十八天之间，血液内病毒粒子的数量稳步增长。接下来出现的就是头痛。

感恩节

11 月 20 日到 25 日

对杰克斯夫妇而言,这是他们一生中最难熬的感恩节。11 月 22 日星期三,他们让孩子坐进家用面包车,连夜开车赶往堪萨斯。杰美今年十二岁,杰森十三。两个孩子已经习惯了去堪萨斯的长途车程,他们睡得很香甜。自从弟弟遇害,杰瑞几乎丧失了睡眠的能力,南希醒着陪他,两人轮流开车。他们在感恩节当天赶到威奇托,和南希的父亲柯蒂斯·邓恩吃了火鸡大餐,她父亲和南希的哥哥住在一起。

南希的父亲得了癌症。他这辈子一直害怕会被癌症击倒,曾经卧床八个月之久,声称他得了癌症,事实上并非如此。那年秋天他体重减了很多,现在只剩下一百磅不到,看上去像一具骷髅,他年纪并不大,黑色卷发抹着发油,样子很可怕,孩子都不敢接近他。他尽量对杰瑞表示同情。"你们杰克斯家遇到的事情真是太可怕了,"他这么说。但杰瑞不想提起这个话题。

白天的大多数时间,南希的父亲都坐在躺椅上打盹。到了晚上,疼痛让他难以入睡,会在凌晨三点起床,在屋里翻箱倒柜找东西。他不停抽烟,抱怨说他尝不出食物的味道,说他毫无胃口。南希为他难过，但感觉两人之间有着无法逾越的距离。他是个很顽固的人，这两天听他在屋里转来转去说话的语气，似乎打算卖掉他们家在肯塔基的家庭农场，用那笔钱去墨西哥用什么桃核疗法治病。南希因为他的这种念头而生气，但气愤之余也有对他病情的怜悯。

和南希的父亲吃过火鸡大餐，他们开车去了威奇托西北的小镇安戴尔，和杰瑞的母亲艾达以及杰克斯家族的其他成员，在艾达位于小镇边缘谷仓旁的住处共进晚餐。孀居的艾达住在俯瞰美丽麦田的农场屋舍里。在这个季节，麦田光秃秃的，播种了冬小麦，艾达坐在客厅里望着室外。她不能看电视，因为害怕见到枪支。他们围坐在客厅里聊天，讲述艾达农场里的往事，有说有笑，尽量想享受美好时光——直到突然有人提到约翰。交谈变得沉默，所有人都看着地面，不知道该说什么，有人开始哭泣，随后他们看见艾达流下眼泪。她一向很坚强，孩子们从没见过她哭泣。每次发现自己忍不住要哭了，她就会起身走进卧室，然后关上门。

他们在厨房摆开餐桌，吃的是烤牛肉——杰克斯夫妇不喜欢火鸡。过了一阵，人们拿着盘子去客厅看橄榄球比赛。女人们，包括南希在内，留下打扫厨房和照看孩子。南希和杰瑞又在威奇托待了几天，送南希的父亲去医院接受治疗。最后，他们坐进面包车，带着孩子返回马里兰。

丹·达尔加德的感恩节过得心神不定。星期一，他打电话到研究所找彼得·耶林，问有没有查到究竟是什么在杀死雷斯顿的猴子。耶林也有了初步的诊断结果。这些动物确实像是感染了SHF。对猴子很致命，对人类不构成问题。他告诉达尔加德，他认为非常有可能是猿猴出血热，但他不愿意说得过于绝对。只要最终结果没出来，他就不想把话说死。

达尔加德放下电话，相信他处死 F 室剩下那几只猴子的决定是正确的。那些猴子感染了猿猴出血热病毒，反正也只有死路一条。现在达尔加德担心的是病毒会不会逃逸出 F 室，正悄无声息地穿行于大楼之中，而其他房间的猴子也将开始死亡。到那个时候，想控制住病毒可就难了。

感恩节那天早晨，丹和妻子开车去匹兹堡见岳父母。星期五，他们开车回到弗吉尼亚，丹去猴舍看情况有没有变化——事态让他震惊：感恩节期间，H 室死了五只猴子，H 室和 F 室在同一条走廊上，隔着两个门洞。因此，病毒确实在传播，更糟糕的是它能跨越房间传播。病毒是怎么传播的呢？一夜之间，一个房间死了五只猴子……他非常不安。

美杜莎

11 月 27 日，星期一，0700 时

感恩节后那周的星期一早晨，汤姆·盖斯伯特来研究所上班，他身穿牛仔裤、法兰绒衬衫和牛仔靴，算是纪念他的丛林生活。他急着想看出发去打猎前采集的那一小团死亡的猴体细胞。他想用电子显微镜观察那些细胞，找到它们感染了猿猴出血热的证据。

这团细胞尺寸如面包屑，嵌在一小块黄色塑料之中。他打开文件柜的锁，取出金刚石刀——金刚石刀是金属刀身，长度不超过随身携带的削笔刀，约为一英寸；但价值四千美元，它有金刚石的刀刃：一大块无瑕的棱柱状金刚石，宝石级品质。

他拿着金刚石刀和包裹那团细胞的树脂塑料走进切割室。他在桌前坐下，面对切割机，安装好金刚石刀，小心翼翼地不让手指碰到刀刃。指尖碰一下就会毁掉这把刀，金刚石同时也会割破指尖，说不定会割得很严重。金刚石刀非常锋利，拥有全世界所有工具中最锐利的刀刃。它锋利得能干净利落地把病毒切成两半，就像剃刀切开花生。想象一下，一亿个病毒才能够覆盖字母 i 上的圆点，那么你就大概明白金刚石刀究竟有多锋利了。你要是被它划伤，刀刃会毫无阻力地穿

过皮肤，就好像皮肤是空气——穿过手指时，它会切开一个个血细胞；结果皮肤油脂和血细胞会覆盖刀刃，这把刀就只能报废了。

汤姆望进连接切割机的显微镜目镜。他能清晰地看见那团面包屑了。他打开开关，机器嗡嗡启动，样本开始前后移动，面包屑顺着金刚石刀的刀刃滑动。切割机就像切熟肉的机器，切片大概就是这个尺寸：

切片落向一滴水，停留在那滴水的表面上。每个切片含有一万个左右的细胞，刀锋破开了细胞。刀锋削下一个个切片，切片像睡莲花瓣似的绽开。

他从显微镜前抬起身子，在桌上找到一根木棒，木棒上用一丁点指甲油粘着一根人类睫毛。这是用来操作切片的工具。睫毛来自实验室的一位女性工作人员，大家觉得她的睫毛粗细适中，呈尖端精细的细圆锥形，特别适合这种工作。他将睫毛插进那滴水搅动，分离那些切片，又用睫毛尖端挑出受损的切片，擦在一块纸巾上丢弃。

接下来，他用镊子夹起一小块金属网格。网格的尺寸只有·这么大，用黄铜制成。他用镊子夹着网格伸进那滴水里，慢慢从下方捞起一块漂浮的切片，就好像渔夫在收网。切片卡在网格上，他用镊子夹着网格放进一个小盒子，带着盒子走进一个更暗的房间。房间中央是个比人高的金属塔状物。这就是电子显微镜。我的显微镜，他心想；他很爱这东西。他打开小盒子，用镊子取出金属网格，放进轮胎撬棒大小的金属杆——这是所谓的"样本架"。他将金属杆插进电子显微镜，直到它咔嗒一声落进位置。切片放在金属网格上，由样本架固定在电子显微镜内，位于电子束发射的中心位置。

他关掉照明灯，在满是旋钮和数字输出的控制台前坐下。控制台中央是显示屏。房间变成了星际飞船的控制舱，显示屏是通往微观世界的窗口。

他打开开关，在座位上俯身凑近显示屏。显示屏的光照得他的脸绿油油的，面容倒映在玻璃屏幕上：头发有点长，表情严肃，深陷的双眼扫视影像。他望着一个细胞的一角。那里像是高海拔地区的风景。这是细胞内的景色，在他眼前是一片宽阔而复杂的全景图，挤满了大脑难以全部吸收的细节。为了寻找一种病毒，你也许需要花上好几天扫描细胞。在一个切片上就有数以千计的细胞需要查看，而你要找的东西还不一定在里面。生命体系有一点非常不可思议，那就是无论景象多么微观，它永远都是那么复杂。他看见类似河流、小溪和 U 形河湾的形状，看见或许是城镇的斑块，看见仿佛森林的条带。这就像热带雨林的鸟瞰图。细胞是底下的一整个世界，森林中的某处藏着一个病毒。

他转动旋钮，细胞内的景色在视野内移动，他在其中漫步。他放大倍数。画面径直扑向他。

他忘记了呼吸。等一等——这个细胞里有什么地方不对劲。这个细胞像是遭了浩劫。它不仅仅是死了——而是被摧毁了，被炸得分崩离析。细胞里爬满了蠕虫。细胞壁里全都是蠕虫。在细胞的某些区域，病毒多得像是塞在水桶中的无数绳索——但只有一种病毒外形犹如绳索：丝状病毒。

他心想，马尔堡。天哪，不。这东西看起来像是马尔堡病毒。他趴在显示屏上。他的胃里拧成了一个结，紧接着翻江倒海，他感到一阵不舒服。呕吐反应。他险些惊慌失措，跑出房间大喊大叫："马尔堡！发现马尔堡了！"他心想，真是这样吗？他使劲吸气。他不知道这是不是马尔堡病毒，但长索形状的病毒怎么看都像丝状病毒。一幅画面跳进脑海：彼得·卡迪奈尔的肝细胞，破裂并挤满毒蛇的肝细胞。他把这幅画面调入脑海中央，对比此刻在显示屏上见到的东西。他很清楚卡迪奈尔毒株的样子，因为他牢牢记住了那些花体字母和玉米圈的形状。还有病毒如何残害那个少年……彻底摧毁了少年的组织器官……天哪！——我的天！彼得和我都闻过这东西。彼得和我接触过这东西，而这是生物安全4级的高危病原体。马尔堡……天哪……恐怖的感觉淹没了他，他突然觉察到悬在两腿之间的男性生殖器官……肿得像梨子那么大的睾丸，腐烂坏死成黑色，皮肤剥落。

他用电子显微镜拍摄照片。机器吐出几张底片，他拿进暗室，关灯冲洗。一片漆黑之中，他有了思考的时间。他倒数到暴露的那一天。让我算算看，闻三角瓶是星期五，第二天出发去打猎。这就是……十天前了。马尔堡病毒的潜伏期是多久？他不记得了。让我想一想——吸入马尔堡病毒的猴子需要很长时间才会发病，六到十八天。他处在第十天。

我正在发病的窗口期。我随时都有可能倒下！我昨天头痛过吗？我这会儿头痛吗？我发烧吗？他伸手摸额头。感觉没问题。第十天我不头痛，不代表第十二天我也不会头痛。闻气味的时候我深呼吸了吗？我弄破瓶盖了吗？那样会让里面的东西洒出来。我不记得了。事后我用手揉眼睛了吗？我不记得了。我用手指摸过嘴吗？有可能，但我不记得了。

他心想我会不会看错了。也许这不是马尔堡呢？我只是实习人员；还在学习阶段。在华盛顿特区的郊区发现生物防护4级的高危微生物，这可不是区区一名实习人员的日常工作。也许不是丝状病毒呢？我能有多确定？假如跑去报告上司说你发现了马尔堡病毒，结果却搞错了，那你的职业生涯可就完蛋了。假如你判断失误，那么你首先会引发恐慌，然后会变成笑柄。

他打开暗室的灯，从定影液里拿出底片，举到灯光下。

他在负片上看见了状如长蛇的病毒粒子，仿佛自相缠绕的白色眼镜蛇，仿佛美杜莎的头发。它们是大自然的真面目，是赤裸裸的恐怖女神。这种生命体美得惊人。他盯着底片，感觉自己被拽着离开人类世界，进入道德界限变得模糊乃至于彻底消失的另一个世界。尽管知道自己也是猎物，但他还是沉迷在了赞叹和欣赏之中。只可惜他不能用步枪干净利落地放倒它。

他还在负片上看见了些别的东西，让他又是害怕又是敬畏。病毒将细胞的结构改造得几乎辨认不出了。它将细胞变得像是一块巧克力碎屑饼干，但饼干上几乎全是巧克力碎屑。这些"碎屑"是纯病毒构成的类晶体集簇。他知道这就是"内含体"。

这是准备破壁而出的病毒幼体。病毒在细胞内生长的时候，类晶体（也就是砖块）出现在细胞中央，然后向外移动，接近细胞表面。砖块碰到细胞内壁后，会分解成数以百计的病毒个体。这些病毒形如绳索，绳索穿透细胞壁生长，就像青草从肥土中萌芽。随着砖块出现和长出细胞，细胞的形状会被扭曲，导致细胞膨胀变形，最终爆开——破裂，死亡。那些细丝脱离细胞，飘进宿主的血液，继续增殖，占领更多的细胞，更多的砖块形成，更多的细胞破裂。

他望着那些砖块，意识到十天前看着细胞时以为像是"胡椒粉"的东西（细胞里的斑块）其实是内含体——所以细胞才会显得肿大，这是因为它们确实有孕在身，挤满了病毒砖块。因为它们即将破裂。

第一个天使

11 月 27 日，星期一，1 000 时

汤姆·盖斯伯特用八乘十英寸的光面相纸冲洗照片，然后前往上司彼得·耶林的办公室。他拿着照片走过一条漫长的走廊下楼，用证件扫过传感器，进了一道安全门，进入拥挤的办公区域。他向一名士兵点头致意——到处都能看见士兵，他们在 USAMRIID 有自己的任务；他爬上一段楼梯，经过一间挂着世界地图的会议室。陆军的科学家和官员会在这个房间讨论病毒爆发。会议室里正在开会。过了会议室是一组办公室。其中一间乱得令人叹为观止，到处都丢着纸张，它属于吉恩·约翰逊，也就是领导奇塔姆洞穴考察组的生物危害专家，对面是彼得·耶林的办公室。彼得·耶林的房间整洁但狭小，不过有一扇窗户。耶林把办公桌放在窗户底下，获得额外的光照。墙上挂着他孩子的画作。有一幅是女儿画的：灿烂的黄色太阳下蹲着一只兔子。书架上有一件非洲雕刻，是人类的手用指尖抓着一个蛋，像是蛋里有什么好玩的东西即将破壳而出。

"怎么了，汤姆?"耶林问。

"出大事了，"盖斯伯特说，把照片在耶林的办公桌上一字排开。

这是 11 月里的一个阴天，柔和的光线从窗外照进来，落在美杜莎的照片上。"雷斯顿猴子身上发现的，"盖斯伯特说，"我认为是丝状病毒，而且很有可能是马尔堡。"

耶林立刻想起他闻过那个三角瓶："你拿我开玩笑对不对？一点也不好笑。"

"彼得，我不是开玩笑。"

"你确定吗？"耶林问。

盖斯伯特说他相当确定。

耶林仔细打量那些照片。对，他能看见蠕虫。对，他和盖斯伯特有可能将病毒吸入了肺部。不过，他们还没有开始头痛。他想起切开锡纸包里的神秘肉块时，自己曾经对身旁的病理学家说："还好不是马尔堡。"哈，好笑。

"这鬼东西的尺寸对不对？"耶林问。他拿起尺子，量病毒粒子的长度。

"比马尔堡似乎稍微长一点，"盖斯伯特说。马尔堡病毒会形成类似玉米圈的环形，但这东西更像意大利面条。他们翻开教科书，对比盖斯伯特拍摄的照片和教科书里的照片。

"我看挺像的，"耶林说，"我拿去给 C·J·彼得斯看。"

耶林的身份是平民，他决定通知陆军的指挥链。链条的第一环是克莱伦斯·詹姆斯·彼得斯上校，医学博士。他是研究所疾病评估部门的主任，负责应对危险的未知微生物。（照他的说法，就是"特别好玩的那些东西"。）C·J·彼得斯几乎单枪匹马建立了这个部门，也单枪匹马管理它的运行。这个军人不太寻常，有点懒散，但才华横溢。他戴金属框眼镜，有一张愉快的红润圆脸，留小胡子，说话带点得州拖腔。他块头不大，但喜欢美食，觉得自己体重超标。他会说流利的西班牙语，那是他在中美洲和南美洲的丛林里寻找高危病原体时学到的。陆军的规定要求他每天上午八点整上班，但他通常到十点左右才晃晃悠悠进来，然后一直工作到半夜三更。他不喜欢穿制服，通常穿褪色的蓝色牛仔裤和红艳艳的夏威夷衬衫，脚上是凉鞋和白色短袜，像是刚从墨西哥旅馆过夜归来。他对不穿制服的借口是他有脚气，而且是不可根治的热带菌株，他在中美洲被感染，一直没有祛除干净，所以只能穿短袜和凉鞋，保持脚趾周围的空气流通——牛仔裤和红衬衫？要穿就要穿全套嘛。

C·J·彼得斯能像鲨鱼似的游走于官僚体系之内。他的下属对他忠心耿耿，只要他觉得对他或他的下属有好处，他就会轻易甚至故意地树敌。他开一辆有点破烂的红色丰田轿车。在雨林和热带草原旅行时，他会乐于享用当地人的一切食物。他吃过蛙肉、蛇肉、斑马肉、水母、蜥蜴和带皮整只下锅的癞蛤蟆；他认为他没吃过蝾螈，就算喝汤的时候吃过也没认出来。他吃过煮猴大腿，喝过用人类唾液发酵的香蕉啤酒。在非洲中部带领考察组寻找埃博拉病毒的时候，他在分巢季节发现了白蚁聚居地，于是守在蚁穴旁，等白蚁涌出巢穴就大肆捕捉——然后生吃，他觉得白蚁的味道像是上等坚果。他是真的喜欢白蚁，甚至会把白蚁放进存放血样的冷藏箱保持新鲜，傍晚太阳落下非洲平原时就着金酒当零食吃。他还喜欢闷死豚鼠，连血和内脏一起烤着吃。他像翻书似的破开豚鼠，里面可都是宝贝，他尤其喜欢挑出豚鼠的肺部、肾上腺和大脑吃。当然了，他不可避免地要付出代价。"经常害我生病，不过也值了，"他这么对我说。他是地图的忠实信徒，办公室墙上总是挂着许多地图，标出病毒爆发的地点。

耶林把盖斯伯特拍摄的照片装进文件夹。他不想让别人看见。他在挂世界地图的会议室找到了正在开会的彼得斯。耶林拍拍他的肩膀。"C.J.，我不知道你这会儿在干什么，但我有更重要的事情找你。"

"什么事？"

耶林合着文件夹。"有点敏感。我不想在这儿亮出来。"

"什么东西这么敏感？"

耶林把文件夹打开一条缝，只够 C.J. 看到那堆意大利面条一眼，然后又紧紧合上。

上校面露讶色。他站起身，没有和其他人说话，甚至都没有说声对不起，就和耶林一起走出了会议室。他们回到耶林的办公室，关上门。盖斯伯特在房间里等着他们。

耶林把照片摊在办公桌上。"你看一眼吧，C.J.。"

上校仔细查看。"从哪儿来的？"他问。

"来自雷斯顿的一些死猴。我看着不太乐观。汤姆认为是马尔堡。"

"我们以前也犯过傻，"C.J. 说，"有很多东西看着像是蠕虫。"他盯着照片。这些蠕虫却不会被认错，而且有类晶体：那些砖块。看起来像是真的，感觉也像是真的。一瞬间他体验到了后来被描述为重量级"收紧反应"的感觉。（这是军队里的俚语，描述身体在恐惧下的特定箍紧异感。）他心想，弗吉尼亚那个小城和那里的居民这下可惨了。"首要问题，"他又说，"可不可能是实验室污染？"这东西也有可能是陆军保管的卡迪奈尔毒株，它不知怎的从冷藏柜里泄漏，来到了这几个三角瓶里。但似乎不太可能，而且越是琢磨就越觉得不可能。卡迪奈尔毒株保存在大楼的另一个区域内，隔着好几面生物隔离的墙壁，离装猴细胞的三角瓶远着呢。况且还有多重安全措施确保卡迪奈尔毒株这种病毒不会偶然逸出。完全不可能。不可能是实验室污染。但照片里的东西也许并不是病毒，搞不好只是一场假警报。

"这儿的人每次看见细细长长的东西，都会以为发现了丝状病毒，"C·J·彼得斯说，"我这人喜欢怀疑。有很多东西看着像是马尔堡。"

"我同意，"耶林答道，"有可能什么都不是。只是又一头尼斯湖水怪罢了。"

"你打算怎么确认？"上校问他。

耶林说他打算用人类血样测试那些细胞，要是感染了马尔堡病毒，血样就会发光。

"好的，你去检验是否存在马尔堡病毒，"C.J.说，"打算也做埃博拉病毒检验吗？"

"当然。我已经想到了。"

"什么时候能出结果？因为要是那些猴子感染了马尔堡，我们就必须研究该怎么处理。"

比方说丹·达尔加德，他解剖过那只猴子，所以也很有可能感染病毒。

"明天就能拿出是不是马尔堡的确定答案，"耶林说。

C·J·彼得斯转向汤姆·盖斯伯特，说他需要更多的证据，他要这种微生物在死于猴舍的猴子肝脏细胞内生长的照片，这样就能证明它生活在猴子体内了。

C.J.能看见一场军事和政治危机正在酝酿。要是大众知道马尔堡的威力，就会引发恐慌。他拿着一张毒蛇照片起身："假如要宣布华盛顿近郊爆发了马尔堡病毒，那我们就必须百分之百确定自己没搞错。"他把照片放回耶林的桌上，回去继续在世界地图下开会。

C·J·彼得斯离开后，彼得·耶林和汤姆·盖斯伯特讨论了那个微妙的话题。他们关上门，小声谈起嗅闻三角瓶的事情。他们之间必须直话直说。两人谁也没有告诉C·J·彼得斯上校他们闻过那个三角瓶。

他们计算暴露到现在的日子。打开三角瓶的盖子，嗅闻有可能是马尔堡肉汤的液体后已经过了十天。时钟嘀嗒作响。他们还处于潜伏期。他们该怎么办？家里人该怎么办？

彼得斯上校要是知道了这件事，他会怎么处理呢？也许会命令他们进监狱——4级生物隔离的医院。他们会被关进气密室和双层铁门后的监狱，护士和医生身穿密封防护服照顾他们。在监狱里待一个月，穿防护服的医生绕着你打转，抽你的血样，只等着你发病倒下。

监狱的大门永远紧锁，空气保持负压，你的电话会被监控——因为监狱里的人会心理崩溃，企图逃跑。到了第二个星期，他们会昏昏欲睡，会得上抑郁症。不愿意交流，盯着墙壁，不说话，反应消极，甚至不看电视。有些人会变得激动，充满恐惧。有些人需要持续手臂滴注安定，否则就会用拳头砸墙，敲碎观察窗，捣毁医疗设备。他们被禁闭在死囚区，等待高烧、内脏剧痛和脑中风，还有临终时无法控制的喷血。绝大多数人会大喊大叫说他们没有暴露过。他们拒绝承认他们有可能出任何问题，而且他们的身体在监狱里通常也不会出任何问题，会健健康康地出来。但精神是另一码事。他们在监狱里会变得疑神疑鬼，认为军队那帮官僚已经忘了他们，把他们扔在这儿等死。出来以后，他们会不辨方向。走出气密室，他们脸色苍白，身体颤抖，脚步犹疑，对军队和自己一肚子怒火。护士会想办法给他们鼓劲，请他们吃蛋糕，蛋糕上的蜡烛根数就是他们蹲监狱的天数。他们困惑而惊恐地看着出狱蛋糕上的一大把蜡烛——根数很可能比生日蛋糕上的还要多。有个家伙在监狱里关了四十二天，所以出狱蛋糕上有四十二根蜡烛。

许多接受过监狱隔离的人会决定结束他们在4级区域的工作，会找借口说今天没法穿防护服，第二天也不行，再一天还是不行。进过监狱的很多人最后干脆辞职离开了研究所。

彼得·耶林认为，总的来说，他几乎没有感染病毒的风险，汤姆也一样。假如确实染上了，他也很快就会知道。血检会呈现阳性，或者会有挥之不去的头痛。总而言之，他强烈相信马尔堡病毒没那么容易感染，他也不认为自己对家人和小镇的其他居民构成威胁。

然而，解剖猴尸的丹·达尔加德呢？他俯身切开猴尸的腹部，同时呼吸空气。他俯身查看内脏器官，吸入含有马尔堡病毒的血液蒸汽。那么，达尔加德为什么还活着？既然达尔加德没事，那么我们也就不会有事。

病毒来自何方？是一个新毒株吗？有可能感染人类吗？新毒株的发现者有命名权。耶林也想到了这一点。假如他和汤姆被关进监狱，那就不能继续研究这种病毒了。他们离一项重大发现只剩一步，这份荣耀诱惑着他们。在华盛顿附近找到一种丝状病毒，这种机会一辈子只有一次。

出于以上各种原因，他们决定保持沉默。

他们决定化验自己的血样。耶林对盖斯伯特说："咱们最好立刻抽自己的血样。"假如结果呈阳性，他们就立刻去监狱报到。假如呈阴性，也没有出现其他症状，那么他们就不太可能传染其他人了。

出于显而易见的原因，他们不愿去普通诊所，请军方的护士抽血，因为那样会让高层猜到他们认为自己暴露过。因此他们找了个关系不错的平民技师，他用橡皮绳扎住他们的手臂，他们看着他抽了几试管血样。他明白发生了什么，说他会保持沉默的。耶林穿上防护服，拿着血样走进他使用的4级实验室。他也带着盖斯伯特的血样和盛有浑浊液体的三角瓶。身穿防护服处理自己的血样，这种感觉很奇怪。但另一方面，把血样放在别人有可能意外暴露的地方似乎也很危险。他的血样必须生物隔离在高危区域之内。假如血样感染了马尔堡病毒，他可不希望它再害死什么人。他对自己说，那团神秘肉块是从猴子尸体上切下来的，我真应该小心一点才对……

另一方面，汤姆·盖斯伯特去取酸洗过的猴子肝脏，拍摄病毒照片，希望能证明疑似马尔堡病毒的微生物存在于猴子体内。他找到盛放消毒后的O53猴尸肝脏切片的塑料罐，捞出一块组织，剪下几小块，将它们固定在树脂塑料内。这是个慢活儿，需要许多个小时才能完成。他晾着树脂塑料在夜里硬化，回家休息几个小时，尽量睡上一觉。

第二个天使

11月28日，星期二

汤姆·盖斯伯特住在西弗吉尼亚的一个小镇上，隔波托马克河与马里兰州相望。与妻子分开后，两个孩子和前妻住了一段时间，现在和他在一起——更确切地说，住在同一条路上他父母的家里。两个孩子都刚刚会走路。

清晨四点，他起床喝了杯咖啡，没吃早饭。天色漆黑，他驾驶福特野马过河，穿过安提塔姆战场遗址，宽阔的山脊上是玉米田和农场，点缀着纪念牺牲者的石碑。他开进德特里克堡研究所的大门，停车，过岗哨，走向他的微观世界。

黎明时分，天色灰白，刮着大风，不过挺暖和。研究所渐渐被照亮，汤姆用金刚石刀制作猴肝脏切片，放进电子显微镜。几分钟后，他拍摄了病毒粒子在O53猴尸肝脏细胞上出芽的照片。这些照片是直接证据，证明病毒在雷斯顿猴子体内增殖，而不是实验室污染的产物。他还在肝脏细胞内发现了内含体。这只动物的肝脏正在被转化成类晶体砖块。

他带着新拍摄的照片去彼得·耶林的办公室，然后两人一起去见

C·J·彼得斯上校。上校盯着照片。好吧——他也被说服了。这种微生物在那些猴子体内生长。他们开始等待耶林的化验结果，那将最终证明这究竟是不是马尔堡病毒。

耶林想尽快得到结果。他身穿密封防护服化验样本，几乎在高危实验室度过了一整天。中午时分，他决定必须打电话给丹·达尔加德。他不能继续等下去了，哪怕没有化验结果，他也要提醒达尔加德留意危险，但同时他还想说得谨慎一些，免得引起恐慌。"你们猴舍肯定有 SHF，"他说，"这一点我们已经确认了。但是，你们至少有一部分动物身上还携带有另一种病原体。"

"什么病原体？能告诉我究竟是什么吗？"达尔加德问。

"我现在还不想说得太明白，"耶林说，"因为我不希望引发恐慌。但假如我们要对付的确实是某种特定的病原体，那么就有可能牵涉到严重的公众健康危机了。"

耶林话里的"恐慌"和"特定的"这两个词让达尔加德不禁想到了马尔堡病毒。和猴子打交道的人都知道马尔堡。这种病毒很容易引发恐慌。

"是马尔堡或类似的病原体吗？"达尔加德问。

"对，差不多吧，"耶林说，"今天晚些时候能确定，我正在做化验。我认为结果对这种病原体呈阳性的可能性不大。不过在化验出结果之前，你必须小心一点，不要再解剖任何尸体了。听我说，我不希望乱吹警哨，但你和猴舍的员工没有必要就暂时别进那个房间了。"

"你说的这种病原体，什么时候我能得到一个明确的结果呢？我们希望尽可能快地知道。"

"我今天一定打给你。我保证，"耶林说。

达尔加德放下电话，有点不安，但还是保持着他一贯的冷静心态。这么说，猴舍内还有另一种病原体在传播，听起来像是马尔堡病毒。他知道，那些德国的受感染者曾经接触过带血的猴肉。猴肉里充满病毒，沾在他们手上，或者是揉进了眼睛里。自从 10 月开始，他和公司的另外一名员工经常切开病猴尸体，但两个人都没有发病。所有人都戴橡胶手套。他不担心自己——他感觉没什么问题——但他有点担心其他人。他心想：就算是马尔堡病毒，但局势和先前没什么区别。我们依然陷在麻烦堆里，问题是怎么摆脱麻烦。他打电话给比尔·伏特，命令他别再解剖尸体了。他坐在办公室里，越来越烦躁——天色渐渐昏暗，彼得·耶林还没打来电话。他心想，员工解剖病死猴子的时候，会不会有谁被解剖刀割破了手指呢？他们很可能不会报告这种事故。他很确定他没有割伤自己。但他处死了五十只左右的猴子，他接触过五十来只动物的血液和分泌物。那是 11 月 16 日，十一天以前。要是感染了病毒，那他应该表现出症状了。鼻血，高烧，诸如此类。当然，也可能只是尚未发作而已。

　　五点半，他打电话到耶林的办公室，接电话的是一名士兵，说："有什么事，先生还是女士？……对不起，先生，耶林先生不在办公室……不，先生，我不知道他在哪儿……不，他没有下班。需要留个口信吗，先生？"达尔加德留言请耶林打电话到他家里。他越来越烦躁不安。

1 500 时

　　就在达尔加德坐立不安的时候，耶林还没脱掉密封防护服。他在自己的高危实验室里工作了一整个下午，他的实验室编号为 AA‐4，位于大楼的中央部位。他摆弄着培养猴舍病毒的三角瓶。这是个缓慢而恼人的活儿。化验中有一步是让样本在紫外线下发光。要是样本真的发光，那么他就知道找到病毒了。

要做这件事，他需要使用人类感染者的血清。血清会对病毒起反应。他从冷冻柜里取出几个小瓶，里面装着三个人的冷冻血清样本。其中两人已经死去，另一个还活着。他们是：

1. 穆索凯。用于检验马尔堡病毒。血清来自幸免于难的谢姆·穆索凯医生。（推测起来，应该会对奇塔姆洞穴毒株起反应，感染始于夏尔·莫内，通过黑色呕吐物进入穆索凯医生的眼睛。）

2. 博尼费斯。用于检验苏丹埃博拉病毒。博尼费斯死于苏丹，血清来自他的身体。

3. 玛英嘉。用于检验扎伊尔埃博拉病毒。玛英嘉护士的血清。

这项化验是个精细活儿，要几个钟头才做得完。他必须身穿密封防护服蹒跚行走，这就更加提高了难度。他首先从培养瓶里取出含有细胞的液体，滴在载玻片上干燥，然后用化学药剂处理。接下来，他取少量血清滴在载玻片上。若是目标病毒存在，血清就会发光。

到观察结果的时候了。这一步需要绝对的黑暗，因为发光会非常微弱。他蹒跚着走进一间储藏室，随手关上房门。储藏室里有桌椅，桌上摆着显微镜，墙上有通气管。他把通气管接上防护服，将载玻片插进显微镜，关灯。他在黑暗中摸索着找到椅子坐下。假如你不巧有点幽闭恐惧症，身穿密封防护服坐在 4 级区域一个漆黑的小房间里，这感觉可不怎么令人愉快。不过彼得·耶林早就习惯了逼仄与黑暗。他等了一分钟适应黑暗，眼睛适应黑暗时视野内闪烁的小光点渐渐消失，凉爽而干燥的空气隆隆吹到他脸上，拂乱了前额的头发。他望进显微镜的目镜。他是戴着眼镜穿上防护服的，所以看显微镜格外困难。防护服的面罩贴在鼻子上，他眯着眼睛观察。他左右转动头部，鼻子在面罩上划出一道油乎乎的污痕。他把头盔扭得几乎面向一侧，这下终于能看见目镜了。

两个圆环飘进视野，他对准双眼的焦点，让圆环重叠在一起。他俯瞰的是一片辽阔土地。他看见微光勾勒出的细胞轮廓。感觉像是半夜三更飞过人口稀疏的乡野。看见微光是正常的，他在寻找更明亮的发光区域。就像灯火通明的城市。他用肉眼前后左右扫视载玻片，在微观世界里寻找代表真相的绿色光辉。

穆索凯没有发光。

博尼费斯微弱发光。

他惊恐地看见玛英嘉发出了明亮的光辉。

他猛地抬头。什么？不！他调整头盔的角度，再次低头查看。玛英嘉血清仍在发光。这位已故女士的血液对猴舍病毒有反应。他的胃里一阵不舒服。这些猴子染上的不是马尔堡，而是埃博拉。这些猴子死于扎伊尔埃博拉病毒。他的胃里翻江倒海，他一动不动地坐在黑暗的斗室里，耳畔只有呼呼的风声和几近疯狂的心跳声。

指挥链

星期四，1 600 时

不可能是扎伊尔埃博拉，彼得·耶林心想。肯定有人不小心调换了样本。他又看了一眼。没错，玛英嘉血清确实在发光。这代表他和汤姆有可能感染了致死率达九成的扎伊尔埃博拉病毒。他认为自己在实验中做错了什么。肯定不小心调换了样本或是弄混了什么东西。

他决定重做化验。他打开储藏室的灯，蹒跚着回到实验室，这次仔细记录用到的培养瓶、试剂瓶和载玻片，确保没有犯任何错误。他拿着重新制作的样本回到储藏室，关灯，再次看进目镜。

玛英嘉血清依然在发光。

因此，这确实是扎伊尔埃博拉病毒（或是它的近亲），因为那位已故女士的血清"认识"这种病毒，对它有反应。好消息是这不是马尔堡——哈，你猜怎么着？不是马尔堡。而是扎伊尔来的鬼东西——也可能是它的双胞胎姐妹。埃博拉病毒还没有在非洲之外出现过。怎么会突然在华盛顿近郊冒出来？它是怎么来的？会闹出什么事情？他心想，我这是碰到了真正的高危事件。

他还穿着防护服，但不想浪费时间消毒，经过气密室出去。实验室墙上有一部紧急电话，他断开通气管，听着呼呼风声就没法打电话了，他拨通 C·J·彼得斯上校的号码。

"C.J.！"他隔着头盔喊道，"是我，彼得·耶林。真的有病毒，而且是埃博拉。"

"开玩笑！" C.J. 答道。

"不是。"

"埃博拉？肯定是实验室污染吧，" C.J. 说。

"不，不是污染。"

"你不会把样本搞混了吧？"

"对，我知道——我的第一个念头也是有人调换了样本。但是，C.J.，样本没有被调换——因为我化验了两次。"

"两次？"

"两次都是扎伊尔埃博拉。结果就在我面前。我可以拿给你，你自己看一眼好了。"

"我这就过来，" C.J. 说，挂断电话，下楼冲向耶林的高危实验室。

耶林拿起一张防水纸，写下实验结果，将这张纸放进盛满 EnviroChem 的水槽。水槽穿过墙壁，通向高危区域外的 0 级通道。这个水槽相当于银行柜员窗口交换现金的滑动抽屉。你可以从高危区域内通过水槽向平常世界传递物品。物品会在穿过水槽时消毒。

C.J. 站在厚玻璃窗的另一侧看着耶林。他们花了几分钟等待化学药剂渗透和消毒纸张。C.J. 打开他那一侧的水槽，取出滴着消毒药剂的防水纸拿在手里。他隔着窗户朝耶林打个手势：去接电话。

耶林蹒跚着回到应急电话旁等待铃响。电话响了，他听见 C.J.

说:"出来,咱们去见指挥官!"

现在该沿着指挥链向上通报了。

耶林在气密室消毒,换上普通衣物,匆忙赶到 C·J·彼得斯的办公室,一起去见 USAMRIID 的指挥官戴维·哈克索尔上校。两人没有等秘书通报——对她说有急事找上校——进去坐在了办公室的会议桌前。

"你猜怎么着?"C.J. 说,"我们似乎在华盛顿近郊的一群猴子身上发现了丝状病毒。我们认为我们找到的是埃博拉。"

戴维·哈克索尔上校是生物危害的专家,这正是他认为研究所时刻准备应对的局势。几分钟内,他就用电话联系上了医学博士菲利普·K·拉塞尔少将,他负责指挥美国陆军医学研发中心,也就是 USAMRIID 的上级单位,安排在德特里克堡另一幢楼里拉塞尔的办公室召开会议。

哈克索尔和彼得斯花了几分钟讨论应该叫哪些人参加会议。他们想到了研究所病理学部门的主任南希·杰克斯上校,她肯定能辨认出猴类罹患埃博拉的症状。哈克索尔拿起电话:"南希,是我,戴夫·哈克索尔。现在能来一趟菲尔·拉塞尔①的办公室吗?十万火急。"

这是个阴沉的 11 月傍晚,基地开始安静下来。日落时分,乌云笼罩着卡托克廷山脉,看不见太阳,云层后的光线渐渐黯淡。杰克斯在横穿阅兵场的路上碰到了耶林和两位上校。列队行走的士兵在旗杆前停下。研究所的这几个人也停下脚步。扬声器里传来炮声和军号吹奏的降旗曲,音乐劈啪作响,效果不怎么动听;士兵降下旗帜,军官

---

① 戴夫是戴维的昵称,菲尔是菲利普的昵称。——译者

立正敬礼。

C·J·彼得斯觉得有点尴尬，同时也被这个仪式打动了。降旗曲结束，士兵折好旗帜，研究所的几个人继续前进。

拉塞尔少将的办公室占据了一座低矮的二战营房的一角，这幢建筑物最近用灰泥粉刷过，希望能显得新一点，可惜不怎么成功。从窗口只能看见德特里克堡的水塔支柱，所以少将从不拉开窗帘。几个人坐进沙发和椅子，少将坐在办公桌后。他是医学博士，曾在东南亚搜寻过高危病毒。他年近六旬，身材高大，头顶有点脱发，鬓角已经染霜，面颊上有皱纹，长下巴，浅蓝色的眼睛显得非常专注，声音浑厚而宏亮。

C·J·彼得斯递给少将一个文件夹，里面是猴舍里那种微生物的照片。

拉塞尔少将盯着照片看。"妈的，"他说，深吸一口气，"天哪。确实是丝状病毒。拍照的是谁？"他翻到下一张照片。

"我手下的显微镜操作员汤姆·盖斯伯特，"耶林说，"很可能是埃博拉病毒。化验对扎伊尔埃博拉呈阳性。"

C.J. 简要介绍情况，讲述雷斯顿那些猴子的前因后果，最后说："要我说，这些猴子身上的病毒很可能引发收紧反应。"

"唔，你有多确定这是埃博拉？"拉塞尔少将问，"我更怀疑是马尔堡。"

耶林解释他为什么认为不是马尔堡。他化验了两次，两次样本都显示扎伊尔埃博拉的玛英嘉毒株呈阳性。向少将描述情况的时候，他的用词非常谨慎，说化验本身无法证实这种病毒就是扎伊尔埃博拉，只能证明病毒与扎伊尔埃博拉关系密切。有可能是埃博拉，但也有可能是其他什么东西——某种新出现的病毒。

C. J. 说："假如它和埃博拉是同类，那我们必须密切注意，而且非常紧张。"

拉塞尔同意他们必须严阵以待。"我们手上是一起全国性的紧急事件，"他说，"这个传染病威胁有可能造成重大后果。"他注意到这类病毒从未在美国本土出现过，此刻突然在华盛顿近郊冒了出来。"我们该怎么办？"他说，然后问是否有证据能证明它可以通过空气传播——这是个生死攸关的问题。

虽说证据并不完整，但令人惊恐的是，埃博拉确实能通过空气传播。南希·杰克斯描述了 1983 年手套渗漏事故后几周，她有两只健康的猴子很可能就死于通过空气传播的埃博拉病毒。还存在其他证据，她也说了出来。1986 年，吉恩·约翰逊通过肺部吸入的方式让猴子感染了埃博拉和马尔堡，她负责那项实验的病理学部分。暴露于空气传播的病毒的猴子只活下来一只，它侥幸没有被马尔堡夺去性命。因此，这种病毒接触肺部即可传染。另外，空气传播的致死量相当小：五百个有感染力的病毒粒子就够了。一个细胞就能轻易产出这种数量级的空气传播粒子。假如少量空气传播的埃博拉病毒进入空调系统，就足以杀死一整幢楼里的所有人。它的威力不亚于钚，甚至比钚更可怕，因为它能自我复制。

C. J. 说："我们知道它能通过空气传染，但不知道传染性有这么强。"

拉塞尔扭头问杰克斯："这个结果发表过吗？你发表过吗？"

"没有，长官，"她说。

他怒视着杰克斯。她能看见他心想：该死，杰克斯，怎么会没有发表呢?

原因有很多,但她这会儿不想说。她认为吉恩·约翰逊——研究的合作者——写作论文有困难。另外,他们实在抽不出时间发表结果,就这么简单。这种事很常见。有时候人们就是抽不出时间写论文发表。

彼得·耶林听着他们的讨论,决定不向将军提起他有可能吸入了少许病毒。再说他并没有深吸一口气,只是稍微闻了一下而已。他用手在瓶口扇了扇,将气味送向鼻孔。他没有吸入里面的东西。他没有把瓶口拿到鼻子前使劲吸气。但是,他知道将军若是发现这件事会怎么处理:将军会勃然大怒,一把提起耶林扔进隔离室。

但还存在另一个吓人的可能性:在华盛顿近郊出现的这种病毒不是扎伊尔埃博拉,而是另外某种新东西,来自热带雨林的另一个高危毒株:未知的入侵者,丝状病毒的新种类。谁说得清它会如何传播并如何影响人类呢?拉塞尔少将说出了众人的心声。"我们面对的有可能是一场浩劫,"他说,"假如这种病原体有能力引发严重的人类疾病,再假如它在猴舍内似乎已经不受控制,那么我们该怎么做?我们需要做正确的事情,而且需要尽快采取行动。这鬼东西的胃口有多大?会有人死吗?"他扭头问 C·J·彼得斯上校: "我们有什么选择?"

C.J. 一直在思考这个问题。按照标准理论,阻止病毒传染有三种方法:疫苗、药物和生物隔离。埃博拉没有疫苗和药物,所以只剩下生物隔离。

但怎么做到这一点呢?非常棘手。就 C.J. 所见,选择只有两个。第一个是封锁猴群,看着猴子死去,同时密切观察接触过猴子的人员，如有必要就隔离他们。第二个是进入那幢建筑物，彻底消毒。注射致命药物杀死所有猴子，焚烧尸体，喷洒化学药剂和熏蒸消毒——总之是一场大型生物危机防范行动。

拉塞尔少将听他说完，说："所以第一个选择是切断猴群与外部世界的联系，让病毒和它们自生自灭。第二个选择是主动消灭它们。没有其他选择了。"

所有人都同意，不存在其他选择。

南希·杰克斯在思考：病毒这会儿也许还只存在于猴舍内，但它绝对不会一直待在里面。她没见过有猴子得了埃博拉能侥幸逃生，而埃博拉可以跨物种传播。那些猴子必定会死，而且惨状会超过我们的想象。世上很少有人见过埃博拉折磨灵长类动物的后果，但她很清楚埃博拉有什么本事。另一方面，除非给猴舍安装独立的空气过滤系统，否则她不认为病毒有可能被完全隔离。她说："让这些动物痛苦很久再死去，这么做符合伦理吗？再说在这段时间内，我们该怎么保证人员的安全？我见过动物死于埃博拉病毒，那可是非常难熬的死法——这些动物会病得非常、非常严重。"她说她想去猴舍看看那些猴子。"要是你不知道你在找什么，那些身体损失是很难觉察的，"她说，"但如果知道，那就明显得像是你脸上的鼻子了。"

她还想去猴舍用显微镜观察组织切片。她想寻找类晶体，也就是俗称砖块的"内含体"。假如能在猴子的身体组织内找到它们，那就可以再次证明这些猴子具有高度传染性了。

另一方面，还有更重大的政治问题。陆军是否应该介入。军队的使命是保卫国家，抵御军事威胁。这种病毒构成军事威胁吗？与会者的看法大致如下：无论构不构成军事威胁，想要阻止这种病原体传播，就必须利用能够动员的全部力量。

但这就会引发一个小小的政治问题了——好吧，实际上是个很大的问题。问题与亚特兰大的疾病控制中心有关。疾控中心是负责处理突发疾病的联邦机构，由国会授权其控制人类疾病。这是疾控中心的法定职责。陆军并没有被明确授权可在美国土地上抵御病毒，但陆军有这么做所需的能力和经验。房间里的所有人都看得出，假如军方决定插手猴舍，就有可能与疾控中心爆发冲突。疾控中心有人会妒恨他们的手伸得太长。"陆军没有处理这种状况的法定职责，"拉塞尔少将说，"但我们有这个能力。疾控中心却没有。我们有力量，但缺少授权。疾控中心有授权，却缺少力量。接下来就是比赛看谁尿得远了。"

在拉塞尔少将眼中，这个任务需要士兵在指挥链下采取行动。行动中会需要接受过生物危害训练的人。这些人必须年轻，没有家庭，愿意冒生命危险。这些人必须彼此认识，能够团队作战。这些人必须准备好赴汤蹈火。

事实上，陆军还没有组织过对抗高危病毒的大型实地行动。整件事都必须从零开始。

显然，这里有一些法律问题。他们必须咨询律师。这么做合法吗？陆军可以组织一个防范生物危害的特种分队，径直开进猴舍吗？拉塞尔少将害怕陆军的律师会说不可能也不应该，因此他用这些话来回答法律疑问："先出击解决问题，事后再请求原谅，这样的策略当然优于请求许可但遭到拒绝。永远别问律师'一件事能不能做'之类的问题。我们去做必须做的事情，律师的任务是解释这么做为什么合法。"

房间里的其他人这会儿正吵得不可开交。拉塞尔少将还是边想边说，他声如雷鸣："那么，下一个问题是，谁他妈的掏钱？"没等别人接话，他就自己回答道："我去搞钱。找个名头挤点儿出来。"

大家继续争论。

少将的声音盖过了所有人。"这会是一场大行动，弟兄们，千万别搞砸了，"他说，"咱们先起草靠得住的计划，然后严格执行。"在陆军内，重要任务称为"使命"，使命永远由团队协作完成，每个团队都有领头人。"首先，谁来指挥这次行动？我们必须全员赞成才行，"将军说，"C·J·彼得斯启动了这个任务。他负责指挥行动。我任命他领导这个团队。可以吗？大家同意不同意？"

所有人都同意。

"C.J.，我们需要开个会，"将军说，"明天咱们先开会讨论计划。我们得叫上所有人。"

他看着墙上的挂钟。五点半，高峰时刻。人们开始下班，雷斯顿的猴子正在死去，病毒正在传播。"我们得让整件事动起来，"将军说，"我们必须同时通知所有人，越快越好。先从疾控中心的弗雷德·墨菲开始。我可不想让他被这事打了闷棍。"

弗雷德里克·A·墨菲是埃博拉病毒最初的发现者之一，电子显微镜天才，他首先拍摄到埃博拉病毒的照片，作品曾在博物馆展出。他是拉塞尔将军的老朋友，也是疾控中心的重要官员：国家传染病研究中心的主任。

拉塞尔按住桌上的电话，环视所有人："最后再问一次，你们确定你们找到的确实是那鬼东西吗？因为我要是打了这个电话，而你们找到的根本不是丝状病毒，那咱们会彻底沦为笑柄。"

房间里的每一个人轮流对他说，他们确信那就是丝状病毒。

"好。你们这么说我就放心了。"

他拨通墨菲在亚特兰大的号码。

"对不起——墨菲医生已经下班了。"

他打开号码簿，找到墨菲家里的号码。他找到了墨菲，墨菲正在厨房和妻子聊天。"弗雷德，是我，菲尔·拉塞尔……我很好，你怎么样？……弗雷德，我们在华盛顿近郊分离出了一种疑似埃博拉的病原体……对，华盛顿近郊。"

拉塞尔脸上泛起笑意，他把听筒从耳畔拿开，扫视房间里的其他人。很显然，他的朋友墨菲的反应颇为吵闹。拉塞尔少将对听筒说："不，弗雷德，我们没嗑药。我们发现了一种疑似埃博拉的病毒。我们已经看见了……对，有照片。"一阵停顿，他捂住听筒，对其他人说："他认为我们在显微镜里看见了浮渣。"

墨菲想知道拍摄和分析照片的都是谁。

"拍摄照片的是个年轻人，叫——叫什么来着？——盖斯伯特。照片这会儿就在我眼前。"

墨菲说他明早搭飞机来德特里克堡看照片和评估证据。他对此事非常认真。

星期二，1 830 时

他们必须打电话给丹·达尔加德，还必须通知弗吉尼亚州的卫生管理部门。"我都不知道管事的是哪些部门，"拉塞尔说，"但还是必须立刻打电话给他们。"这会儿正是下班时间。"而且还得打到他们家里。咱们的电话有得打了。"猴舍位于哪个县的境内？弗吉尼亚州费尔法克斯县。天，我的天，多么适合居住的好地方。费尔法克斯县——美丽的社区，湖泊，高尔夫球场，昂贵的住宅，上等学校，还有埃博拉病毒。"我们还必须通知县的卫生管理部门，"将军说。他们还要打电话给有权管理进口猴子的美国农业部，要通知环境保护局——事情关系到极端危险的生物危害造成的环境污染，他们就拥有管辖权。拉塞尔将军决定也要打电话给国防部的一名副部长，但只是为了知会五角大楼。

他们走出将军的办公室，在走廊里散开，钻进没人的办公室开始打电话。C·J·彼得斯——他现在负责领导这个团队了——就在这条走廊里找了个办公室，打电话到达尔加德的办公室，彼得·耶林在分机上。达尔加德已经回家了。他们打到达尔加德家里，达尔加德的妻子说丈夫还没到家。六点半左右，他们再次打到达尔加德家里，这次找到了他。"我是 USAMRIID 的 C·J·彼得斯上校，疾病评估部门的主任……你好？是这样，我打电话是要告诉你，第二种病原体查下来不是马尔堡，而是埃博拉病毒。"

"埃博拉是什么？"达尔加德问。他没听说过埃博拉，这个词对他毫无意义。

C·J·彼得斯用他最轻快的得州口音说："这是一种相当罕见的病毒性疾病，过去十到十二年间，在扎伊尔和苏丹多次爆发，对人类可造成致命伤害。"

达尔加德松了一口气——不是马尔堡病毒就好。"埃博拉病毒的特性是什么？"他问。

C.J.用模糊的词句描述这种病毒。"它和马尔堡有亲缘关系，通过同样的途径传播，也就是接触受到感染的组织和血液，病征和症状也差不多。"

"它有多厉害？"

"病死率在百分之五十到九十之间。"

达尔加德立刻明白了他的意思：这种病毒比马尔堡要可怕得多。

C.J.继续道："根据我们掌握的情况，我们打算通知弗吉尼亚州和联邦的公共卫生管理部门。"

达尔加德试探道："你，呃，能等到晚上七点钟吗？允许我先向公司总部通知事态发展？"

C.J.答应可以等他一会儿，但实际上拉塞尔将军已经打电话给疾控中心了。现在轮到C.J.向达尔加德讨人情了。明天他可以派人去雷斯顿看一眼猴尸样本吗？

达尔加德不愿意。他送了少量血液和组织样本给陆军请求确诊——你看结果是什么？事情有可能会完全失控。达尔加德觉察到彼得斯上校没有完全说出这种埃博拉病毒的实情。达尔加德害怕若是匆忙决定放陆军进门，他会失去对事态的控制。"咱们明早开个电话会议，先讨论一下处置方法吧，你说呢？"达尔加德答道。

打完这通电话，C·J·彼得斯找到南希·杰克斯，问她明天能不能和他一起去见达尔加德，看一眼猴尸样本。他估计达尔加德会允许的。她答应和他一起去。

南希·杰克斯穿过阅兵场返回研究所大楼，在杰瑞的办公室找到他。他抬起头，脸上带着痛苦的表情。他刚才一直望着窗外，回忆他惨遭谋杀的弟弟。天已经黑了，外面也只有一面空荡荡的墙壁。

她关上门。"我有话要跟你说。目前还是机密。绝对保密。你肯定不会相信的。弗吉尼亚州的一个猴群爆发了埃博拉病毒。"

两人开车回家，沿着卡托克廷山脉驶向瑟蒙特，在车上讨论这件事。

"真是要搞死我了——我永远也摆脱不了这个害人精，"她对丈夫说。

有一点很确定，两人都会参与这项军事行动；不确定的是这会是什么样的行动，但无疑将是被载入史册的大事件。她告诉杰瑞，明天她很可能要和 C. J. 去那个猴舍，还要在猴体组织内搜寻埃博拉的踪迹。

杰瑞大吃一惊：这就是南希研究埃博拉的结果。妻子说的话压在他心头，局势让他茫然；虽说他很担心妻子，但没有表现出来。

他们拐上一段沿山坡修建的和缓弯道，经过成片的苹果园，转进自家的车道。八点钟，杰森在家。杰美去上体操课了。两个孩子已经到了脖子上挂钥匙的年纪。

杰森在做家庭作业。他用微波炉给自己做了天晓得是什么的晚饭。他们的儿子性格主动，但不太喜欢和人打交道，而且很独立。你只需要给他食物和钱，剩下的他会自己解决。

两位上校脱掉制服，换上运动装，南希拿了一块冷冻炖肉放进微波炉解冻，然后倒进保温瓶。她带着狗和保温瓶上车，开车去接练习体操的杰美。体育馆离瑟蒙特有半小时车程。南希接到杰美，让她在车上吃炖肉。杰美一副运动员的身材，个子不高，黑发，有时候喜欢担心这个担心那个——她已经练得筋疲力尽。南希开车回家的路上，她吃完炖肉，在后座上睡着了。

杰克斯夫妇有一张水床，他们的很多时间都在这张床上度过。杰美换上睡衣，贴着南希蜷缩在床上又睡着了。

南希和杰瑞在床上看了会儿书。卧室贴着红色壁纸，阳台俯瞰小镇。他们讨论猴舍的事情，南希抱起杰美，带她回自己的卧室，把她放在床上。午夜时分，南希睡着了。

杰瑞还在看书。他喜欢军事历史。内战中有几次最残酷的战役就发生在卡托克廷山周围的绵延乡野之中：在安提塔姆的玉米田里，子弹打断了每一根玉米秆，尸横遍野，一个人可以踩着尸体从玉米田一头走到另一头。从卧室向窗外眺望，他能想象蓝灰双方徐徐行军的场面。那天晚上他在读《杀戮天使》，迈克尔·夏埃拉描述葛底斯堡战役的小说：

> 这时李慢吞吞地说："军伍生涯有个很大的矛盾。"
>
> 朗斯特里特扭头看着他的脸。李骑着马缓缓地走在前面，脸上没有表情。他用同样慢吞吞的语气说："要当个好士兵，你必须热爱军队。但要当个好军官，你必须愿意下令，葬送你热爱的事物。这……这是非常困难的。其他职业都没有这个要求。所以优秀的人虽然多，但好军官很罕见啊。"

他关掉灯，但睡不着。他翻个身，水床汩汩作响。每次闭上眼睛，他都会想到弟弟约翰，脑海里都是一间溅血的办公室。凌晨两点，他还醒着，他心想：我只是躺在黑暗中，什么事都没有发生。

垃圾袋

11 月 29 日，星期三

那天夜里，丹·达尔加德和往常一样睡得很香。他没听说过埃博拉病毒，但和 C·J·彼得斯上校的简短交谈已经给了他一个大致印象。他和猴类及猴类疾病打了很长时间的交道，他并不特别害怕。他暴露于病猴血液之后已经过了许多天，目前显然没有发病。

第二天一早，他家里的电话响了。打来的是彼得斯上校。彼得斯还是问他能不能派人过去看一眼猴体组织的样本。达尔加德说这个没问题。彼得斯又问他能不能看一眼猴舍。达尔加德转移话题，没有正面回答。他不了解彼得斯，要是不见面，让他有机会估量一下这个人，他是不会向他敞开大门的。

他沿利斯堡公路开车上班，拐进大门，停好车，走进黑泽尔顿华盛顿公司的主楼。他的办公室是个小隔间，有一面正对草坪的玻璃墙；他的门外是秘书区，这里非常拥挤，走来走去很难不碰到人。达尔加德的办公室没有隐私可言，它就像个金鱼缸。他把很多时间花在看窗外的风景上。今天他故作镇定。办公室里没有人觉察到一丝异样或恐惧。

他打电话给猴舍管理员比尔·伏特。伏特报告了他一个让他震惊的消息。一名动物管理员病得很重，也许会丧命。此人昨晚突发心肌梗死，被送进离这里不远的劳登医院。没有更多的消息了，伏特说，我们正在想办法搞清究竟发生了什么。他被送进心脏监护病房，其他人没法和他交谈。（我们姑且称此人为贾维斯·普蒂吧，除了伏特，猴舍还有四名工作人员，他是其中之一。）

达尔加德陷入深深的惊恐，他无法排除这名员工是埃博拉病发的可能性。心肌梗死的通常诱因是心肌内存在血栓。是他的心脏内本来就有血栓，这次引发了病症吗？埃博拉会导致身体产生血栓吗？贾维斯·普蒂的血液在产生凝块吗？达尔加德突然感觉他正在失去对局势的控制。

他告诉比尔·伏特说他将暂停猴舍内的所有不必要活动。正如他后来在日志中记录的：

> 除喂食、观察和清洁外的所有活动全部暂停。任何人要进入关猴子的房间，都必须配置完全的保护措施：Tyvek防护服、呼吸面具和手套。动物尸体要双层包裹，放进冷藏柜。

他同时还告诉伏特，新闻媒体肯定会报道此事。他对伏特说，他不希望任何雇员穿着生物危害防护器具走出大楼。假如黑泽尔顿的员工戴着防毒面具、身穿防护服出现在晚间新闻里，恐怕会引发大众恐慌。

达尔加德打电话给医院，找到普蒂的医生。医生说普蒂情况不妙，但已经稳定下来。达尔加德告诉医生，假如发现普蒂的心脏病有任何地方非同寻常，他就必须打电话给德特里克堡的Ｃ·Ｊ·彼得斯上校。他很小心地没有提到"埃博拉"这个词。

那天上午晚些时候，Ｃ·Ｊ·彼得斯和南希·杰克斯从德特里克堡赶往弗吉尼亚，同行的还有吉恩·约翰逊。三位军官身穿制服，但开的是民用车辆，以免引起注意。车流很慢。这是个晴朗而寒冷的日子，北风呼啸。路边的野草湿漉漉的，依然青翠，还在生长，不为结霜所动。他们拐下利斯堡公路，开向黑泽尔顿公司的办公楼。达尔加德在大堂迎接，带着他们来到另一幢大楼。这里有实验室，病理学家已经为南希准备了一套载玻片，上面是在猴舍中死去的猴子的肝脏切片。

南希在显微镜前坐下，调整目镜，开始勘察微观世界的地形。她找准倍率停下：这个微观世界一片狼藉。有什么东西毁灭了这些细胞。细胞遭到猛烈袭击，伤痕累累，仿佛肝脏遭到了地毯式轰炸。她看见了细胞内的黑色团块：不属于这里的黑影。它们是类晶体，而且体积庞大。

这是极度扩增。

"天，该死，"她低声说。

这些砖块的外形不像晶体。埃博拉砖块有各种各样的形状：马蹄、斑点、团块，甚至圆环。有些细胞内只有一个砖块，硕大无朋，长得过于粗壮，甚至整个细胞都鼓胀起来。她看见被砖块填满的成簇细胞。她看见朽烂的袋状物——那些细胞已经破烂死亡，构成液化的斑块，内部塞满了病毒砖块。

她看载玻片的时候，Ｃ·Ｊ·彼得斯和吉恩·约翰逊把丹·达尔加德拉到旁边，仔细询问猴舍内的针头使用情况。埃博拉病毒在扎伊尔就是通过污染针头传播的。公司有没有拿使用过的针头给猴子注射？

达尔加德不敢确定。公司规定必须使用干净针头。"我们的制度是每次注射后必须更换针头，"他说，"有没有认真执行就天晓得了。"

南希采集了几块消毒后的肝脏和脾脏，嵌入石蜡块后放进泡沫塑料杯，准备带回德特里克堡进一步分析。这些样本对她和军方都非常宝贵，但含有活细胞的样本就更宝贵了。

C·J·彼得斯再次问达尔加德，能不能让他们去看一眼猴舍。

"呃——现在还是别去了吧，"达尔加德答道。他很明确地向几位军官表示：这幢楼是私人财产。

"猴子的组织样本呢？能给我们一些样本吗？"他们问。

"当然可以，"达尔加德说。他请几位军官沿着利斯堡公路向猴舍走，公路边有个美国石油公司的加油站，在那儿停车等着。"我们的人过来找你们。他会带来样本，还能回答你们的问题。"

"出于安全起见，样本必须用塑料袋包裹并放在盒子里，"C.J.对达尔加德说，"你必须这么做。"

达尔加德答应用塑料袋包裹样本。

于是，C.J.、南希和吉恩开车去加油站，停进公路旁靠近公用电话的一条死胡同。这会儿已经过了中午，错过午餐的几个人饥肠辘辘。南希去加油站给大家买了健怡可乐，给自己买了一袋切达干酪饼干，给C.J.买了花生酱脆饼。三位军官坐在两辆车里吃着垃圾食品，感觉很冷，希望送样本的人能尽快露面。

C·J·彼得斯望着车辆进出加油站。这个场景让他感觉到生命和时间如何流逝，他很喜欢这个场景里令人愉快的平淡和简单。卡车司机进来加柴油和买可乐，商人进来买香烟。他看见一个漂亮女人停好车，拿起公用电话打出去，和对方谈了很久。他想象那是个家庭主妇，电话另一头是她的情夫，他靠胡思乱想消磨时间。他开始考虑军方似乎应该果断采取行动灭火。他去过玻利维亚，一种名叫马丘波（Machupo）的高危病毒在那里爆发，他目睹一名年轻女性浑身鲜血地死去。北美洲还没见识过能让一个人血流不止的病原体。北美洲还没做好准备——目前还没有。华盛顿近郊大规模爆发埃博拉病毒的可能性让你越想越是毛骨悚然。

　　他想到艾滋病。要是有人在它开始蔓延前就注意到苗头会怎么样？艾滋病出现得毫无警兆而不为人知，等我们注意到它却是为时已晚。假如1970年代我们在非洲中部设有规范的研究站……也许会见到它如何走出森林。假如我们能发现它向人类扑来……也许就能阻止它，至少能拖慢它的步伐……我们就至少能拯救上亿条人命——至少。因为艾滋病病毒对人类的渗透尚处于初期，但它正无情地走向我们。大众没有意识到艾滋病的蔓延才刚刚开始。没有人能预测艾滋病将杀死多少人，但最终结果很可能会有数亿，而大众对此尚未形成认知。另一方面，假如当初注意到了艾滋病呢？当艾滋病最初在非洲出现时，一切"现实性"评估都会让专家和政府官员得出结论，认为它对人类健康影响甚微，因此不该向它拨出宝贵的研究资金——这种病毒毕竟只感染了寥寥几个非洲人，影响也仅限于抑制了被感染者的免疫系统。有什么大不了的？然后这种微生物就开始在全世界疯狂增殖，势头愈演愈烈，看不到结束的日子。

我们并不完全知道埃博拉病毒的能力。我们并不清楚猴舍里的病毒究竟是扎伊尔埃博拉，还是埃博拉的某个新毒株。这种微生物能不能通过飞沫传播？很可能不能，但谁敢保证呢？他越是琢磨这个，就越是想知道谁该去消灭那些猴子。因为总有人要进去消灭它们。我们不能扭头走开，任猴舍自生自灭。这种病毒对人类构成致命威胁。谁会去处死那些猴子？是这家公司的员工吗？

他开始琢磨陆军应不应该派防范生物危害的特种分队出场。他称这种行动为"核平"。核平一个地方的意思是彻底消毒，灭绝这个地方的所有生命。假如宿主是人类，就疏散场所内的人群，关进监狱隔离。假如宿主是动物，就杀死并焚烧尸体。然后喷洒化学药剂并熏蒸消毒。他考虑军方是不是应该核平猴舍。

吉恩·约翰逊坐在 C·J·彼得斯身旁的乘客座上。他的心思在别处——在非洲，他在想奇塔姆洞。

虽说还算不上吓得屎滚尿流，但吉恩非常担心目前的局势。他心想：谁知道能不能零死亡地解决这个难题。他的担忧每时每刻都在增长。他心想，美国军方正在涉入一场已经彻底爆发的危机，假如事情出错，有人丧命，那么大众就会谴责军方。

他突然转向 C.J.，说出了心声："看起来杀死所有猴子是不可避免的了。4 级病毒爆发可不是开玩笑。我想提醒你事情将多么琐碎和关系重大，会非常复杂，会很消耗时间，我们必须非常小心，每一步都要走对。假如要正确应对，C.J.，我想说的重点就是不能让外行留在关键岗位上。我们需要知道自己在干什么的经验丰富的老手。要是事情出了纰漏，你明白会有什么结果吧？"他心想：彼得斯没有见识过这么复杂的爆发场景——我们谁都没有见过——能相提并论的只有奇塔姆洞穴，但彼得斯当时不在。

C·J·彼得斯默不作声地听吉恩·约翰逊说完，没有回答。听吉恩给他这种建议，他有点生气：他说的全都是显而易见的事情，都是你已经知道的情况。

C·J·彼得斯和吉恩·约翰逊的关系紧张而复杂。他们曾一起驾驶卡车穿过非洲中部考察，寻找埃博拉病毒，到了旅程结束的时候，两人之间积累了很多怨气。旅程很艰难，世上罕有的艰难——不存在道路，桥梁已经消失，绘制地图的是一名盲眼僧侣，人们说的语言连本地翻译都听不懂，考察队甚至找不到足量的食物和清水。最糟糕的是，他们在寻找人类病例这件事上碰了壁：他们未能在自然宿主和人类身上找到埃博拉病毒。

正是在这段路途中，很可能是长期食物短缺的结果，C.J.开始吃白蚁。它们从巢穴里蜂拥而出——它们有翅膀。吉恩比C.J.挑剔，兴不起吃白蚁的念头。C.J.会一边嘎吱嘎吱地嚼白蚁，一边评论说什么："真是风味独特……嗯……"然后咂吧嘴唇，吧唧，吧唧，你会听见他用牙齿碾碎满嘴的白蚁，他会吐掉翅膀，呸，呸。考察组里的非洲成员喜欢吃白蚁，怂恿吉恩也尝尝看，最后他终于试了试。他抓起一把白蚁塞进嘴里，很惊讶地发现味道很像胡桃。C.J.怀着渴望地描述他怎么寻找非洲白蚁蚁后，一只闪着油光的白色囊状虫子，长达半英尺，粗如德式香肠，塞满了蚁卵和奶油般的昆虫脂肪，你可以生吞整只蚁后，据说它落进你喉咙时还会拼命挣扎。尽管白蚁零食吃得大家很开心，但他们经常争论该怎么研究科学和如何搜寻病毒。在非洲的时候，吉恩就感觉C.J.想主导一切，这让吉恩恼火不已。

突然，一辆没有多余车窗也没有标记的蓝色厢式货车拐下公路，穿过加油站，在他们旁边停车。停车的位置选得很好，从公路和加油站都看不见这两辆车在干什么。驾驶员沉重地跳下货车——那是比尔·伏特。他走向陆军的三个人，他们也下车了。

"我把它们放在后面了，"他说，拉开货车的边门。

三个人看见车厢地上放着七个黑色垃圾袋，能隔着口袋分辨出轮廓和头部。

C.J. 问自己：这是什么？

南希咬紧牙关，悄悄地倒吸一口气。她能看见垃圾袋有几个地方鼓了起来，像是里面有液体蓄积。她希望别是血液就好。"这他妈是什么？"她惊呼道。

"昨晚刚死的，"伏特说，"装了双层口袋。"

南希的胃里一阵不舒服。"摆弄这些尸体的时候，有没有人割破手？"她问。

"没有，"伏特答道。

南希注意到 C.J. 在看她。眼神意味深长：谁开车带猴尸回德特里克堡？

南希也看着 C.J.。他在逼她，她很清楚。两人都是研究所的部门主管。他的军衔比她高，但他不是她的上司。你只能把我逼到这一步，而且我也可以逼回去。"我可不会把那些鬼东西放进我的车里，C.J.，"她说，"我是兽医，长官，在运输动物尸体这件事上，我有我的职责。我不能蓄意运送患有传染性疾病的动物尸体穿越州界。"

一阵死寂。C.J. 脸上泛起笑意。

"我同意必须运回去，"南希继续道，"你是医生。再说你靠这个就能混过去。"她朝 C. J. 的肩章点点头。"否则你为什么要戴上那两头大鹰①。"

众人爆发出紧张的笑声。

C. J. 俯身检查垃圾袋——看见尸体包着两层或三层塑料袋，他放心了。他决定带尸体回德特里克堡，以后再去考虑卫生法律的问题。他后来向我这么解释理由："假如让这位老兄送尸体返回雷斯顿猴舍，我觉得光是他开一辆厢式货车载着尸体到处跑，就足以增加对人群的威胁了；再说这么做也会拖慢确诊的进度。我们认为，尽快确定这是不是埃博拉病毒对所有人都有好处。"当然了，肯定会有脑筋灵活的军方律师能够出面解释，为何用私人汽车的后尾厢运送体内含有埃博拉病毒的猴尸穿越州界是完全合法的行为，因此这件事从未引发过任何疑问。

他那辆老旧的红色丰田车况不算好，他早就没兴趣考虑二手售价的问题了。他打开后尾厢，里面铺着衬垫，他没有看见或许会刺破塑料垃圾袋的尖角。

他们没有戴橡胶手套，所以只能空手抬起尸体。南希尽量让面部远离货车内的空气，检查垃圾袋外部是否有血滴。"这些口袋的外部消过毒吗？"他问伏特。

伏特说他用次氯酸钠漂白水从外部冲洗过垃圾袋。

她屏住呼吸，按捺住呕吐反应，拎起一个垃圾袋。猴尸在垃圾袋里滑动。他们将垃圾袋一个一个轻轻放进丰田车的后尾厢。每只猴子重约五到十二磅。七具生物危害 4 级的正在液化的灵长类动物尸体共

------

① 指上校军衔的肩章。——译者

重五十磅左右，这个分量压低了丰田的车尾。C. J. 关上厢盖。

　　南希急着想尽快解剖尸体。将因为埃博拉病死的猴子在塑料袋里放上一天，最后只会剩下一袋肉汤。

　　"跟着我，看着点儿有没有滴血。"C. J. 开玩笑道。

太空行走

下午三点来钟，他们回到研究所。C·J·彼得斯在大楼侧面的装卸台旁边停车，命令几名士兵送这些垃圾袋去通往埃博拉套房的气密储物室。南希走进一名部下的办公室，命令隆·特罗特尔中校先换上防护服进去，她随后就来。他们将是高危区域内的工作搭档。

和每次进入 4 级区域时一样，她先摘掉订婚戒指和结婚戒指，锁进办公桌的抽屉。她和特罗特尔沿着走廊前进，特罗特尔先走进通往 AA－5 的小气密室，她在走廊里等待。一盏灯点亮，说明特罗特尔已经进入下一级区域，她拿起通行卡扫过传感器，气密室的门随即打开。她脱掉全部衣物，穿上长袖手术服，站在通向内侧的门前，蓝色灯光照在她脸上。门旁边也有安全传感器，但这一个是数字小键盘。你不能携带通行卡进入更高级别的区域。在消毒过程中，化学药剂有可能融化或毁坏通行卡，因此你必须记住自己的通行密码。她在小键盘上输入一串数字，大楼的中央电脑得知南希·杰克斯想进入这扇门，查找后确认她有权进入 AA－5，电脑打开门锁，并用蜂鸣声告诉她可以进去，不需要担心会触发警报。她走过淋浴室，在浴室穿上白袜，继续向前走，开门进入 3 级整备区。

她和特罗特尔会合，中校是个身材粗壮的黑发男人，南希与他共事多年。两人戴上内层手套，用胶带封住袖口。南希戴上保护听力的耳塞。她前一阵子开始戴耳塞，因为大家觉得防护服里的呼呼风声实在太吵，害怕有可能会损害听力。两人穿上防护服，封好"密保诺"拉链。两人一边穿防护服，一边绕着对方打转。穿生物防护服的时候，人们常常会绕着对方打转，就像比赛刚开始时的两名摔跤手，他们注意同伴的一举一动，尤其是手部，确保他们手里没有尖锐物品。这种战战兢兢的态度出自本能。

他们封闭好防护服，蹒跚着穿过整备区，走向一扇气密大门。那里是气密储藏室，连通的不是高危区域，而是外部世界。他们打开那扇气密门。气密室地上摆着那七个垃圾袋。

"尽量一次多拿几个，"她对特罗特尔中校说。

中校和她各拎起几个垃圾袋。两人蹒跚着穿过整备区，走向通往4 级区域的气密门。南希拿起盛着工具的金属盘。她觉得很热，面罩笼上雾气。两人打开气密门，一起进去。南希深吸一口气，整理思绪。在她的想象中，穿过灰色地带通往 4 级区域的大门就仿佛一次太空行走，但你要进入的不是外太空，而是微观世界，充满了企图钻进密封防护服的生命体。研究所每天都有人进进出出 4 级区域，尤其是平民身份的动物管理员。但进入隔离区域，解剖死于未知的爆发性高危病原体的动物就是另一码事了。其中的风险要高得多。

南希集中精神，控制住呼吸。她打开对面的门，走进高危的一侧，然后伸手进气密室，扯动化学药剂喷淋的链条。这将开启气密室内的消毒过程，就算有高危病原体跟随他们泄漏进了气密室，此刻也会被悉数杀灭。

两人穿上靴子，拎着猴子尸体走进煤渣砖走廊。密封防护服里的空气不新鲜了，他们需要尽快接上通风管。

他们来到冷藏室，把所有垃圾袋放进冰箱，只留下一具尸体。两人拎着这个垃圾袋走进解剖室。两人小心翼翼地绕过彼此，接上通风管，干燥的空气吹干了面罩。隔着耳塞，隆隆风声变得很遥远。两人戴上防护服手套，又加上一层外科手术手套。她把工具和样本容器放在桌首，一件一件清点。

特罗特尔解开扎住袋口的绳子，打开垃圾袋，袋内的高危区域连接上了高危的整个房间。他和南希合力取出尸体，摆在解剖台上。她打开外科手术灯。

一双明亮的棕色眼睛凝视着她。这双眼睛看起来很正常，没有变成红色。眼白依然是白色，瞳孔清澈，漆黑如夜晚。她在瞳孔里看见了手术灯的倒影。眼睛里，眼睛背后，什么也没有。不存在意识，不存在生命。细胞已经停止工作。

生命体这台机器内的细胞一旦停止运转，就不可能重新启动了。机体会不可逆转地腐败，落向紊乱和无序的深渊。但病毒并非如此。病毒可以自我关闭，进入假死状态，然而，只要能接触到新的生命体，它们就会行动起来，开始增殖。这具猴子尸体内唯一"活着"的就是这种未知病毒——病毒此刻处于假死状态，但只要碰到活体细胞，比方说南希的细胞，它就会活过来，开始增殖。从理论上说，它能够扩散到全世界的所有人类中去。

南希拿起解剖刀，切开尸体的腹部，动作缓慢而轻柔，让刀刃远离戴着手套的手指。脾脏肿胀而坚硬，外表犹如皮革，仿佛熏制的萨拉米香肠。她在体腔内没有看见出血点。她本来以为尸体内部会是一片血海，但事实上这只猴子看起来挺正常，它并没有内出血。假如这只猴子确实死于埃博拉病毒，那么它就不算是个典型病例。她剖开肠道——没有血，肠子看起来很正常。她又检查胃部——她在胃部和小肠的接合部发现了一圈出血点。有可能是埃博拉的症状，但也不算典型，因为除了埃博拉，也有可能是猿猴出血热的症状。因此，光靠尸检时肉眼观察内脏器官，她无法确认这只动物体内存在埃博拉病毒。

她用钝头剪刀从肝脏上剪下几牙样本，压在载玻片上。高危区域内允许使用的玻璃制品仅限于载玻片和血样试管，因为玻璃碎片有造成伤害的危险。房间里的所有大口杯都是塑料质地。

她动作很慢，双手不深入体腔，尽可能远离血液，不但一次又一次在一盆 EnviroChem 里漂洗手套，还频繁更换外层的橡胶手套。

特罗特尔每隔一小会儿就看她一眼。他为南希拉开尸体的切口，夹住血管，她要什么工具就递给她。他们能读懂彼此的唇语。

"镊子，"她指着镊子，无声地比口型。特罗特尔点点头，拿起镊子递给她。两人没有交谈。她只能听见通气管的呼啸声。

她开始认为这只猴子并没有感染埃博拉病毒。在生物学上，不存在百分之百肯定的事情，一切都那么复杂，一切都千头万绪，每当你以为自己搞懂了什么，剥开一层障翳，却发现底下还有更深一层的复杂结构。大自然和简单没什么关系。这种新出现的病毒就仿佛夜晚飞过天空的蝙蝠。你以为你看见它扑扇着翅膀飞过视野，但实际上早就无影无踪了。

互相攻击

南希·杰克斯忙着解剖猴尸的时候，C·J·彼得斯坐在德特里克堡总部大楼的会议室里。与会者的职业生涯岌岌可危。全世界知道埃博拉病毒含义的人几乎都在这个房间里，围坐在一张长形会议桌前。拉塞尔将军占据桌首的位置，他身穿军服，高大硬朗，主导这场会议。他不希望会议变成疾病控制中心和陆军的争权战争，但也不希望疾控中心接过控制权。

丹·达尔加德在场，他穿黑色正装，显得拘谨而冷淡——其实是紧张得不知所措。大胡子吉恩·约翰逊瞪着桌面，一声不吭。弗吉尼亚州和费尔法克斯县卫生部门的官员也在场。弗雷德·墨菲（埃博拉病毒的共同发现者之一，拉塞尔将军叫来的疾控中心官员）身旁是疾控中心的另一名官员，约瑟夫·B·麦考米克医生。

乔·麦考米克①是疾控中心特殊病原体部的主任，埃博拉病毒的另一位共同发现者卡尔·约翰逊曾管理这个部门。乔·麦考米克是卡尔·约翰逊的继任者，约翰逊退休后，他得到了这个任命。他在非洲生活和工作过，相貌英俊，性格世故，有一头黑色卷发，戴"芙蓉天使"牌②眼镜，聪明而野心勃勃，有魅力，会说服人，脾气急躁而张扬，在职业生涯中有过不少丰功伟绩。他发表过有关埃博拉的重要研究论文。和房间里的其他人不同，他见过和医治过埃博拉病毒的人类感染病例。

可是，乔·麦考米克和 C·J·彼得斯两人水火不容。这两位医生间的不和可以追溯到多年之前。为了寻找埃博拉病毒，两人都去过非洲大陆最黑暗的角落，但他们都没有找到病毒的天然宿主。乔·麦考米克和彼得斯此刻显然都感觉他们正在逼近病毒，正准备发动惊天动地的猎杀。

首先发言的是彼得·耶林，他共同发现了这个在猴群内蔓延的毒株。耶林起身讲话，用图表和照片阐述观点。他坐下后轮到达尔加德发言。达尔加德非常紧张。他描述了他在猴舍内见到的临床症状，等他讲完，他觉得谁也没有注意到他的紧张。

紧接着，乔·麦考米克起身发言。他发言的内容尚有争议。研究所有研究所的说法，疾控中心也有自己的说法。按照陆军的说法，他转向彼得·耶林，说的话大致是这个意思：非常感谢，彼得，感谢你通知我们。大孩子来了，你们就乖乖地把事情交给我们吧，免得伤到自己。我们在亚特兰大有世界一流的隔离设施。我们会带走你们所有的原始材料和病毒样本。后面就交给我们啦。

换句话说，陆军研究所认为麦考米克企图把自己打扮成独一无二

---

① 乔是约瑟夫的昵称。——译者
② Fiorucci，意大利时尚品牌。——译者

的埃博拉专家，认为他企图接管病毒爆发的管理权，夺走军方手上的病毒样本。

C·J·彼得斯被这番话气得七窍生烟。他越听越愤怒，认为这种态度"异常傲慢和侮辱人"。

麦考米克的记忆却不太一样。我打电话给他，他答道："我肯定我问的是要不要帮忙或协助处理雷斯顿的动物传染危机。我不认为当时有什么冲突。就算有怨恨，也来自他们，而不是我们，至于原因嘛，他们比我更清楚。我们的态度是：嘿，朋友们，干得好。"

麦考米克和陆军研究所的关系一向不好，双方的冲突早有历史。麦考米克曾公开批评过军方的埃博拉专家吉恩·约翰逊，说他花了很多钱考察奇塔姆洞穴，却不肯发表考察结果。麦考米克向我这么表达他对军方的看法："他们只想告诉你他们做过研究。但是，想证明你做过研究，正确的方式是发表论文。我的批评绝非毫无道理。他们花费的是纳税人的金钱。"另外，"他们投入这个领域的时间有谁比我多？我处理过人类感染埃博拉的病例。当时开会的其他人都没有这种经验"。

麦考米克的经验是这样的：1979年，疾控中心接到报告称埃博拉走出隐匿之处，再次肆虐苏丹南部，还是在1976年它首次出现的那个地区。局势很危险，不但因为病毒本身，还因为苏丹正在打内战——埃博拉横行的地区同时也是战区。尽管如此，麦考米克还是自愿前去采集人类血液样本，将毒株活着带回亚特兰大。一位名叫罗伊·拜伦的疾控中心医生和他一同前往苏丹。麦考米克和拜伦乘一架轻型飞机来到苏丹南部，两位专飞无人区的飞行员惶惶不安。日落时分，他们在一个赞德村庄附近的跑道降落。飞行员吓得不敢走出飞机。天快黑了，飞行员决定就在机舱里过夜，把飞机停在跑道上。他们警告麦考米克和拜伦说天一亮他们就起飞，所以两位医生必须在天亮前找到病毒。

他们背上背包，徒步走到村庄里寻找埃博拉。他们来到一间泥砌茅屋前。村民站在茅屋四周，但谁也不肯进去。他们听见人类痛苦的呻吟声。门洞黑黢黢的，他们看不见茅屋内的样子，但知道里面肯定有埃博拉。麦考米克在背包里寻找手电筒，但手电筒点不亮，他这才发现自己忘了带电池。他问村民怎么能照亮，有人给他一盏提灯，他们走进了茅屋。

多年以后，麦考米克对我说，他永远不会忘记那一幕。他首先看见的是许多双血红的眼睛瞪着他。茅屋里散发着浓重的血腥味。人们躺在地上的茅草垫子上。有些人正在抽搐——最后阶段，死亡降临——僵硬的身体在痉挛，眼珠翻得只剩眼白，血液涌出鼻孔和直肠。还有一些人已经陷入临终昏迷，一动不动，血流不止。茅屋是个高危区域。

麦考米克打开背包，找出橡胶手套、纸质外科手术服、纸质手术口罩和套在鞋外面的纸质长靴，以免沾上病人的血液。穿戴整齐之后，他把血样试管和注射器放在一块草垫上，开始从病人身上抽血。他在茅屋里跪着工作了一整夜，采集血样，尽可能地照顾病人。拜伦从旁协助。

夜里的某个时候，麦考米克正在从一位老妇人身上抽血。老妇人突然抽搐和扭动——痉挛发作。她乱挥胳膊，沾血的针头滑出手臂，刺进了麦考米克的大拇指。糟糕，他心想。这就足够了。病毒已经进入我的循环系统。

黎明时分，他们收拾起血液试管，跑向飞机，将样本交给飞行员。麦考米克面临的问题是他该怎么办，他被沾血针头刺伤，这属于严重暴露。他在发病前只有三四天时间。他应该立刻离开苏丹，去医院就诊吗？他必须下决定——是和飞行员离开，还是留下面对病毒。飞行员显然不会再跑一趟来接他。假如他打算离开并寻求医疗帮助，那就只有现在这一个机会了。但另外还有一点。他是医生，而茅屋里的那些人是患者。

他和拜伦一起返回村庄，找了间茅草屋休息了一个白天。晚上，他和同事与联合国派驻当地的人员吃饭，麦考米克至少喝了半瓶苏格兰威士忌。他胡言乱语，最后醉倒在地。拜伦拖着麦考米克走进旁边的茅屋，让他坐在小床上，输了大剂量的血清——血清来自侥幸逃过埃博拉病毒的几名非洲人。这或许能帮助麦考米克抵御病毒，但也可能没用。那天夜里，虽然喝得烂醉，但麦考米克还是睡不着。他醒着躺在床上，回想针头如何刺进大拇指，想象埃博拉在血液内开始自我复制。

接下来四天，他在那间茅屋里救助埃博拉患者，但始终没有头痛。另一方面，他像老鹰似的观察那位老妇人的情况。第四天，他吃惊地发现老妇人恢复了。她没有感染埃博拉。她很可能只是疟疾发作而已。她当时不是埃博拉末期的痉挛，而是因为高烧在打摆子。他活着从行刑队的枪口前走开了。

回来说德特里克堡的会议，疾控中心的代表乔·麦考米克认为埃博拉病毒没那么容易传播，尤其是难以通过空气传播。他连续几昼夜待在满是埃博拉患者的茅屋中，呼吸那里的空气，却没有生病。他强烈认为埃博拉不是很容易感染的疾病。因此，按照他的观点，情况并不像陆军研究所这些人认为的那么危险。

丹·达尔加德向这几位专家提问："你们得到我们的样本之后，要多久才能知道究竟有没有病毒？"

C·J·彼得斯答道："就我们掌握的情况而言，也许需要一周。"

乔·麦考米克插嘴道，等一等，他有全新的快速化验手段，能在十二小时内确定样本是否感染了埃博拉病毒。他的看法是病毒和样本应该交给疾控中心。

C·J·彼得斯扭头瞪着麦考米克。C.J. 怒不可遏。他不相信麦考米克拥有快速化验埃博拉的手段。他认为乔·麦考米克在扔烟雾弹，企图染指病毒样本。他认为争夺病毒控制权就像一场赌注极高的赌局，麦考米克是在虚张声势。局势非常微妙，因为他不能当着州政府的卫生官员说："乔，反正我不会相信你。"他提高嗓门说："传染病正在流行期间，现在不是实地验证新技术的好时机。"他的看法是德特里克堡比亚特兰大的疾控中心更接近爆发地点，因此也就更适合让陆军研究所掌握样本，尝试分离病毒。他没有说（也没有理由告诉对方）南希·杰克斯此刻正在检查那七具猴尸。还有，研究所正在培养这种病毒。俗话说占有即所有，而组织样本和病原体都掌握在陆军研究所手中。

疾控中心的另一名官员弗雷德·墨菲坐在麦考米克旁边，他逐渐意识到疾控中心在这场争论中不占上风。他凑过去小声说："乔！冷静点。别闹僵了，乔。他们人多。"

菲利普·拉塞尔少将之前始终在作壁上观，一言不发。这会儿他开口了。他用震耳欲聋的大嗓门冷静地建议各退一步。他建议双方平分这场病毒爆发的管理权。

看起来妥协是最好的出路。将军和弗雷德·墨菲迅速讨论出结果，麦考米克和彼得斯大眼瞪小眼，几乎一声不响。结论：疾控中心管理这场爆发的人员健康问题，要是出现人类感染者，就交给他们主导处理。陆军研究所负责猴子和猴舍，也就是这场爆发的源头。

使　命

星期三，1 630 时

C·J·彼得斯上校觉得他得到批准，可以开始行动了。会议结束，他着手组织人员。他首先需要一名实地指挥官，带领士兵和平民进入猴舍。他需要建立一个军事行动小分队。

他已经决定了这个使命的指挥官：杰瑞·杰克斯上校，南希的丈夫。杰瑞从没穿过密封防护服，但他是研究所兽医部门的主任，他了解猴类。他手下有士兵也有平民，他们自然也要参与行动，因为没有其他人受过和猴类打交道的训练。

他走进杰瑞的办公室，发现杰瑞咬着橡皮圈眺望窗外。C.J.说："杰瑞，我们在雷斯顿有状况了。""状况"是高危微生物的代称。"我们得过去杀死那些猴子，而且必须在生物防护4级的条件下行动。"他请杰瑞组织士兵和平民雇员，准备二十四小时内穿防护服实地作战。

杰瑞走进吉恩·约翰逊的办公室，说他受命指挥行动。吉恩的办公室凌乱不堪，他心想，吉恩的块头这么大，究竟是怎么坐进堆积成山的文件里的。

杰瑞和吉恩立刻开始策划一场生物危害防御行动。一般性的对策是杀死一个房间的猴子，看结果如何，观察情况变化——确定病毒是否在蔓延。他们列出优先顺序。

首先：人命安全。

其次：对动物实施安乐死，尽量减轻痛苦。

再次：搜集科研样本。目的是辨别毒株和确认传播途径。

吉恩认为，假如小分队能正确执行方案，华盛顿的居民将会是安全的。他戴上眼镜，俯身在文件堆里翻找，大胡子被压在胸口。他知道他不会进入那幢楼。绝对没门。他见过的猴子死亡够多了，已经不堪忍受。总而言之，他的任务是集合设备和人员，派遣他们进入猴舍大楼，然后帮助人员带着设备和动物尸体安全撤离。

他有几份很长的清单，列出他从奇塔姆洞穴带回的所有设备。他骂骂咧咧地在文件堆里翻找。他从非洲带回了数以吨计的设备，藏在研究所内各种各样的隐秘地点，免得被别人盯上抢走。

吉恩非常兴奋，同时也很害怕。他始终没有完全驱散埃博拉病毒的噩梦——液体穿过洞眼流进他的防护服。他还是会在半夜惊醒，心想：天哪，我暴露了。他在非洲花了十年寻找埃博拉和马尔堡，收获甚微，这会儿怪物却在华盛顿近郊露头了。他再次想起他最喜欢的那句名言："机遇只青睐有准备的头脑。"很好，机遇来了。假如一件设备在奇塔姆洞内派上过用场，那它在猴舍也一样会有用处。想到这里，吉恩意识到猴舍很像奇塔姆洞穴，都是封闭空间，空气都不流通，地上到处是粪便和成摊的猴尿。这是华盛顿近郊的高危洞穴。进过这个洞穴的人说不定已经感染了病毒。你该怎么让工作组安全进出这个高危区域呢？你必须设置整备区。必须有灰色区域——气密室，化学消毒药剂喷淋。猴舍大楼内的某处有 4 级生命体正在生长、倍增，在宿主体内成熟。宿主是猴类，或许也包括人类。

星期三，2 000 时

丹·达尔加德离开研究所，沿利斯堡公路开车回办公室，晚间八点左右才到。办公室空无一人，大家已经下班回家。他收拾好办公室，关闭电脑，取出保存日志文件（所谓"大事记"）的软盘。他把软盘放进公文包，对前台保安说再见，开车回家。他在路上想起忘了打电话告诉妻子他会很晚回家。他在 Giant Food 超市停车，给妻子买了一束康乃馨和菊花。回到家里，他用微波炉加热晚餐，去家庭休息室陪着妻子，他坐在安乐椅里吃东西。他累坏了。他往壁炉里加了块木头，在修表台旁的个人电脑前坐下。他插入软盘，开始打字。他要更新日志。

今天发生的事情太多了，他很难厘清所有头绪。上午，他得知猴舍管理员贾维斯·普蒂住进医院，据说是因为突发心脏病。贾维斯在医院过得不错，没有消息说他病情恶化。我应该通知医院说贾维斯有可能感染了埃博拉病毒吗？假如他确实感染了，病毒在医院内扩散出去，那么我有责任吗？天哪！明天一早我就派人去医院，告诉贾维斯这儿发生了什么。假如让他自己听新闻才知道这件事，只怕会再次心脏病发作！

他已经给其他管理员配备了呼吸面具，大致给他们讲过埃博拉和马尔堡对人类的传播情况；除了每天一次的喂食、观察和清洁房间之外，他暂停了猴舍所有的日常工作。他还去过利斯堡公路旁的公司实验室（他们处理过血样和组织样本），告诉他们说要慎重对待这些样本，就当它们感染了艾滋病病毒。

我要记得通知我们发运过动物的所有实验室，要是出现非同寻常的动物死亡病例，就立刻通知疾控中心。修理空调系统时暴露的那些人怎么办？洗衣服务提供商呢？最近有没有来过电话修理人员？好像上周来过——但我不记得具体时间了。我的天？我不会漏掉什么吧？

在电脑上更新今日事件时，电话里响了。打来的是南希·杰克斯。她的声音很疲惫。她说她刚做完七只猴子的尸检。她说结果符合SHF和埃博拉，两者都有可能。结论并不确定。

实地勘察

11 月 30 日，星期四

第二天早晨——今天是星期四，感恩节过去刚好一周——丹·达尔加德醒来时决定邀请陆军人员来清理一间猴舍，也就是爆发的中心地点 H 室。他打电话给 C·J·彼得斯，允许他们进入猴舍。黑泽尔顿公司向生物危害防御行动开绿灯的消息立刻传遍了整个研究所。

杰瑞·杰克斯召集属下所有军官和两名军士开会。他们是纳撒尼尔·鲍威尔少校、马克·海因斯上尉、斯蒂芬·丹尼上尉、柯蒂斯·克拉格斯军士和托马斯·亚蒙军士，他还邀请了一位名叫梅尔·吉布森的平民动物管理员参加。这些人是他的团队核心。他一脸轻松地对他们说："谁想去雷斯顿？"有几个人都没听说过这个小地方。他解释了雷斯顿的情况，说："那儿有些猴子需要安乐死。我们想让你们执行任务。愿意参加吗？愿意去吗？"他们都说愿意。他估计南希也会去。这意味着他和南希将同时待在那幢楼里，明天两个孩子只能随他们去了。

他们将进入猴舍大楼的一个房间，杀死房间里的全部猴子，采集组织样本，带回研究所分析。他们将穿上密封防护服，在 4 级生物隔

离的条件下完成任务。小组明早五点出发。他们只剩不到二十四小时
做准备了。吉恩·约翰逊此刻正在集合生物危害防御设备。

　　吉恩开车去弗吉尼亚，上午十点来钟到达猴舍，他是去实地勘察
的，想看看大楼的平面布局，确定该在哪里设置气密室和灰色区域，
该如何让小组进入建筑物。同去的还有克拉格斯军士，他身穿迷彩
服。两人拐进停车场，看见电视台的面包车堵在猴舍门前，现场主持
和摄制人员喝着咖啡等好戏开场。吉恩顿时紧张起来。媒体早就开始
绕着这个故事打转了，但一直没有找到切入点，而研究所正希望
如此。

　　吉恩和军士在靠近大楼的一棵枫香树下停车，走正门进入这幢低
矮的红砖建筑物。一开门，猴子的臭味险些把他们熏倒在地。哇，克
拉格斯军士心想，哇——不穿防护服就不该进这幢楼的。整幢楼都散
发着恶臭。这儿肯定出了什么坏事，从里到外说不定都是高危区域，
所有表面都有危险。雇员已经停止打扫铁笼，因为谁也不肯走进关猴
子的房间。

　　他们找到比尔·伏特，说他们想勘察这幢楼，确定行动小组明天
如何进来做事。伏特请他们在办公室坐下谈话。他们不想坐，不想徒
手触碰房间里的任何表面。他们发现伏特喜欢吃糖。他拿出薄荷糖、
蜂蜜太妃糖和士力架——"来一块吧？"他说。克拉格斯惊恐地看着
糖果，嗫嚅道："不，谢谢了。"他害怕碰到它们。

　　吉恩想去猴舍区域看一眼 H 室，也就是高危爆发点。H 室位于
大楼后侧。他不想穿过建筑物过去，不想呼吸大楼里的空气。他找了
找，发现还有一条路通往大楼后侧。隔壁的办公区没有人，一段时间

之前就搬空了。供电已经切断，天花板的镶板掉了下来。他拿着手电筒穿过黑洞洞的房间。活像被轰炸过，他心想。

他发现折回猴舍区域的一扇门。这扇门连接一间储藏室，有一条深入猴舍的封闭走廊。他的脑海里有了计划。这条封闭走廊充当气密室。储藏室是整备区。小组在储藏室换上密封防护服，不会被电视台的摄像机拍到。他在一张纸上画图。

搞清楚大楼平面布局后，他绕到前面，请工作人员彻底封闭大楼的后侧区域——要封得滴水不漏。他不希望有病原体从 H 室飘到大楼前侧，进入办公区域。他希望降低流入办公室的被污染的空气总量。

有一扇门通往后侧的猴舍区域。他们用军用棕色胶带封死这扇门：对抗高危病原体的第一道防线。吉恩对工作人员说，从现在开始，不准任何人揭开胶带，在 H 室清理干净之前，除陆军人员外，不准任何人进入后面的猴舍房间。吉恩没有意识到还有一条路可以进入后侧房间，不需要揭开胶带就能进入猴舍房间。

同一天上午十一点半，南希·杰克斯中校和 C·J·彼得斯上校来到利斯堡公路旁的黑泽尔顿华盛顿公司办公室，他们找到丹·达尔加德，向曾经暴露于病猴组织和血液样本下的实验室人员讲话。这场爆发牵涉到人类健康的方面归疾控中心负责，因此乔·麦考米克与杰克斯和彼得斯同时来到了黑泽尔顿的办公室。

实验室员工经常要经手猴子的组织和血液，化验这些材料。他们大多数是女性，这会儿怕得要死，几近惊恐发作。那天早晨来上班的路上，电台广播说埃博拉病毒在非洲杀死了数十万人类——这是毫无根据的夸张，播音员不知道猴舍的事情，但这些女人以为她们要死了。"我们在收音机里听见了，"她们对杰克斯和麦考米克说。

南希·杰克斯让乔·麦考米克尽量安慰这些女士，但听他说到他在非洲与埃博拉作战的经历时，她们似乎越来越惊恐了。

一位女士起身说："我们不在乎他去没去过非洲，我们只想知道我们会不会生病！"

麦考米克不记得他对这些女士说过话。他告诉我说："我没和她们说过话，是南希·杰克斯跟她们解释埃博拉的。"

南希觉得当她看见一位穿陆军制服的女性上校时，开始渐渐平静下来。她问她们："有谁打碎过试管吗？有谁被针头刺破皮肤或割破手吗？"

无人举手。

"那就没问题了，"她说。

几分钟后，丹·达尔加德扭头压低声音对 C·J·彼得斯说："你和我一起去灵长类中心看一眼那些猴子吧？"

有意思的是，他没有邀请疾控中心的麦考米克。

陆军研究所的人员终于有机会走进那幢大楼了。

他们开始来到猴舍。吉恩·约翰逊已经封闭了后侧的猴舍房间，用胶带贴住了主要出入口。南希、C.J. 和丹·达尔加德绕到大楼后侧，戴上橡胶手套和纸质手术口罩，进 H 室查看病猴。南希和 C.J. 不安地发现，尽管达尔加德下过命令，但工作人员并没有戴上呼吸面具，也没有人拿呼吸面具给南希和 C.J.。这让两人开始紧张，但没有吭声。进入猴舍，工作人员怎么做，你也应该怎么做。他们不想因为索要呼吸面具而惹恼对方，这个时间点很微妙，他们好不容易才得到第一次勘察猴舍的机会。

走进 H 室，达尔加德把生病的猴子指给他们看。"这只有病，这只像是有病，那边那只像是有病，"他说。猴子安静而温顺，时不时摇晃一下铁笼。南希站得离铁笼很远，尽量浅地吸气，不想让猴群的气味深入肺部。有不少动物已经死亡——房间里有许多空铁笼，另外有很多动物明显病恹恹的。它们坐在铁笼深处，温顺，面无表情，不吃饲料。她发现有几只在流鼻涕。她移开视线，对猴子表示尊重，因为她不希望有猴子产生朝她吐口水的念头。猴子吐口水的准头很好，而且总是冲着你的脸吐。她最担心的是眼睛。埃博拉病毒特别喜欢眼睛。五六个病毒粒子落在眼睑上就足以感染一个人了。

她还注意到一个让她害怕的细节。这些猴子留着犬齿。公司没有锉掉尖牙。它们的犬齿不会比你见过的大型看门狗的犬齿小，但这会儿后悔已经来不及了。猴子跑起来快得惊人，能跃过很长的距离，会用尾巴抓住或钩住支撑物。猴子还有智慧。南希心想，一只愤怒的猴子就像会飞的斗牛犬，而且还有五条灵活的肢体——这些畜生能撕碎你。猴类喜欢对准面部和头部进攻。它会用四肢抱住你的头部，然后用尾巴死死缠住你的脖子，用犬齿乱啃你的面部，尤其会瞄准眼睛。假如这只猴子恰巧感染了埃博拉病毒，那可就大事不妙了。一名六英尺高的男性和一只十磅重的猴子差不多势均力敌，猴子会爬遍男人的全身。到战斗结束时，这个男人大概需要缝几百针，还有可能会瞎。杰瑞和他的队员碰到这些猴子必须加倍谨慎。

那天晚上，杰瑞独自开车回家。南希已经穿上防护服，回到实验室里分析猴子样本了，他不知道实验什么时候才能结束。他换掉制服，电话铃响了——南希的哥哥从堪萨斯打来，说南希的父亲情况危重，看起来就快不行了。南希随时会被叫回家参加父亲的葬礼。杰瑞说他会通知南希，说她今晚在加班。

他和杰森朝华盛顿开了半小时车，到体育馆接上杰美。他们决定晚饭吃麦当劳。除了母亲之外的杰克斯一家找了张桌子坐下，杰瑞边吃边向孩子解释母亲为什么在加班。他说："明天一早，我们要穿密封防护服去一个民间机构。那里出大事了。有些猴子生了重病。局势挺紧急的。我们明天很早就会出门，估计要很晚才能回家。你们两个只能靠自己了。"孩子对父亲的话没什么反应。

杰瑞继续道："那些猴子的病有可能会感染人类。"

"呃，又不会有什么危险，"杰美嚼着鸡块说。

"嗯，对，没什么危险，"杰瑞说，"与其说是危险，不如说是让人激动。总而言之，妈妈和我这两天就在忙这个。"

杰森说他在电视上好像看见了。新闻有报道。

"我认为你们的妈妈在做相当非同寻常的事情，"杰瑞对儿子说。他心想：我是永远也说服不了他相信这一点的。

九点半左右，他们回到家，杰瑞没法让孩子上床睡觉。他们也许很担心，只是不知道如何表达；但他说不准。更有可能的是母亲不在，他们嗅到了可以为所欲为的机会。他们说他们想等母亲回来再睡觉。杰瑞觉得他也应该等南希。他让孩子换上睡衣，带他们一起上床，两个孩子躺在水床上南希的那一侧。房间里有电视，他打开看十一点新闻。一名播音员站在猴舍前，大谈非洲有多少人病死。孩子已经睡着了。他想了一会儿死去的弟弟约翰，拿起一本书试着阅读。

凌晨一点，南希回到家里，他还醒着，南希看上去清爽又干净，因为她从 4 级区域出来后冲过澡，还用香波洗了头发。

她在屋里转了一圈，看有没有事情需要做，发现杰瑞忘了照顾动物。她给猫狗放上食物和水。她去看了看鹦鹉赫尔基的情况。鹦鹉发现猫有东西吃了，开始闹腾。它希望能得到关注。

"妈妈！妈妈！"赫尔基倒吊着叫道，笑得像个疯子，然后喊道，"坏鸟！坏鸟！"她把赫尔基从笼子里取出来，爱抚它的小脑袋。它跳到南希的肩膀上，她帮鹦鹉整理羽毛。

上楼走进卧室，她发现孩子在杰瑞身旁睡着了。她抱起杰美，送她回自己的卧室。杰瑞抱起杰森——杰森已经长得太大，南希抱不动了。

南希和杰瑞回到床上。南希说："我有一种直觉，他们没法把病毒控制在一个房间里。"她说她担心病毒会通过空气扩散到其他房间。这种病毒的感染性太强了，她不认为它会乖乖地待在一个房间里。她想到吉恩·约翰逊说过的话："我们不怎么清楚埃博拉以前做过什么，也不知道它未来可能会做什么。"

杰瑞把南希父亲的消息告诉她，南希感觉很对不起父亲，他躺在病床上即将死去，她却不能回家陪他。她觉得她有义务送父亲最后一程。她考虑能不能移交猴子的事情，自己飞回堪萨斯去。但她又感觉有责任完成这次行动。她决定赌一把，希望父亲能转危为安，再活一段时间。

第三部

溃　败

进 入

12月1日，星期五

四点半，闹钟响了。杰瑞·杰克斯起床，剃须刷牙，穿衣服出门。工作组穿的是平民服装。谁也不想引来关注。穿军服和迷彩服的士兵，再套上密封防护服……肯定会激起大众恐慌。

五点钟，他来到研究所。天空尚未有破晓的兆头。一群人已经聚在了大楼侧面水银灯下的装卸台旁。昨夜寒流来袭，他们呼出的白气清晰可见。吉恩·约翰逊，这场生物战争的埃阿斯，在装卸台上蹀来蹀去，穿行于大堆的军用迷彩包装箱之间：这些是他从奇塔姆洞穴带回来的剩余物资。箱子里有密封防护服、电池组、橡胶手套、外科手术服、注射器、针头、药物、解剖工具、手电筒、一两套人类外科手术包、钝头剪刀、样本袋、塑料瓶、防腐液、带红色花标的生物危害废物袋和手压式花园喷雾器——用来向防护服和需要消毒的物品喷洒药水。他拿着一杯咖啡，笑嘻嘻地对士兵们说："不许乱碰我的箱子。"

一辆无标记的白色厢式货车开过来。吉恩亲自把箱子装进车厢，出发前往雷斯顿。他是第一波攻势。

也就是在这个时候，一份份《华盛顿邮报》落在附近地区家家户户的车道上。头版报道就是猴舍的事情：

弗吉尼亚州实验用猴子体内发现致命的埃博拉病毒

已知对人类最致命的病毒第一次在美国本土现身，出现于雷斯顿某家实验室从菲律宾进口的一批实验用猴子体内。

昨天，弗吉尼亚州和联邦的顶级传染病专家用大半天时间制订了详细计划，追踪这种罕见病毒的传播途径和可能已经暴露的人员。计划中包括询问照顾这些猴子的四五名实验室雇员和其他接近过猴子的人员；出于预防起见，这些动物已被销毁。

联邦和州的卫生系统官员认为其他人接触这种病毒的可能性很低。这种病毒的致死率在百分之五十到九十之间，对直接接触患者的人来说传染性极高，而且目前尚无疫苗。

"确实有一定程度的担心，但我不认为值得恐慌，"C·J·彼得斯上校说，他是一位内科医生，也是这种病毒的专家。

C. J. 知道，一旦大众得知这种病毒的威力，逃离雷斯顿的车辆肯定会堵塞交通，母亲会对着电视摄像机镜头哭喊："我的孩子在哪里?"对《华盛顿邮报》记者讲话时，他很谨慎地没有说到行动中比较夸张的那些部分。（很久以后，他这么对我说："我觉得提到密封防护服肯定不是什么好主意。"）他很谨慎地避免使用吓人的军事术语，例如：病毒倍增、致命传染链、崩溃并流血至死和收紧反应。即将有一场防御生物危害的军事行动在华盛顿近郊展开，他绝对不希望被《邮报》发现。

这场生物隔离行动有一半重点是新闻封锁。C•J•彼得斯对《华盛顿邮报》的评论经过蓄意设计，目的是为了创造出局势已受控制、一切安全和其实很无聊的印象。C.J.明白局势有多么危急，但只要他愿意，就能表现得非常圆滑，他对记者用上了最友好的声音，在电话里保证说不存在什么问题，仅仅是每天都能见到的技术小困难而已。记者不知怎的得出结论，以为"出于预防起见，这些动物已被销毁"。但实际上，噩梦的源头、派遣小组进场的原因就是它们还没有被销毁。

想知道这次行动是否安全，唯一的办法就是尝试。彼得斯认为，坐视病毒在猴群中蔓延会构成更大的危险。那幢楼里有五百只猴子，体重共计三吨左右——就好比核心正在熔毁的核反应堆。猴群核心起火，病毒将以可怕的速度倍增。

凌晨五点，C.J.爬上研究所的装卸台。他将和这帮人一起去猴舍，看着杰瑞的小组进入高危区域，然后回研究所应付新闻媒体和政府机构。

六点半，他下令出发，车队驶出德特里克堡的正门，向南朝波托马克河而去。车队里全是普通车辆：军官的家庭轿车，军官穿平民服装，怎么看都是通勤上班族。车队末尾是两辆无标记的军用车辆。一辆是补给货车，另一辆是白色救护车——4 级生物隔离的救护车，里面是陆军的医护疏散小组和俗称"气泡担架"的生物隔离舱。这是一副战地担架，用透明塑料制成的生物隔离气泡包裹。假如有谁被猴子咬伤，就必须进入气泡，然后转送到监狱隔离。补给货车是无标记的白色冷藏厢式卡车，用来存放猴尸和血样试管。

队伍里没人穿制服，只有救护车小组的几名成员穿迷彩服。车队在岩石角过波托马克河，开上利斯堡公路时恰逢高峰时刻。车流拥挤得前车挨后车，军官们有点丧气。他们和暴躁的通勤族争斗一路，花了两个小时才赶到猴舍。车队终于开进办公园区，这会儿园区已经满是上班族了。补给货车和救护车从侧面经过猴舍，停在大楼背后的草坪上，远离人们的视线。大楼后侧是一面砖墙，有几扇狭窄的窗户和一扇玻璃门。这扇玻璃门就是他们的进入点。他们把补给货车停在门口。

大楼背后的草坪边缘是从山坡延伸下来的灌木和树丛，再过去是日托中心的操场。他们能听见孩童的喊叫声，隔着灌木丛能看见裹得严严实实的四岁孩童在荡秋千和绕着玩具屋乱跑。行动地点附近有孩子。

杰瑞·杰克斯在看大楼平面图。他和吉恩·约翰逊决定让队员进大楼再穿防护服，而不是就在草坪上穿，就算新闻报道组来了也没东西可拍。他们穿过进入点那扇门，出现在眼前的是一个空荡荡的储藏间。这里是整备室。隔着煤渣砖的墙壁，他们能听见微弱的猴子叫声。不存在猴舍里还有人类活动的迹象。

第一个进去的将是杰瑞·杰克斯，他打前锋。他决定带上手下的一名军官：戴过绿色贝雷帽①的马克·海因斯上尉。他个头矮小，性格认真，身体结实，接受过绿色贝雷帽的潜水训练。他曾经身穿潜水器材，在夜里从飞机上跳进公海。（"我得跟你说清楚，"海因斯这么对我说，"我潜水可不是像平民那样是为了找乐子。我潜水的地点主

---

① 指美国陆军特种部队。——译者

要在中东。")海因斯上尉不是穿上密封防护服会犯幽闭恐惧症和恐慌发作的那种人。另外一点优势在于海因斯上尉是兽医,他了解猴类。

杰克斯和海因斯爬上补给货车,在后门拉起塑料帘布以保护隐私。他们脱光衣服,冷得瑟瑟发抖。他们穿上外科手术服,走过草坪,推开玻璃门,进入储藏间-整备区,陆军的后勤小组(也就是救护车上的那组人,由伊丽莎白·希尔上尉带领),帮他们穿上密封防护服。杰瑞和海因斯上尉对战地生物防护服都一无所知。

他们穿上的是橙色的雷卡防护服,用于战地防御可经空气传播的微生物,这种防护服曾经用于奇塔姆洞穴的勘探——事实上,其中一些就来自吉恩·约翰逊从非洲带回来的剩余物资。雷卡防护服的头盔是个透明的软塑料球体。防护服从内部加压。电动马达从外部吸入空气,过滤病毒后灌入防护服,因此防护服对外保持正压,空气中的病毒粒子很难钻进去。雷卡防护服和 Chemturion 重型密封防护服的功能相同,都是用经过多次过滤的空气包围身体,确保高危病原体不会接触到身体。陆军通常不会把雷卡称为太空服(密封防护服),只会叫它"雷卡"或"战地生物防护服",但实际上雷卡就是一种密封防护服。

杰克斯和海因斯戴上橡胶手套,伸直手臂,后勤小组用胶带把手套和防护服袖口贴在一起。他们穿着运动鞋,又套上一层亮黄色的橡胶靴,后勤小组用胶带把橡胶靴和防护服裤腿贴在一起,在踝关节上方封得密不透风。

杰瑞紧张极了。他以前规劝过南希,身穿防护服对付埃博拉是多么危险,但今天他即将带着一组人走进埃博拉的地狱。此刻他并不在乎自己会发生什么。他是可牺牲的,他很清楚这一点。进去以后,也许他可以暂时忘记约翰吧。他打开送风机，防护服在身体周围膨胀起来。感觉还不坏，只是汗流浃背。那扇门就在正前方。他拿着猴舍的平面图，朝海因斯上尉点点头。海因斯准备好了。杰瑞打开门，两人走进去。猴子的叫声越来越响。他们站在一段不通风、没有光的煤渣砖走廊里，左右两边各有一扇门：这是临时气密室，灰色区域。气密室有一条规则，就是两扇门——近端门和远端门——绝对不能同时打开。这是为了防止被污染的空气回流进入整备室。门在他们背后关上，走廊里黑洞洞的：一片漆黑。该死，我们忘了带手电筒。但为时已晚。他们继续前进，摸着墙走向远端门。

七点半，南希·杰克斯叫醒两个孩子。和平时一样，她必须使劲摇晃杰森，但今天这样也叫不醒儿子，于是她放了一条狗去收拾他。狗飞扑上床，跳到杰森身上。

她换上运动裤和运动衫，下楼走进厨房，打开收音机，调到摇滚乐电台，开了瓶健怡可乐。音乐让鹦鹉激动起来。赫尔基跟着约翰·梅伦坎普尖叫。鹦鹉对电吉他确实有反应，她心想。

孩子在早晨桌前吃即食燕麦。她说她今天要工作得很晚，所以晚饭你们得自己解决。她打开冰箱，发现还有一份炖肉。两个孩子够吃了，用微波炉解冻就行。她站在厨房窗口，目送孩子下车道，去山脚等学校的大巴……"这份工作不适合已婚女性。你要么会忽略工作，要么会忽略家庭，"这是多年前一位上司的忠告。

她切了块百吉饼，拿上一个苹果，边开车边吃。她开到雷斯顿的猴舍，杰瑞已经穿好防护服进去了。

整备室温暖、拥挤、吵闹、混乱。小组成员穿防护服的时候，使用防护服的老手在旁边提点。南希也没有穿过雷卡战地防护服，但要点和重型 Chemturion 相同。首要准则：防护服内部就像蚕茧，里面是普通世界，你带着它一起走进高危区域。假如防护服出现缺口，普通世界就会消失，与高危区域合而为一，你将暴露在病原体之前。南希对正在穿防护服的士兵讲话："防护服是正压的。假如出现裂缝，你们必须立刻用胶带封死，否则就会失去压力，被污染的空气会流入防护服内。"她举起一卷棕色胶带。"进去之前，我会在脚腕上多缠几圈胶带，就像这样。"她演示怎么做：拿着胶带卷绕着脚腕转几圈，就像缠线轴似的。"从脚腕撕下一截就可以补洞了，"她说，"有一百种意外可能扯破防护服。"

她叮嘱他们注意猴子体内的埃博拉病毒。"要是这些猴子感染了埃博拉，那么它们体内就充满了病毒，被咬一口便是毁灭性的暴露，"她说，"临床表现出埃博拉症状的动物，体内储存有大量病毒。猴子非常敏捷。被咬一口就是死刑判决。你们必须格外小心。每时每刻都要注意双手和身体的位置。防护服上要是沾上血液，请立刻停止手上的事情，首先清理血液。不要让血液停留在手套上，立刻清洗干净。手套上要是沾着血，你们就会看不见洞眼。另外还有一点，进去之前别喝太多咖啡或其他饮料，因为你们会在防护服里待很长时间。"

为防护服加压的电池有六小时使用寿命。电池耗尽之前，穿防护服的人必须离开高危区域并清除污染，否则就会遇到麻烦。

杰瑞·杰克斯和马克·海因斯上尉摸索着穿过漆黑的走廊，走向通往高危区域的远端门。他们打开门，发现这里是两条走廊的交汇点，猴子的尖叫声淹没了他们。通风系统依然没修好，温度似乎在三十二摄氏度以上。杰瑞头部的防护罩蒙上雾气。他把防护罩按在脸上，擦掉雾气，总算能看见前方了。墙壁是灰色煤渣砖，地板是刷过漆的混凝土。

就在这时，他突然感觉左手边有动静，一扭头见到两名黑泽尔顿的工作人员走向他。他们不该在这里的！这片区域应该已经封死，但他们从穿过某个储藏室的另一条路进来了。他们戴着呼吸面具，但眼睛裸露在外。他们看见两个身穿防护服的人，愣在了那里，一个字也说不出来。杰瑞看不见他们的嘴，但能看见他们的眼睛里写满惊讶。就仿佛他们突然发现自己站在了月球表面。

杰瑞不知道该说什么。最后，他问："去 H 室怎么走？"——大声喊叫，盖过送风机的隆隆声。

两名员工领着他们走向被感染的房间。H 室位于走廊离他们最远的尽头。两名员工回到大楼前侧，找到坐在办公室等军方人员进来的丹·达尔加德。几分钟后，他戴着呼吸面具走进 H 室，想看看情况怎么样了。杰瑞像看疯子似的看着他。就好像你和某人见面，结果这家伙赤身裸体出现。

达尔加德不喜欢防护服。他显然没想到军方人员会这么全副武装。他领着两人在 H 室转了一圈，心里非常不安。"这儿似乎有一些病猴，"他说。有些猴子看见防护服开始发狂，在铁笼里转圈，或者蜷缩进角落。其他的猴子面无表情地望着人类。

"你们可以看见临床症状，"达尔加德指着一只病猴说，"我看得出一只猴子生不生病。病猴会显得有点抑郁，停止进食，再过一两天就死了。"

杰瑞想看看猴舍内的所有猴子。他和海因斯上尉回到走廊里，逐个查看整幢楼里的所有房间。他们发现还有一些猴子情绪低落，露出同样的呆滞表情。杰克斯和海因斯都很熟悉猴类，非常不喜欢这幢楼带给他们的感觉。除了猴子和人类，这里还存在其他生物。

南希·杰克斯准备好进去了。她在货车里换上手术服，跑过草坪，进入整备区。后勤小组帮她穿上防护服。她拿了几盒注射器，和斯蒂芬·丹尼上尉一起进去。两人穿过气密走廊，来到远端门前。她打开门，走进一条空荡荡的长走廊——所有人都在走廊尽头的 H 室。杰瑞觉得妻子看上去像是品食乐的面团小子①。她的防护服太大了，走动时会掀起阵阵涟漪。

南希看见有些猴子的鼻头有黏液。她很害怕，因为症状看起来很像流感或感冒，但实际上并不是。丹·达尔加德戴着呼吸面具，身穿连体工作服，伸手进铁笼给猴子打针。猴子躺下入睡，他再打第二轮针剂，停止它们的心跳。

房间里挤满了穿密封防护服的人。他们不停地一对一进来，却无所事事地转来转去。柯蒂斯·克拉格斯军士也在其中，他扭头对某人说："哈，真是好大一场查理狐步。"查理狐步是 C. F. 的暗语，意思是"群交"。所谓查理狐步，指的是最后搞得一塌糊涂的军事行动，人们像没头苍蝇似的乱撞，一个个都在问到底发生了什么。

南希凑巧在看军士，本能地检查他的防护服，发现后臀部位有一道破口。她拍拍军士的胳膊，指给他看。她弯腰从脚踝上取了一段备

---

① 品食乐（Pillsbury）是美国大型冷冻食品供应商，面团小子（dough boy）是其吉祥物。——译者

用胶带，替他封住破口。

她抓着猴子的手臂后侧，从铁笼里取出四具尸体，装进生物危害品处理袋。她拎着塑料袋回到门口，有人在这里放了些塑料袋，还有一个装满次氯酸钠液体的园艺喷雾器。她给尸体又套上一层塑料袋，拿起次氯酸钠喷遍每个塑料袋，然后将塑料袋放进纸板制的生物危害容器（帽盒），喷洒次氯酸钠消除污染。最后她又给帽盒套上第三层塑料袋，喷洒次氯酸钠。她敲敲门，喊道："我是南希·杰克斯。我要出来了。"站在另一侧的军士打开门，他是消毒小组的成员，身穿雷卡防护服，有装满次氯酸钠的泵式喷雾器。她推着帽盒走进气密室。

在一片漆黑和送风机的呜呜声中，军士对南希喊道："伸直双臂站好，慢慢转身。"他对准南希喷雾五分钟，直到气密室充满漂白水的味道。感觉凉爽而舒服，但穿过滤网钻进来的气味让她喉咙刺痛。军士也对塑料袋喷雾。最后，他打开通往整备区的门，光线刺得南希使劲眨眼，南希推着塑料袋出去。

后勤小组帮她脱掉防护服。她浑身大汗，手术服完全湿透了。外面冷得要命。她跑过草坪，在货车车厢里换上平民便服。

与此同时，人们把塑料袋装进盒子，将盒子放进冷藏车，南希和一名司机赶往德特里克堡。她想尽快带着这些尸体进入4级实验室，开始解剖。

不算南希带走的那四只，杰瑞·杰克斯在H室清点出了六十五只猴子。吉恩·约翰逊从非洲带回来一种特制注射器，杰瑞用来给猴子打针。这是一根长杆，顶端有个插槽。你先把注射器卡进插槽，然后将长杆伸进铁笼给猴子打针。你还需要工具按住猴子，因为猴子不喜欢被针头对着。他们用的是个拖把杆，一头带 U 形软垫。海因斯用拖把杆按住猴子，杰瑞把长杆伸进铁笼，向猴子大腿注射双倍剂量的氯胺酮，这是一种常见的麻醉剂。他们走遍整个房间的每一个铁笼，给所有猴子注射麻醉剂。很快，猴子逐渐昏倒在铁笼里。猴子失去知觉后，杰瑞再给它注射镇静剂伦品，让它们陷入深度睡眠。

所有猴子都进入深度睡眠后，他们支起几张不锈钢台子，取每只猴子的血样并注射第三针药剂，这次注射的是 T61，用于安乐死的致命药物。猴子确认死亡后，斯蒂芬·丹尼上尉剖开尸体，用剪刀取肝脏和脾脏的样本，把样本装进塑料瓶。他们将尸体放进生物危害品处理袋，再装进帽盒，帽盒贴着走廊墙壁堆放在一起。丹·达尔加德离开 H 室，在大楼前侧的办公室度过了今天剩下的时间。

下午晚些时候，H 室的所有猴子都已处死。大楼背后的树木另一侧，孩童绕着玩具屋乱跑，欢叫声在 12 月的天空下传得很远。母亲和父亲开车来接他们回家。小组成员一对一对走出高危区域，身穿便服站在草坪上，脸色苍白，疲惫而心事重重。远方，水银灯开始照亮华盛顿的纪念碑和建筑物。今天是感恩节后第一周的星期五，这个安静的周末过后就将迎来圣诞时节。风越来越大，吹得纸杯和烟盒在停车场旁打转。离这里不远的一家医院里，心脏病发作的猴舍管理员贾维斯·普蒂正在休息，病情稳定。

回到研究所，南希·杰克斯和高危区域的工作伙伴隆·特罗特尔解剖猴尸，再次忙到凌晨一点。他们穿好防护服进去，五具尸体在气密室里等待两人。

这一次，埃博拉的症状非常明显。南希在其中几只体内看见了

"恐怖的肠道损伤"，这是肠壁组织脱落的结果。肠壁组织脱落是埃博拉的典型症状。肠道遭受猛烈攻击，装满了无法凝结的黏稠血液，肠道肌肉内也有大量血栓。血栓阻断了通往肠道的血液循环，肠道细胞因此死亡（也就是说，肠道本身已经死亡），血液随后充满肠道。死亡的肠道，这是你在腐尸身上才会见到的东西。按照南希的话："就好像这些动物已经死了三四天。"但实际上它们几小时前还活着。有几具尸体严重液化，她和特罗特尔甚至无法做尸检，只能飞快地取下肝脏和脾脏的样本。H 室的部分垂死猴子已经成了皮囊包裹的肉泥和骨头——以及数量庞大的增殖病毒。

12 月 4 日，星期一，0730 时

星期一天气阴冷，风越来越大，从碳钢色的天空带来下雪的气息。华盛顿周围的购物中心已经挂上了圣诞彩灯。停车场此刻还空着，但晚些时候会停满车辆，购物中心会满是父母和孩童，孩童会排队等着面见圣诞老人。丹·达尔加德是晨间车流中的一名通勤者，他正在赶往灵长类检疫隔离中心。

他拐进停车场。开近大楼，他看见一个男人身穿白色 Tyvek 连体工作服，站在门口的枫香树下。那是猴舍的一名管理员。达尔加德气坏了。他叮嘱过他们不要戴着口罩或穿着防护服走出大楼。他跳下车，摔上门，匆忙穿过停车场。走到近处，他认出了这个人——我们就称之为米尔顿·弗兰蒂格吧。弗兰蒂格双手撑着膝盖站在那儿，似乎没有看见达尔加德，眼睛盯着草丛。弗兰蒂格的身体突然痉挛，嘴里喷出液体。他一次又一次呕吐，反胃的声音响彻停车场。

有人倒下

　　丹·达尔加德望着这个人吐得翻江倒海，他感觉——用他的话说："吓得屁滚尿流。"此时此刻，应该是第一次，灵长类中心这场危机的绝然恐怖淹没了他。米尔顿·弗兰蒂格弯着腰，喘息呛咳。他的呕吐平息后，达尔加德扶着他进去，帮他躺在一张沙发上。两名员工病倒——贾维斯·普蒂还在医院里，尚未从心脏病发作中完全康复。米尔顿·弗兰蒂格今年五十岁，他不抽烟，但有慢性的干咳问题。他在黑泽尔顿负责照看猴类动物，与达尔加德共事的时间超过二十五年。达尔加德和他很熟，很喜欢他。达尔加德感觉不舒服，因为恐惧和内疚而难受。也许我上周就应该疏散这幢楼的。也许我把猴类的利益放在了人类之上？

　　米尔顿·弗兰蒂格脸色惨白，浑身颤抖，感觉虚弱。他一阵一阵干呕。达尔加德拿了个塑料桶放在他身旁。弗兰蒂格又是干呕又是咳嗽，他为自己身穿连体服走出大楼而道歉。他说他刚戴上呼吸面具，正想走进一间猴舍，忽然感觉胃里不舒服。也许是大楼里难闻的气味让他恶心，因为猴舍没有像平时那样定期清扫。他觉得要吐了，找不到桶或其他容器，反应来得太快，去卫生间实在赶不及，于是只好跑出去了。

达尔加德想测弗兰蒂格的体温，但谁也找不到最近没有在猴子身上用过的体温计。他派比尔·伏特去药店买了个体温计。回来测量后发现弗兰蒂格发烧到了 38.3 摄氏度。比尔·伏特在屋里走来走去，吓得几乎要发抖。伏特的情绪不太好——达尔加德事后回忆道："他吓得都快痉挛了。"不过，达尔加德的感觉也好不到哪儿去。

米尔顿·弗兰蒂格反而是房间里最冷静的人。他与达尔加德和伏特不同，似乎并不害怕。他是虔诚的基督徒，可以大大方方地对别人说他已经被救。假如上帝觉得应该用猴类疾病带他回家，那么他也做好了准备。他祈祷了两句，回想起他最喜欢的《圣经》段落，干呕渐渐平息。没多久，他就在沙发上平静了下来，说他感觉好点了。

"你躺着休息吧，"达尔加德对他说，"不要离开大楼。"他跳上车，以最快速度赶到利斯堡公路上的黑泽尔顿华盛顿办公室。这段路程他没开多久，他到公司时已经下定决心：猴类中心必须疏散。立刻。

那幢楼一共有四名职工，其中两个不是已经进了医院就是即将进医院。一个是心脏病，另一个发烧且呕吐。就达尔加德对埃博拉的了解而言，这两者都有可能是感染的症状。他们去过购物中心，见过朋友，在餐厅吃过饭，说不定还和妻子有过性行为。他甚至不敢想象后果。

来到黑泽尔顿华盛顿公司，他径直冲向总经理办公室。他想报告目前局势，请总经理批准疏散猴舍。"我们有两个人病倒了，"达尔加德对他说，他描述已经发生的事情，难以自制地哭了起来。他痛哭流涕。他尽量控制住情绪，说："我建议——尽快——关闭——整个中心。我建议—关闭中心—移交给军方。这种该死的疾病从 10 月开始纠缠我们，之前我们平安无事，但现在突然有两个人病倒了，一个在医院里，另一个马上要去。我总在想，假如确实对人类存在风险，那我们现在也已经看见证据了。我们玩火玩得太久了。"

总经理很同情达尔加德，赞成疏散并关闭猴类中心。达尔加德擦掉眼泪，匆忙赶回自己的办公室，发现有一帮疾控中心的官员正在等他。他感觉压力像是越来越大了。疾控中心人员来黑泽尔顿是为了监控所有曾经暴露于病毒之下的公司雇员。达尔加德告诉他们猴舍刚刚发生了什么：有一个人呕吐倒下。他说："我已经建议疏散整个中心。我认为应该将那幢楼和所有猴子移交给研究所，他们有设备和人员，能够安全处理。"

疾控中心人员听他说完，没有异议。

接下来的问题是怎么处理米尔顿·弗兰蒂格，他遵照达尔加德的命令，乖乖地躺在猴舍的沙发上。病毒爆发的人类部分由疾控中心负责，因此弗兰蒂格也归疾控中心管辖，疾控中心想送他去华盛顿环城公路内的费尔法克斯医院。

上午九点二十分，达尔加德坐在办公室里，满头大汗地用电话处理这场危机。他打给德特里克堡的 C·J·彼得斯，说一名猴舍管理员病倒了。他的声音冷静而平淡，完全听不出刚刚哭过一场，他对彼得斯说："我方已经授权，猴类中心以及全部动物都交由研究所负责。"

听到有人病倒的消息，C·J·彼得斯大吃一惊，但他不怎么喜欢"交由研究所负责"这几个字。它的言下之意是假如出了岔子，有人丧命，那么负责的将是陆军研究所，说不定会被起诉。他想取得那幢楼的控制权，彻底消毒，但他不想吃官司。于是他对达尔加德说，对他来说，他的部下和大众的安全是第一位的，但他必须先向他的指挥官说明情况。他说他会尽快给达尔加德回音。

接着两人谈到忽然病倒的员工，C. J. 得知他被送往费尔法克斯医院，这让他非常不安。他认为应该先假定此人是埃博拉病发，送这么一个病人去社区医院合适吗？你看埃博拉在非洲那几所医院造成了什么后果。埃博拉能导致医院关闭，能在医院里迅速增殖。C. J. 认为这个人该进研究所的监狱隔离。

放下和达尔加德的电话，彼得斯立刻打给乔·麦考米克（他是疾控中心的头儿），试图说服他允许研究所接收他进监狱隔离。他对麦考米克说的话大致如下："我知道你觉得处理埃博拉患者需要的不过是外科口罩和手术服，但我认为你有必要使用更高等级的隔离措施，"他提议派研究所的救护车去接病人，将病人放进生物隔离舱，把隔离舱送到研究所的军用隔离设施。安排他进监狱。

C·J·彼得斯记得麦考米克的回答大致如下："我要这个人进费尔法克斯医院。"C. J. 答道："行啊。我有我的看法，乔，你有你的看法，我们看法不一致。但无所谓，你想想看，乔，假如埃博拉病毒真的进入费尔法克斯医院，医护人员或者你会有什么结果呢？"

麦考米克不肯让步：他在非洲直面过埃博拉，没有被病毒感染。他在遍地埃博拉血液的茅草屋里工作过好几天，跪地照顾崩溃并流血死去的病人。照顾埃博拉患者不需要密封防护服。好医院和有经验的护士就足够了。这个人要去的是费尔法克斯医院。C·J·彼得斯尽管非常讨厌麦考米克，但还是很佩服他能在艰难的节骨眼上做出不可动摇的决定。

这时候，华盛顿四台的电视新闻报道车已经赶到猴舍。猴舍雇员隔着窗帘偷看报道车，记者过来揿响门铃，没有人给他开门。达尔加德说得很清楚，禁止任何人与媒体交谈。说来也巧，费尔法克斯医院的救护车恰好来接弗兰蒂格。四台的时机抓得不可能更好了。报道人员打开灯光，开始拍摄。猴舍的门开了，米尔顿·弗兰蒂格跟跟跄跄出来，他还穿着 Tyvek 连体服，显得一脸尴尬。他走到救护车前，医护人员打开后门，弗兰蒂格自己爬上车，躺在轮床上。医护人员关门离开，四台小组紧追不舍。几分钟后，救护车和四台的报道车开进费尔法克斯医院。弗兰蒂格被送进隔离病房，只有穿白大褂、戴橡胶手套和口罩的医生和护士可以进去。他说他感觉好多了。他向上帝祈祷，看了会儿电视。

但对猴舍里剩下的员工来说，局势已经变得无法忍受。他们看见有人穿密封防护服进进出出，看见同事在草地上呕吐，看见四台报道车紧追救护车不放。他们锁上大门，匆忙离开。

猴舍大楼里还有四百五十只活猴，叫嚣声回荡在空荡荡的走廊里。上午十一点。阵雪断断续续。天气越来越冷。猴舍的空调系统彻底失灵。气温飙升到 32 摄氏度以上，猴舍变得雾气腾腾，充满恶臭和猴子的叫声。动物饿了，因为上午还没喂过饲料。大楼的各个房间里都有猴子眼神呆滞，面无表情，有一些孔窍流血。鲜血滴在笼子底下的金属托盘上……嘀嗒，嘀嗒，嘀嗒。

91 探戈

星期一，1 030 时

丹·达尔加德感觉一切都在逐渐失控。他和公司的所有高管开电话会议，向他们通报局势：两名雇员病倒，其中第二个有可能是埃博拉病发。他告诉经理，他已经提议将猴舍移交给陆军研究所。高管赞同他的举措，但希望能把公司和军方的口头约定变成文字。这还不算，他们希望军方同意为猴舍大楼担起法律责任。

达尔加德打给 C·J·彼得斯，问军方能否对接管后的一切后果负责。C. J. 直截了当地拒绝了。他认为此刻需要的是明确和速度，而不是律师。他感到爆发已经到了必须作出决定的紧要关头。达尔加德答应传真一封简单的授权书，将猴舍移交给军方。两人谈定措辞，C. J. 拿着这封信去找菲利普·拉塞尔将军。他和少将翻来覆去读了好几遍，但没有请陆军的律师过目。拉塞尔说："我们必须让律师相信这条路是正确的。"他们在信上签字，传真发回达尔加德，猴舍于是归陆军处置了。

杰瑞·杰克斯要率领更大的生物危害防御队伍再次进入猴舍。需要处理的动物多得惊人。他的队伍没有经受过考验，他本人也没有上过战场。他不知道也不可能知道，面对混乱的局势和对惨死的恐惧，他和他的队伍会有什么样的表现。

杰瑞是研究所91探戈人员的指挥官。陆军内动物管理技师的级别为91T，在军方俚语里就成了91探戈。最年轻的91探戈只有十八岁，军衔为列兵。救护车将米尔顿·弗兰蒂格送往医院的时候，杰瑞把他手下的91探戈和平民人员叫进研究所的一间会议室。大部分士兵年纪很轻，穿密封防护服的工作经验很少甚至没有，平民人员年纪较大，有一些是4级领域内的专家，每天都要穿Chemturion防护服。会议室里挤满了人，大家坐在地上。

"这种病毒是埃博拉或类似埃博拉的病原体，"他对众人说，"我们将经手大量血液，还将使用尖锐的工具。我们将穿上一次性的生物隔离防护服。"

他说话的时候，底下一片安静。他没有提到有人病倒，因为他自己也不知道——C·J·彼得斯还没有告诉他。彼得斯暂时按下了这件事。

杰瑞对属下说："我们需要志愿者。有谁不愿意去吗？我们不会强迫你。"

没有人退缩。杰瑞环顾众人，挑选人手："好，他去。她去，好，你去。"人群里有个叫斯维德斯基的军士，杰瑞决定不派她去，因为她怀孕了。埃博拉对孕妇的影响尤其可怕。

陆军的战斗部队无法处理这种事情。和在交战地区不同，做这种事没有危险津贴。陆军对生物防护服有个理论，那就是你身穿密封防护服，因此在防护服内部工作并无危险。妈的，不穿密封防护服处理高危病原体，那才算危险工作。列兵拿到的就是普通薪水：一小时七块钱。杰瑞说禁止向其他人提起这次行动，哪怕家庭成员也不行。"假如你们有任何程度的幽闭恐惧症，请好好考虑一下。"他命令他们穿平民便服，明早 0500 时在研究所的装卸台集合。

12 月 4 至 5 日，星期一至星期二

那天夜里，士兵们没睡几个钟头，吉恩·约翰逊也一样。他很担心这些"孩子"——他就是这么称呼他们的。他体验过高危病原体带来的恐惧。有一次在扎伊尔，从小鼠身上取血样的时候，沾血的针头扎中了他。当时有理由相信那只小鼠感染了拉沙病毒（一种 4 级病原体），于是他被空运回研究所，送进监狱隔离了三十天。"那可不是什么愉快的体验，"他是这么说的，"他们对待我就像我要死了。他们不让我剪胡子，害怕我会用剪刀自杀。到了晚上就把我锁起来。"在奇塔姆洞穴身穿防护服解剖动物时，他被沾血的工具戳伤三次。防护服三次穿孔，皮肤破损，动物血液污染创口。没有在奇塔姆洞感染马尔堡或其他病毒，他觉得自己非常幸运。死里逃生几次之后，他很害怕入侵猴舍的那种微生物。

约翰逊住在卡托克廷峰山麓上的一幢大宅里。他在书房坐了大半夜，考虑工作流程。进了高危区域，你必须控制和规划身体的每一个动作。他对自己说，病毒会在哪儿感染你？会通过双手感染你，双手是最薄弱的环节。因此，首先必须控制好双手。

他坐在安乐椅里，举起一只手仔细端详。四根手指和与之相对的大拇指。与猴类手掌相同，区别在于控制它的是人类大脑，能够被技

术的产物包裹和保护。将人手与大自然隔离开的东西就是密封防护服。

他站起身，对着空气比划双手。他正在给猴子注射药物。他正提着猴子走向工作台。他把猴子放在台面上。他在高危区域内。他切开猴尸，双手伸进饱含增殖病原体的血泊。三层橡胶保护他的双手，手套沾上了血液和高危病原体。

他停下，在纸上记下几句。他再次转向想象中的高危区域。他把剪刀伸进猴尸体腔，剪下一块脾脏递给某个人。这个人会站在哪儿？他背后？于是他想象手里拿着注射器针头。好，我手里有针头，这是一件致命物体。假如我惯用右手，那么我就会用右手拿着针头。因此，我的搭档应该站在我的左手边，远离针头。好，现在看我搭档的双手。我搭档的双手会在做什么？其他人的双手会在做什么？到了黎明时分，他写下许多页笔记。这是一场生物危害防御行动的脚本。

凌晨四点，杰瑞·杰克斯走出家门，南希还没醒来。他和吉恩·约翰逊在装卸台碰头，两人过了一遍吉恩的手稿。杰瑞仔细阅读，小组成员渐渐露面。这些人是杰瑞队伍里的士兵，大部分是从军营走过来的。他们站在装卸台前等待命令。天色漆黑，只有水银灯亮着。杰瑞决定在大楼内启用伙伴机制，开始盘算谁该和谁配对。他在一张纸上起草伙伴名单，写下入场顺序，也就是突入猴舍大楼的先后序列。他站在众人面前宣读名单，他们上车前往雷斯顿，车队里有白色冷藏卡车、装有隔离担架的白色救护车和一些平民车辆。他们再次被高峰时刻的车流卡住，四周都是睡眼惺忪的西装雅痞喝着纸杯咖啡，听着交通台和轻摇滚。

所有车辆都停在猴舍大楼的背后，人员在草坪上集结，吉恩·约翰逊向他们训话。他眼窝深陷，眼圈发黑，显示他已经好几天没睡觉了。"我们不是来玩耍的，"他说，"事情很严肃。4级病毒爆发可不是训练课程。有一点进展我必须告诉你们。病毒有可能已经转移到了人类体内。两人生病住院，都是这幢楼里的动物管理员。其中有一个人的情况特别让人担心。他呕吐高烧，现已入院治疗。我们不知道他是不是埃博拉病发。但我要告诉你们的是，他没有被动物咬伤，也没有被割伤或被针头刺伤。假如确实是埃博拉，那么他就有可能是通过空气传播感染病毒的。"

　　杰瑞·杰克斯听着他的训话，心情越来越紧张。他并不知道这个病人的事情。没有人告诉过他！他不禁感觉，这次行动将会出现人员伤亡。

　　这是一个冰冷的阴天。猴舍背后的树木落光了叶子，冷风赶着树叶飒飒滚过草坪。父母们把孩子送到山坡下的日托中心，孩童在秋千上玩耍。吉恩·约翰逊继续训话："你们在行动时都必须假定埃博拉能够通过空气传播。你们知道风险，你们有经验。"他的视线落在一名一等兵身上，她叫妮可·博克，很漂亮，留着金色长发，只有十八岁——他心想：她是谁？我没有见过她。肯定是杰瑞的下属。他们还只是孩子，不明白要对抗的敌人有多可怕。"你们必须严格遵守操作流程，"他继续道，"无论有什么问题，都必须提出来。"

　　杰瑞站起身，对他们说："没有问题就等于愚蠢。有问题就问。"

　　一等兵妮可·博克在想会不会轮到她进猴舍大楼。"这件事我们要做多久，长官？"她问他。

　　"直到所有猴子死亡，"他答道，"这里有四百五十只猴子。"

我的天，她心想，四百五十只——这要忙多久啊？

问题不多。他们很紧张，沉默而变得内向。杰瑞·杰克斯走进整备区，后勤小组帮他穿上雷卡防护服，给他戴上头罩，送风机开始呼啸。他对队员说里面见，然后和搭档托马斯·亚蒙军士走进气密室。近端门在身后关闭，两人站在黑暗中，摸索着走过黑洞洞的气密走廊，打开远端门，进入高危区域。

这里一片狼藉，多日未经清扫。工作人员匆忙离开，地上到处是猴饲料，文件扔了一地，办公室里有翻倒的椅子。人们像是鼠窜而去。杰瑞和军士开始侦察情况。他们身穿防护服，走得慢而谨慎，像是沉船打捞潜水员在深水区作业。杰瑞走进一条小走廊，通往另外几间猴舍。他看见满是猴子的房间，所有猴子都盯着他。七十双猴类眼睛紧盯着防护服里的一双人类眼睛——它们发狂了。它们饥肠辘辘，想吃东西。它们把所在的房间弄得一塌糊涂。哪怕是关在铁笼里，猴子也能把房间搞得一塌糊涂。它们把饲料扔得到处都是，用手指抓着粪便在墙上乱画。墙壁一直到天花板都是猴子留下的印记。这是灵长类灵魂留给人类的神秘信息。

杰瑞和军士找到几袋猴饲料，走进大楼的各个房间喂猴子吃。这些动物很快就将死去，但杰瑞不希望它们不必要地受苦。喂猴子的时候，他顺便寻找埃博拉的症状。他在许多房间里发现了眼神迟钝和无精打采的动物。有些猴子流着鼻涕，有些猴子的鼻孔周围有带血的绿色凝痂。他在一些铁笼下的金属盘上看见成摊的血迹。这些迹象让他深感不安，因为它们说明这种病原体已经传遍整幢建筑物。他看见有些猴子咳嗽和打喷嚏，像是得了流感。他怀疑这会不会是某种埃博拉的突变体：可空气传播的流感型埃博拉。他推开这个念头，不敢多想，因为越思考越恐怖。流感型埃博拉的可怕程度不会亚于核战争。塑料头罩内侧凝结了一层水珠，使得他看不清猴子。但他能听见声音，尖叫声甚至盖过了送风机的呼啸。他尚未有幽闭恐惧症或恐慌发作的预感。他是不会在这里丧失理智的。

几名队员在整备区度过了接下来的半小时，他们撕开消毒封袋，取出注射器，套上针头，准备装入药物。

离士兵几英尺的地方，马克·海因斯开始穿防护服。后勤小组帮他穿好防护服后，他对士兵训话，他要他们跟他进去后，必须记住几点事项。他说："你们要为整整一幢楼那么多的动物实施安乐死。这次行动不是游戏。不要对动物产生依恋。它们反正也会死于埃博拉。所有动物都必须死，一只也不能放过。处死动物的时候不要多想。记住这是在阻止病毒传播到其他地方去。不要逗弄猴子。我不想听见笑声，看见有人和动物玩耍。我会很严厉的。记住兽医的信条：你们对动物负有责任，你们对科学负有责任。这些动物为科学献出生命。它们被困在了这个地方，这不是它们的错。它们和病毒毫无关系。你们要盯紧各自的搭档。绝对不要把用过的针头递给别人。针头拔掉盖帽后，必须对准动物而去。使用后立刻放进锐物容器。要是谁觉得累了，就向上司报告，我们会给他消毒，让他出去休息。"他转过身，和搭档一起走进去。

"接下来是谁?"吉恩·约翰逊朗读名单。"古德温! 接下来是你。"

名叫夏洛特·古德温的一等兵跑出去，爬上货车，脱掉全部衣物，穿上外科手术服、长袜和运动鞋，戴上束发帽。货车里冷得够呛，她觉得尴尬而脆弱。

回到整备区，后勤小组帮她穿衣服。有人对她说："你个头比较小，我们给你准备了特制的防护服。"其实并不是特制的，而是男性的大码防护服，但她只有五英尺高。防护服像口袋似的挂在身上。后勤小组用棕色胶带贴好她的手腕和脚腕，打开送风机。

一名陆军摄影师为行动存档拍照，闪光灯过后，她心想：天哪，照片上的我会戴着束发帽。简直是小丑帽。笨蛋帽。照片上的我会看不见头发，而且防护服尺寸太大，显得很胖。在行动存档照片里显得像个傻瓜，算我倒霉。

她拎着几盒补给品，跟跟跄跄走进灰色区域，心情激动起来，她心想：我这么年轻，不该经历这些事情。她才十八岁。紧接着，她闻到了气味。可怕的难闻气味穿过了过滤器。搭档敲了敲远端门，两人进入高危区域。头罩上的波纹扭曲了视野，就仿佛她站在了摆满镜子的房间里。猴类的气味在防护服里不堪忍受。这里非常安静，而猴舍通常不可能安静。这份安静比臭味和酷热更让她不安。

一扇门打开，杰克斯上校走进来。他说："开始给注射器装药。双倍剂量氯胺酮。"

"是，长官，"她答道。

"军士和我将在这里撂倒猴子，"上校说。

夏洛特开始给注射器装满麻醉剂氯胺酮。杰瑞·杰克斯拿着装好药的注射器走进猴舍，卡进长杆顶端的插槽。军士将拖布杆伸进铁笼，按住一只猴子。杰瑞打开笼门，他仔细观察猴子，确保它不会暴起伤人，他将长杆伸进笼门，注射了这一针麻醉剂，收回注射器，关上笼门。笼门打开的时候最为危险。猴子会发起攻击或试图逃跑。杰瑞和军士逐个铁笼注射麻醉剂，猴子纷纷失去知觉。

每个猴舍房间都有两排铁笼。底下一排贴近地面，光线昏暗。杰瑞必须跪在地上才能看见笼内情况，但隔着头罩他很难看清楚。膝盖疼得难受。他打开笼门，军士将拖布杆伸进铁笼，猴子会使劲挣扎，企图逃跑，军士会说："好了，逮住了。我按紧了。"杰瑞将长杆伸向猴子，注射器瞄准大腿。猴子会好一阵尖叫抓挠，发出"喀拉！喀拉"的吼声，针头好不容易才插进去。这是他做兽医这一行以来最艰难的经历。

队员陆续进入大楼。杰瑞让他们在走廊里集合，说："每隔五到十分钟休息一下，检查同伴的防护服上是否有裂缝。要非常小心。确保自己按时休息。我要你们每小时休息十分钟。疲惫就容易大意。"每次他望进一个猴舍房间，都会看见满满一房间的眼睛盯着他。有些猴子会摇晃铁笼，叫声响彻整个房间。

杰瑞决定在大楼前侧办公区旁的一个小房间里设立见血区。见血区有个淋浴房，地上有排水孔。他们要利用排水孔冲走血液，用次氯酸钠溶液清洗物品。每次有血液流下排水孔，他们就紧接着灌注漂白水——他们可不希望埃博拉病毒进入雷斯顿的排污系统。他们找到一张带轮子的金属检验台，推进见血区。杰瑞将队员分成几组：取血组（在取血台前操作）、安乐死组（处死猴子）和验尸组（切开猴尸，取组织样本，将尸体装入防护处理袋）。

他们组成了流水线。每隔五分钟左右，杰瑞·杰克斯带一只失去知觉的猴子走出猴舍房间，沿着走廊来到见血区，他将猴子的双臂锁死在它背后。他将猴子放在取血台上，海因斯上尉将针头插进它的大腿，抽出大量血液，注入几个试管。上尉再将失去知觉的动物交给内特·鲍威尔少校，少校给猴子注射安乐死药剂 T61——直接注入心脏。确定猴子死亡后，少校将尸体交给负责尸检的斯蒂芬·丹尼上尉。丹尼上尉用剪刀切开尸体，取肝脏和脾脏的样本。这些动物的肝脏颜色发灰，已经受到侵蚀，模样丑陋。

一等兵夏洛特·古德温站在丹尼上尉身旁，负责传递工具。她觉得上尉在防护服里显得紧张而神经质。他从一具猴尸内掏出脾脏。脾脏上布满白色斑点，坚硬如石块，是一颗充满高危病原体的生物炸弹。过了一会儿，他把剪刀交给她，让她尝试切开尸体。她很害怕，也非常兴奋。她在 4 级实验室里解剖携带高危病原体的动物尸体，这很可能是身穿防护服能从事的最危险的工作。这就像乘火箭飞行，让她觉得非常刺激。她的双手与死亡只隔着一层薄膜，而这种死亡比战场上的死亡更加可怕。她发现自己急于想完成工作。她看见尸体还睁着双眼。就仿佛猴子在看着她解剖自己。她想伸手帮它合上眼睛。她心想：它们最后看见的会不会是我的面容？

内　部

星期二，傍晚

　　白天慢慢过去，队员的电池开始耗尽。走廊尽头的几扇窗户渐渐变暗，太阳正在落山。杰瑞·杰克斯每隔一段时间就让队员休息一会儿。他们要么坐在地上，表情漠然，筋疲力尽；要么继续给注射器装药。杰瑞挨个询问他们，评估疲惫的程度。"你怎么样？累不累？想出去吗？"

　　没有人想出去。

　　大楼内的队员与大楼外的吉恩·约翰逊保持无线电联系。吉恩给他们配发了使用军用频段的手持式短波对讲机。他没有给他们普通的对讲机，因为他不希望别人听见对话，尤其是有可能录下对话内容的新闻媒体。军用对讲机被窃听的可能性较小。

　　一名士兵的防护服出了问题。这名下士名叫隆妲·威廉姆斯，她的送风机停止工作，防护服塌下来，粘在汗水打湿的手术服上，她感觉被污染的空气包围了。"我的空气停止供应，"她喊道，但手上还在工作，她不能擅离职守。她的电池没电了。她发现腰带上没有备用电池，而其他人的备用电池都用掉了。

隆妲称空气停止供应引发了一场小骚乱。杰瑞想让她撤离大楼。他跑到气密室的门口，一名拿着短波对讲机的士兵守在那里。杰瑞抓过对讲机，呼叫吉恩·约翰逊，隔着头罩吼道："我们有位女士的电池没电了。"

吉恩答道："我们去找电池，叫人送进去。你能等一下吗？"

"不。她要出去。她的空气停止供应了。"杰瑞说。

守门的士兵突然说他有备用电池。杰瑞朝着对讲机说："等一等——我们找到备用电池了。"

那名士兵跑过去找到隆妲，笑着说："给你电池。"

队员纷纷大笑。他把备用电池扣在隆妲的腰带上。

她心想，呃，天哪，他们要取下我的旧电池，我的送风机会停止运转。她说："等一等！我的空气会被切断的。"

"别担心。切换只需要一秒钟。"那名士兵答道。隆妲有些惊慌，准备离开。她害怕在失去气压的那段时间内感染了病毒。杰瑞决定放她和夏洛特·古德温出去，夏洛特看起来也很疲惫。他用对讲机对吉恩说："我有两个人要出去。"

吉恩那头险些乱成一团。电视台的报道车刚好出现。吉恩非常害怕。他不希望两个穿密封防护服的士兵走出大楼时恰好被镜头拍到。他对杰瑞说："我们被堵住了。不能让她们出来。外面有电视摄像机。"

"我要让她们出去。"杰瑞说。

"行啊，让她们出来，"吉恩说，"在镜头前演一场好戏。"

杰瑞敲了敲灰色区域的远端门，消毒人员打开门。这是一位军士，身穿密封防护服，手里是装满漂白水的泵式喷雾器和手电筒。隆姐和夏洛特走进灰色区域，军士请两人抬起手臂伸直。他用手电筒照了一遍她们的防护服，寻找破损和裂口。

隆姐发现他露出不寻常的表情。

"你的防护服有个破洞。"他说。

就知道会发生这种事，她心想。

"什么时候破的？"他问。

"我不知道！"

他用一截胶带贴住破洞，将漂白水喷遍两人全身，给她们消毒，然后敲了敲通往整备区的近端门。门开了，她们走出去。后勤小组立刻帮她们卸下头罩，脱掉防护服。汗水浸透了防护服里的手术服，两人冷得发抖。

"外面有一辆电视新闻报道车。"吉恩说。

"我的防护服上有个破洞，"隆姐告诉他，"我会感染病毒吗？"

"不会。防护服内始终有足够保护你的压力。"吉恩领着她们向外走。"去货车里躺下，"他说，"不管被人问什么，一个字也别说。"

她们在货车里找不到自己的衣服，于是找了几件外套裹得暖暖和和的，然后在外面人看不见的座位上躺下。

电视台的报道车停在猴舍前门口，记者带着摄像师四处窥探。记者敲了敲正门，揿响门铃——没人。他隔着前窗向里看——窗帘拉上了，他什么也看不见。好吧，里面似乎没什么动静。这地方已经荒弃了。他和摄像师没有发现后门口的白色车辆，或者就算注意到了，也没有引起他们的兴趣。这里没有任何动静。

电视台的报道人员回到车上，坐了一会儿，希望能发生什么事或有什么人露面，帮他们为晚间新闻搞一段现场访谈，但等待非常无聊，而且天气很冷，天色也开始昏暗。他们没有想到应该兜到大楼侧面，找一扇窗户举起摄像机对准。假如他们真的那么做了，就会搞到足以填满整个晚间新闻时段的镜头，剩下的还可以交给 CBS 做《六十分钟》节目。他们会拍到身穿密封防护服的士兵，防护服上涂着埃博拉血液，全世界第一次重大的生物危害防御行动正在进行之中；他们会拍到防御小组的成员结对走进整备区，后勤小组脱掉他们身上的防护服。但报道组没有兜这半圈，因此据我所知，雷斯顿行动没有留下影像记录。

两个姑娘在货车里躺了好一阵。报道车突然离开。吉恩·约翰逊从大楼拐角的另一侧探出脑袋，报告说你们安全了。两个姑娘穿好衣服，跑到大楼背后的树林里方便。她们在那里发现了针头：两支使用过的注射器，带着针头。针头没有盖帽，因此肯定使用过。天晓得它们在那儿扔了多久。安全人员戴上手套，捡起针头，搜索附近区域，在草丛里发现了更多的针头。

最后一个出来的是杰瑞·杰克斯。傍晚六点左右，他走出大楼，脸色惨白，失去了五到十磅体重：出汗导致的体液流失。他的头发没有了银色光泽，更像是白发苍苍。

没有为士兵准备食物，所有人都又饿又渴。他们表决去哪儿吃饭，最后结论是塔可钟①。吉恩·约翰逊说："不要告诉任何人你们为什么在这里，不要回答任何问题。"

车队出发赶往塔可钟，引擎在冷风中咆哮。士兵点了软塔可卷，还有许多特大瓶装的可乐，用以弥补在防护服里失去的汗液。他们还

---

① 美国快餐店品牌，出售墨西哥风格的食物。——译者

点了大量肉桂卷——全部打包带走：对，放在盒子里，麻烦快一点，谢谢。店员望着他们。这些人一看就是士兵，哪怕穿牛仔裤和汗衫也一样：男人魁梧而强悍，留平头，戴金属框的军用眼镜，因为吃多了军粮而爆出青春痘；女人像是一口气能做五十个俯卧撑，可以随手拆开武器。一个男人走向正在等餐的克拉格斯军士，问："你们来做什么？我看见了那两辆厢式货车。"克拉格斯转过去背对他，一个字也没说。

午夜过后，卡托克廷峰山坡，杰克斯家主卧室的水床上，南希和杰瑞交换当天的事态进展，女儿杰美在旁边睡觉。杰瑞说白天的行动相当顺利，没有人用针头刺伤自己。他说他从没想过，在生物危害防护服里会感觉那么孤独。

南希搂住他，脑袋顶着他的脖子，两人自从上大学就喜欢这么偎依着。她觉得丈夫像是缩了一圈，瘦巴巴的。她这些年从没见过丈夫的身体这么疲惫。她抱起杰美送回床上，回来继续搂着丈夫。两人拥抱着入睡。

糟糕的一天

12 月 6 日，星期三

过去的几个昼夜里，一位名叫托马斯·凯查克的陆军科学家身穿防护服，一直在 4 级防护实验室忙碌，尝试研制快速检测血液和组织中是否含有埃博拉病毒的方法。他成功了。这种名为埃博拉快速检测的方法很灵敏，易于使用。他化验了米尔顿·弗兰蒂格的尿样和血样，他曾在猴舍草坪上呕吐，此刻躺在费尔法克斯的隔离病房里。结论是弗兰蒂格没有感染病毒，尿样和血样对埃博拉检测均无反应。看起来他其实是得了流感。真是奇怪，埃博拉病毒为何没有在这些人身上发作？

天气转暖，阳光普照，风向调转，从南方吹来。核平行动的第二天，也就是星期三，陆军车队在通勤车流中来到雷斯顿，在猴舍背后展开部署。事情很顺利。上午八点，队员开始进入猴舍大楼。吉恩·约翰逊带来了水银灯，安装在临时充当灰色区域的走廊里。

杰瑞·杰克斯首先进去，喂猴子吃东西。他和亚蒙军士挨个房间巡视，不时发现已经死去或处于临终休克阶段的病猴。他们在休息室找到几把椅子，拖到走廊里摆成半圈，士兵轮流休息和灌注针管时可以坐下。时间慢慢过去，你会看见身穿橙色防护服的士兵和平民、男人和女人，头罩上蒙着冷凝水，疲惫地坐在走廊的椅子上，用 T61 装填注射器，整理放满血样试管的样本盒。有人扯着嗓门交谈，更多的人只是呆望墙壁。

上午过到一半，杰瑞·杰克斯在 C 室工作。他决定休息片刻，看看他手下的情况。他把房间留给亚蒙和克拉格斯，自己走进走廊。突然，C 室一阵骚动，房间里的猴子狂喊乱叫。杰瑞跑了回去，发现两名军士站在门外向内看，神情警觉。

"怎么了？"

"一只猴子逃跑了，长官。"

"天哪，该死！"杰瑞叫道。

亚蒙军士刚打开一扇笼门，这只动物就窜了出来，两名军士立刻逃出房间，关闭房门。

一只逃脱的猴子——杰瑞最害怕的就是这个。它们能远距离跳跃。他本人就被猴子咬伤过，他知道那是什么滋味。利齿会切得很深。

他们隔着门上的玻璃窗向内张望。整个房间闹成一团，猴子在铁笼里打转，使劲摇晃铁笼，发出兴奋的高亢叫声。房间里有百来只猴子在啸叫。但逃出来的那只在哪儿？他们看不见。

他们找到捕猴网：一根长杆，一端有个像口袋的网兜。他们打开门，慢慢走进房间。

接下来的事情在人们的记忆中犹如一场梦，这些记忆互相抵触。隆妲·威廉姆斯下士记得猴子逃出了房间。她说事情发生时她坐在一把椅子上，听见纷乱的喊叫声，那只动物突然出现，从她脚边跑过。

她吓得不敢动弹，然后爆发出大笑：几近歇斯底里的紧张大笑。那是一只公猴，体型不大，态度坚决，绝对不会允许人类拿着捕猴网接近它。

杰瑞·杰克斯坚称猴子从未离开C室。它有可能从威廉姆斯下士的脚边跑过，然后又被赶回了房间里。

逃脱的猴子非常害怕，士兵也非常害怕。猴子停留在房间里，在铁笼之间来回奔跑。这显然惹恼了其他猴子，它们抓住机会撕咬它的脚趾。猴子的脚部开始出血，很快就在房间各处留下了血脚印。杰瑞用对讲机报告有一只猴子逃出铁笼，而且正在出血。吉恩·约翰逊说你必须采取一切手段阻止它。开枪打死它怎么样？用手枪，比方说军用点四五。杰瑞不喜欢这个点子。你朝房间里看，发现逃脱的猴子大部分时间都躲在铁笼背后。你朝它开枪就等于朝铁笼开枪，子弹会击中铁笼或墙壁，说不定会在房间内弹跳。无论在什么环境下，挨枪子都不是好事，但在这幢楼里，一个小创口都可能是致命伤。他认为最安全的处置手段是进入房间，用捕猴网抓住它。他带着亚蒙军士进入C室。

两人走进房间，找不到那只猴子。杰瑞缓缓向前走，抬起捕猴网，随时准备发动攻击。但猴子在哪儿呢？他看不清楚。面罩上满是水珠，房间里光线昏暗。感觉就像在水下潜泳。他缓缓向前走，身体尽量远离左右两边的铁笼，猴子异常兴奋，尖叫，乱跳，抓住栏杆摇晃。猴子闹得震耳欲聋，他害怕太接近铁笼会被猴子咬到，因此始终沿着房间中线向前走。亚蒙军士跟着他，手握带有注射器的长杆。

"当心，军士，"他说，"别被咬了。远离铁笼。"

他慢慢走过一个个铁笼，向每一个铁笼内张望，想透过笼格看清它们背后的幽暗墙壁。视野边缘突然有什么东西一闪，他拿着捕猴网猛然转身，那只猴子越过他的头顶，从房间一侧飞到了十二英尺外的另一侧。

"抓住它！就在这儿！"他大叫，挥动捕猴网，长杆打在铁笼上，但猴子早已跑远。

他继续慢慢走过房间。猴子摆动尾巴远距离跳跃，飞遍整个房间。鬼东西无论去哪儿都高来高去。杰瑞挥舞捕猴网，但再次扑空。"狗娘养的！"他叫道。他赶不上这只猴子的速度。他花了十到十五分钟在房间里搜寻，眯着眼睛隔笼张望，但每次一发现猴子，它就会飞到房间的另一侧去。这种猴子体型很小，适合树栖生活。他心想，房间里的环境对它更有利。我们没有应付这种事的工具。在这儿我们不占上风，只能被它耍得团团转。

猴舍大楼外，C·J·彼得斯上校过来查看行动情况。他穿李维斯牛仔裤和运动衫，虽说天气很冷，但脚上是凉鞋和短袜。凉鞋加胡须，他更像 60 年代的老嬉皮士或看门人之类的低级雇员。他看见大楼门前有个陌生人。他是谁？这个人绕向大楼侧面，正在接近行动地点。C. J. 连忙过去拦住他，问他有何贵干。

他自称是《华盛顿邮报》记者。"这儿有什么事情吗?"他问C. J.。

"啊——呃——没啥事情。"C. J. 答道。他忽然很高兴自己没穿上校制服，坏习惯终于带来了好处。他没有怂恿记者到侧面去看看窗户里面的动静。记者没有看见也没有听见任何值得注意的东西，很快就离开了。《华盛顿邮报》怀疑猴舍内部正发生什么不寻常的事情，可惜负责此事的记者和编辑没有查清楚。

"这只猴子认得捕猴网，"杰瑞对军士叫道。这只猴子不会允许自己被一个裹着塑料口袋的笨拙男人抓住。他们决定留它在房间里过夜。

另一方面，还活着的猴子越来越激动。队员今天处死了大部分猴子，一直忙到天黑以后。有些士兵抱怨他们分担的责任不够，于是杰瑞分了些军官的危险工作给他们。他指派隆姐·威廉姆斯和内特·鲍威尔少校负责安乐死工作台。少校将用过麻醉剂的猴子放在台子上，反剪其双臂以防它意外醒来，隆姐摘掉注射器的盖帽，对准猴子心脏注射药剂——针头从肋骨之间瞄准心脏刺进去。她推动活塞，将药剂注入心脏，瞬间就能杀死猴子。她拔出针头，大量血液涌出针孔。这是个好兆头，说明她刺中了心脏。手套要是沾上血液，她就在一盆漂白水里清洗；防护服要是沾上血液，她就用海绵蘸着漂白水擦拭。

针头要是错过心脏就糟糕了。她推动活塞，毒药注入心脏周围的胸腔，猴子会猛地一跳。它弯下腰，转动眼珠，似乎开始挣扎。这只是濒死反射，但她会吓得惊呼，心脏怦怦乱跳。

杰克斯上校派她去取血工作台配合海因斯上尉，她从失去知觉的猴子身上抽取血液。她将针头插进猴子的腿部静脉，开始抽血。它们睁着眼睛。她不喜欢这样，感觉像是它们在盯着她看。

正在为一只猴子抽血的时候，她忽然觉得猴子的眼珠动了动，它似乎企图坐起来：这只猴子醒来了。它晕乎乎地看着她，抓住她拿着针管的手。这只猴子很强壮，针头从它大腿上滑出来，鲜血喷涌而出。猴子抓着她的手向嘴边拉扯：它想咬我的手！她叫道："按住它，谁快来按住它！它醒了！"海因斯上尉抓住猴子的手臂，把它按在台子上，叫道："有只猴子醒着！我需要氯胺酮！"

从猴子体内滑脱的针头割破了腿部静脉。猴子大腿上立刻形成了棒球大小的一团淤血。这团淤血越来越大，血液在皮肤下喷涌而出，隆妲险些哭出来。她按住那团淤血，想帮猴子止血。她隔着手套感觉到那团淤血在膨胀。一团埃博拉淤血。

一名士兵跑过来，给猴子注射了双倍剂量的氯胺酮，猴子瘫软下去。

这次危机期间，彼得·耶林每天都身穿防护服泡在实验室里，化验猴类样本，想确定这种病毒的源头和传播方式，尝试分离病毒的纯化样本。汤姆·盖斯伯特每晚通宵，通过显微镜窥探细胞内的风景。

两人偶尔在办公室见面，关门交谈。

"你感觉怎么样？"

"很累，但除此之外都挺好。"

"头不疼？"

"不疼。你呢？"

"挺好。"

他们是这个毒株的发现者，现在看来也将是命名者，但前提是能够分离出纯化毒株，还有他们没有因为它而被隔离。

耶林回家和家人吃晚饭，给孩子读完故事，哄他们上床后，他又回到研究所忙到深夜。整个研究所灯火通明，高危实验室满是二十四小时不停工作的研究人员。他很快在更衣室脱光衣服，穿上外科手术服和防护服，他觉得温暖而困倦，肚子里装满了食物。他面对绘着危险红花标记的不锈钢大门，不情愿地向前走了一步，开门进入高危区域。

耶林一直在化验他和盖斯伯特的血样，害怕病毒会突然显现。他认为不太可能发生这种事。我没有把三角瓶拿到鼻子底下，只是挥手扇了扇风。他们在医院实验室处理细菌时经常这么做。这是实验室嗅探环节的标准流程，否则你就不会知道细菌的气味了，比方说有某些细菌闻起来很像韦尔奇葡萄汁。

自从那位动物管理员在草坪上呕吐之后，他，彼得·耶林是否感染了埃博拉，这个问题变得越来越紧迫。那个人没有割伤或者用针头刺伤自己，因此，假如他确实是埃博拉病发，那就很可能是通过呼吸感染了病毒。

耶林拿着载有自己血清样本的玻片走进小隔间，关门关灯。他让双眼逐渐适应黑暗，和平时一样好不容易才隔着面罩望进显微镜。影象涌入视野。他的血液犹如海洋，朝四面八方延伸，影像粗糙而神秘，发出朦胧的绿光。这种朦胧绿光是正常的，不需要担心。假如辉光变亮，那就说明他的血液内有埃博拉病毒。万一他的血液发光怎么办？他该怎么判断是不是真的在发光？多绿算是正常的绿？我有多么相信我的工具和眼力？假如我确定血样在发光，我该怎么报告这个结果呢？我必须告诉 C. J.。也许我不是非得去监狱不可，可以把我隔离在我自己的实验室里。此刻我已经在生物安全 4 级的区域了。我已经被隔离了。我在实验室里能感染谁呢？谁都不可能。假如我的埃博拉检验呈阳性，我可以在这儿生活和工作。

没有发光。他的血液没有起反应。他的血液是正常的。和汤姆·盖斯伯特的血液一样。至于明天后天大后天会不会发亮，那就只有到时候才知道了，但他和盖斯伯特正在逐渐脱离潜伏期。

深夜十一点，他决定该回家了，他走进气密室，拉动链条，开始消毒过程。他站在灰色区域的灰色灯光下，只有自己的思绪陪伴他。在化学药剂的雾气之中，他几乎什么也看不清楚。他必须等待七分钟的过程结束。两条腿疼得要命，累得都站不直了。他伸出双手，抓住将药剂导入淋浴房的管道，借此支撑身体。暖洋洋的液体流遍防护服。他感觉舒适而安全。能够杀死病毒的液体哗哗溅落，风声嘶嘶作响，消毒药剂洒在防护服上，轻轻按摩他的后背。他睡着了。

最后的喷射水流落在身上，他猛地惊醒，发现自己靠在气密室的墙上，双手还抓着管道。要不是最后的喷射水流，他很可能不会醒来。他会沿着墙壁滑下去，蜷缩在气密室的角落里睡上一整夜，经过消毒的凉爽空气会吹过防护服，在研究所的心脏地带清洗茧壳包裹的赤裸身体。

隆妲·威廉姆斯下士站在猴舍大楼的主走廊上，害怕自己会被关进监狱隔离。除了头盔里的呼呼风声，她听不见任何声响。走廊向两端无尽伸展，满眼皆是纸板箱、垃圾和猴饲料。军官都去哪儿了？杰克斯上校去哪儿了？大家去哪儿了？她看见猴舍房间的门。军官也许在那里。

有什么东西沿着走廊跑来——是那只逃跑的猴子！它直奔她而来，眼睛盯着她。它的手里有东西闪闪发亮——它抓着一支注射器。它朝隆妲挥舞注射器，动作饱含复仇的欲望。它想给她打针。注射器里装满了未知的高危病原体。她开始逃跑。防护服绊住她的脚步。她不敢停下，但走廊无穷无尽伸展，她怎么也跑不到尽头。出去的门在哪儿？没有门！她出不去！猴子扑向她，可怕的眼睛盯着她——针头闪亮，插进防护服……她在军营的房间里惊醒。

清 污

12月7日，星期四

　　清晨四点，电话铃吵醒了南希·杰克斯——是哥哥从威奇托医院用投币电话打来的。他说父亲快不行了："情况非常糟糕，他撑不过去了。"父亲心力衰竭，医生问家人要不要采取极端维生措施。南希只思考了几秒钟，就对哥哥说不要。父亲的体重已经降到九十磅，瘦得皮包骨头，活得痛苦而凄惨。

　　她叫醒杰瑞，说她父亲恐怕今天要过世了。她知道她必须回去一趟，要搭飞机吗？下午就能赶到威奇托，大概还能见上父亲最后一面。她决定不飞回去。雷斯顿危机正在关键时刻，她要是扔下工作离开，那就是擅离职守。

　　电话里又响了——是南希的父亲从病房里打来的。"你要回来吗，南希？"声音微弱，气喘吁吁。

　　"我这会儿走不开，爸爸。因为工作。我正在参与处理一场严重的疾病爆发。"

　　"我理解。"他说。

　　"圣诞节见，爸爸。"

"我看我活不到圣诞节了，不过嘛，谁知道呢。"

"我相信你肯定能行的。"

"我爱你，南希。"

"我也爱你。"

在黎明前的黑暗中，她和杰瑞穿上衣服，她穿制服，杰瑞穿平民便服，他继续赶往猴舍。南希留在家里，等孩子醒来后给他们做燕麦粥。她送孩子上学校大巴，然后去上班。她找到 C·J·彼得斯上校，说她父亲很可能今天会过世。

"回家去吧，南希。"他说。

"我不会走开的。"她答道。

午饭过后，猴尸陆续运来。卡车一天两次将尸体从雷斯顿运来，南希换防护服的时候，第一批就已经送进了气密室。帽盒里通常有十到十二具尸体。

猴舍产生的其余尸体——这些才是大部分，共有两三吨——会裹上三层生物危害品处理袋，消毒后拿出猴舍大楼，放进不锈钢的垃圾桶。黑泽尔顿员工将它们送往公司的焚化炉，用高温彻底销毁，温度高得足以摧毁埃博拉病毒。

然而，他们还是必须检验一些尸体，以确定病毒是否在楼内传播和蔓延的程度。南希会将帽盒拿进 AA－5 套房，与一名搭档和一名平民助手解剖尸体，直到午夜时分。他们几乎不交谈，只是偶尔用手指器具或猴子体内的病征。

那天，南希不时想起父亲和童年时光。多年前还小的时候，她在耕种季节帮父亲干活，驾驶拖拉机从下午忙到深夜。拖拉机的速度不比骡子更快，能在半英里长的田地上犁沟。她穿短裤和凉鞋。拖拉机上又热又吵，在堪萨斯的空旷天地间，她什么也不想，沉浸在引擎的轰鸣中，太阳慢慢落向地平线，大地渐渐变暗，月亮出现，越升越高。晚上十点，父亲接手，她上床睡觉。日出时分，父亲叫醒她，她回到拖拉机上继续耕地。

"海绵，"她对搭档比着口型说。

他吸掉尸体淌出的血水，然后用绿色的 EnviroChem 清洗手套。

那天，南希在高危套房工作的时候，父亲去世了。她飞回堪萨斯，星期六早晨乘出租车赶到他们家在威奇托的家族墓地，葬礼刚刚开始。天很冷，在下雨，一小群人举着伞，围着石墙和墓穴前的神父。南希·杰克斯中校上前想看得更清楚些，视线落在一件出乎意料的东西上。灵柩上盖着国旗——父亲毕竟当过兵。这一幕让她难以自制，失声痛哭。

12月7日星期四，下午四点，最后一只猴子被处死装袋，队员开始消毒离场。他们费了很大力气和好几个钟头才抓住那只逃跑的小猴子。杰瑞·杰克斯进入它藏匿的房间，举着捕猴网，和它周旋了两三个小时。最后，猴子挤进一个铁笼背后的缝隙里，尾巴伸在外面；亚蒙军士向尾巴注射了大量镇静剂。大约十五分钟后，猴子不再动弹，他们把猴子拖出来，它也走上其他猴子的同一条路，在流水线上结束了生命。

他们用无线电通知吉恩·约翰逊，说最后一只猴子也死了。他命令克拉格斯军士再侦察一遍大楼，确定所有房间里都没有活猴了。克拉格斯在一间储藏室里发现一个冷藏柜，看起来很不妙，他在对讲机上报告约翰逊："吉恩，我发现一个冷藏柜。"

"打开检查。"约翰逊答道。

克拉格斯掀开盖子，赫然发现几双冰冻的猴类眼睛。它们包着透明塑料袋，以坐姿塞在冷藏柜里，身体淌下血液凝成的冰柱。这些猴子来自 F 室，也就是爆发的起源地；它们是丹·达尔加德处死的部分猴子。他合上盖子，对约翰逊说："吉恩，你不会相信我在这个冷藏柜里发现了什么。这里有十到十五只死猴。"

"天哪，克拉格斯，该死！"

"我该怎么处理？"

"我不想再看到猴子惹出来的麻烦了！不需要样本！直接消毒处置！"

"我还发现了几瓶镇静剂。"

"消毒，亲爱的！谁也说不准有没有脏针头插进过这些瓶子。从这幢楼出来的所有东西都要消毒！出来的所有东西！"

克拉格斯军士和平民梅尔·吉布森从冷藏柜里拖出裹尸袋。他们想把尸体塞进帽盒，但猴子被冻得奇形怪状，怎么都进不去，只好留在走廊里等待解冻。消毒小组明天会来处理的。

91 探戈队员们两个两个拖着脚穿过气密走廊，他们精神麻木，身体疲惫得都没知觉了，浸泡在汗水和持续不断的恐惧之中。他们采集了共计三千五百件样本。他们不想彼此或与长官讨论这次行动。

队员返回德特里克堡，他们看见吉恩·约翰逊坐在楼前一棵树下的草坪上。他不想和任何人说话，大家也不敢找他说话。他的表情非常难看，意识飘到了几百万英里之外，被彻底扫荡过的大楼内部。他不停回想这些孩子们做的事情。假如一个人右手拿着注射器，你站在他左边。你反剪猴子的手臂按住，猴子无法转身咬你。有人割破手指吗？到目前为止，孩子们似乎做得都还不错。

士兵们离开大楼，消毒小组立刻穿上防护服。天已经黑了，但吉恩·约翰逊实在太害怕埃博拉，他不敢放着大楼就这么过夜。

消毒小组的头儿是梅尔·吉布森。他穿上防护服，勘察整幢建筑物，确定需要做什么事情。房间和走廊沾着血迹，医疗用品的包装扔了一地。到处都是猴饲料，踩在脚下嘎吱嘎吱作响。地上有一坨一坨的猴粪，墙上有粪便划出的一条一条痕迹，有一个个小小的掌印。他拿着刷子和一桶漂白水，他找了一面墙试着刷洗。

他拿起无线电呼叫吉恩。"吉恩，粪便硬得像是混凝土，怎么都弄不下来。"

"你们尽力而为。我们的命令是打扫干净。"

"我们来试试能不能刮下来。"吉布森说。

第二天，他们去五金店买不锈钢刮铲和油灰刀，清污小组开始刮除墙上和地上的污物。防护服里的高温几乎让他们窒息。

曾经在草坪上呕吐的米尔顿·弗兰蒂格，他在费尔法克斯医院接受了几天隔离。他感觉好多了，高烧已经消退，他没有流鼻血，他越来越闲不住了。他显然没有感染埃博拉病毒，至少血检的结果是阴性。看来他得的只是普通流感。疾控中心终于点头，说他可以回家了。

嗅闻事件过去了十几天，彼得·耶林和汤姆·盖斯伯特都没有流鼻血，两人开始认为他们肯定逃过了这一劫。丹·达尔加德和猴舍工作人员始终没有表现出发病的症兆，这一点既让他们安心，也令人大惑不解。这种病毒究竟是怎么回事？杀猴子像拍苍蝇似的，猴子的每一个孔窍都滴出病毒，然而却没有人类倒下。假如这种病毒不是扎伊尔埃博拉，那么又是什么呢？它到底从哪儿来？耶林认为它肯定来自非洲。玛英嘉护士的血样对它有反应，因此它和扎伊尔埃博拉的关系肯定很近。它的表现就像虚构的安德洛墨达病毒。就在我们以为世界即将完蛋的时候，病毒却自然消失，我们活了下来。

疾病控制中心尽全力追查病毒的来源，这条线最后回到了马尼拉附近的费莱特猴类养殖场。雷斯顿的所有猴子都来自那里。那里是猴子从棉兰老岛森林到华盛顿的中转站。调查员发现那里的猴群也曾大批死亡，但菲律宾似乎也没有工人染病。假如这种病毒来自非洲，它又是怎么到达菲律宾的呢？这种病毒能够毁灭猴子，但为什么没有猴类管理员病死？事情非常蹊跷。大自然似乎在逼近我们，高高举起屠刀，却忽然扭过脸去，露出微笑。这是个蒙娜丽莎的微笑，谁也不明白其中的含义。

12 月 18 日，星期一

消毒小组用次氯酸钠溶液擦洗大楼，直到水泥地板上的油漆被刮掉了一层还在继续擦洗。对建筑物内表面的处理符合要求之后，他们进入最后一道工序：熏蒸。消毒小组用银色胶带封住通往外部的所有门窗和排风口，用塑料布封住通风系统对外的出口，把整幢楼封得密不透风。他们在猴舍内的各个地方摆放纸片，这些纸片浸透了枯草杆菌（这是一种无害细菌）黑色变种芽孢。芽孢很难被杀死。业界普遍认为，假如一次消毒能杀死黑色变种芽孢，那么就几乎能杀死所有的生物体了。

消毒小组带着三十九个阳光牌电煎锅进入猴舍大楼。阳光牌电煎锅是陆军喜欢使用的消毒工具。小组沿地面在整幢楼内铺设电缆，接出插座，就像圣诞树彩灯的灯串。他们将电煎锅接上电缆，把电缆接上总开关。他们在每个电煎锅上各洒一把消毒药品的晶体。这种晶体呈白色，状如食盐。他们把电煎锅拨到最高挡。12月18日1 800时，某人打开总开关，电煎锅开始加热。晶体沸腾蒸发，释放出甲醛气体。大楼的门窗和排风口均被封死，因此甲醛无处可去，只能在大楼里待三天。甲醛气体渗入通风管道，浸满办公室，钻进办公桌抽屉和抽屉里的卷笔刀。甲醛气体渗入复印机、个人电脑和椅垫，钻进地板下的排水管道，碰到了弯管内残余的漂白水。最后，消毒小组（仍旧身穿防护服）走进大楼，采集芽孢样本。"阳光"处理杀死了黑色变种芽孢。

　　生物危害防护领域有一句老话：你永远无法知道生命何时灭绝。生命能从几乎所有攻击中活下来。完全成功的彻底消毒在实践中非常难以达成，事后也几乎不可能确认。不过，持续三天的电煎锅熏蒸和芽孢样本的全部死亡可以视为成功。猴舍大楼已被消毒。埃博拉遇到了敌手。有那么很短的一段时间，雷斯顿灵长类隔离检疫中心成了全世界唯一没有任何生命体存在的建筑物，直到生命在这里重新站稳脚跟。

最危险的毒株

1990 年 1 月

在华盛顿近郊突然爆发的埃博拉毒株依然藏匿于热带雨林的某处，继续繁衍循环。一种病毒想要维持其存在，就必须永远繁衍循环。陆军研究所确认猴舍大楼已被核平后，将它交还给黑泽尔顿研究制品公司。黑泽尔顿继续从菲律宾购买猴子，依然是马尼拉附近的那家养殖场，重新囤积捕自棉兰老岛雨林的食蟹猴。过了不到一个月，1 月中旬，C 室的几只猴子流着鼻血死去。丹·达尔加德打电话给彼得·耶林说："看起来我们又被感染了。"

这种病毒是埃博拉，来自菲律宾。由于上次爆发没有造成人员伤亡，因此陆军、疾控中心和黑泽尔顿公司共同决定，这次的处置方式是隔离猴子，听凭病毒蔓延，让猴群自生自灭。丹·达尔加德希望能挽救其中一部分猴子，但公司不想再看见身穿密封防护服的大兵了。

在猴舍大楼里发生的事情类似于一场实验。科学家可以观察埃博拉如何在密闭空间内（就像一个城市）的猴群中自然传播。雷斯顿埃博拉病毒迅速从一个房间传到另一个房间，它一方面在猴群内生根发芽，另一方面似乎自发变异成了很像流感的某种新东西。但这是埃博拉流感。猴子死亡时，鼻孔内流出大量清鼻涕和绿色黏液，混合着无法凝结的血液。它们的肺部遭到摧毁和侵蚀，充满了埃博拉病毒。它们的肺部受到感染。一个房间里只要有一只猴子流鼻血，通常这个房间里百分之八十的猴子很快就会死去。这种病毒在猴类内部的感染性极强。研究所的科学家怀疑他们观察到了埃博拉的某个突变毒株，与仅仅一个月前，也就是 12 月陆军核平猴舍时见到的毒株不尽相同。这种情况非常可怕，埃博拉病毒似乎能快速改变特征，呈现出流感的症状。截然不同的一种毒株能在一个月内出现。这种疾病的临床表现让人感觉埃博拉很像人类儿童群落内常见的某些类流感疾病。它似乎能迅速适应新的宿主，进入新群落时能迅速地自发改变其特征。

埃博拉看起来是通过大楼的通风管道传播的。1 月 24 日，它杀进 B 室，B 室的猴子开始休克，死时流着鼻涕，眼睛通红，面无表情。接下来几周内，感染侵袭了 I、F、E 和 D 室，这些房间的猴子几乎全灭。2 月中旬，黑泽尔顿的一名动物管理员——我们姑且称他为约翰·克里耶斯吧——在解剖一只死猴时被手术刀割伤了大拇指。当时他正在切开肝脏，那是埃博拉病毒最喜欢的巢穴之一。沾着肝细胞和血液的刀刃深深切入他的大拇指。他严重暴露在埃博拉病毒之下。

他正在解剖的肝脏被立刻送往研究所进行检验。汤姆·盖斯伯特用显微镜看了一个切片，惊恐地发现它"危险得难以想象，细胞壁之间充满了病毒"。研究所的所有人都认为约翰·克里耶斯难逃一死。彼得·耶林告诉我："我们这儿确定这家伙死定了。"疾控中心决定不隔离他，因此在病毒的潜伏期，克里耶斯依然可以去酒吧和朋友们畅饮啤酒。

"但是在研究所看来，"彼得·耶林说，"这家伙去酒吧喝酒吓得我们够呛。疾控中心显然不该允许这种事发生。这种病毒很凶险，局势也很凶险。我们还很不了解这种病毒。它可能像普通感冒，在出现症状前会有一段潜伏期，患者在此期间会传播病毒，等你知道自己得病的时候，说不定已经感染了十六个人。我们对这种病毒懂得实在太少，甚至不知道它来自何方，也不知道它下次会以什么形式出现。"

约翰·克里耶斯有点小病，需要手术治疗。医生在他暴露于埃博拉病毒后的潜伏期内给他做了手术。记录中没有显示他在手术中出血过多。他恢复得很好，现在也还活着，暴露没有让他染病。

至于猴舍，整幢楼都死绝了。陆军不需要再核平它，因为雷斯顿埃博拉病毒已经核平了它。这一次仍旧没有人员伤亡，但发生了一件怪异甚至有可能险恶的事情。猴舍共有四名动物管理员：心脏病发作的贾维斯·普蒂、在草坪上呕吐的米尔顿·弗兰蒂格、割破大拇指的约翰·克里耶斯和另外第四个人。他们的雷斯顿埃博拉病毒检验均呈阳性，这种病原体感染了他们所有人。病毒进入了他们的循环系统，在细胞内繁殖。埃博拉在他们体内增殖，在他们体内循环，在这几名猴舍管理员体内持续存活，但哪怕是在繁殖期间，也没有让他们患病。他们想不起曾经有过头疼和不舒服的时刻。最后，病毒自然而然地从他们体内消失，血液里再也找不到它的踪影，直到本书写作期间，他们也没有病发。已知感染埃博拉病毒的人类很少有活下来的，但其中就有他们几个。约翰·克里耶斯被沾血的手术刀割破手指，无疑因此感染了病毒。令人不安的是另外三个人并没有割伤自己，病毒却还是进入了他们的循环系统。病毒不知怎么进去了。最大的可能性是它通过肺部接触进入了他们的血液，也就是空气传播。陆军研究人员确定这另外三个人不是通过割伤感染病毒之后，研究所一致认为埃博拉是能够通过空气传播的。

菲利普·拉塞尔博士，也就是决定派遣军队消灭病毒的将军，他最近告诉我，尽管当时他被埃博拉"吓得半死"，但只在得知这种病毒是通过空气在猴群内传播之后，他才真正明白那一次有可能酿成什么灾难。"回想起来我更是怕得要死，"他说，"看见那些猴子通过呼吸系统染病的证据时，我对自己说：天哪，要是出现某些小小的变化，这种病毒就能在人群内通过呼吸系统快速传播。我说的可是黑死病。想象一下，要是存在一种病毒，它拥有流感的传染能力，又具有黑死病在中世纪的致死率——我指的就是这个。"

雷斯顿的工作人员感染了没有症状的埃博拉病毒。它为什么没有杀死他们？直到今天，这个问题依然没有答案。没有症状的埃博拉——他们像是得了一场埃博拉感冒。病毒遗传密码的小小区别，也许使得病毒粒子那七种神秘蛋白质中的某一种起了微小的结构变化，显然彻底改变了它对人类的影响——它能杀死猴子，对人类却危害极小，甚至没有。这个埃博拉毒株知道人类和猴子的区别。然而，假如它朝另一个方向突变了呢……

春季的一天，我前去采访南希·杰克斯上校，想聊一聊她在雷斯顿事件中扮演的角色。我们在她的办公室见面。她身穿陆军的黑色运动衫，佩戴银鹰肩章，她最近被提升为上校军衔。屋角的盒子里有一只幼年鹦鹉在睡觉。鹦鹉醒来，嘎嘎叫喊。

"饿了吗?"她问鹦鹉,"好的,好的,我知道了。"她从袋子里抽出烤肉吸管①,吸了一管鹦鹉吃的肉糊。她把吸管一头塞进鹦鹉嘴里,捏了一下吸管另一头的橡皮球,鹦鹉满意地闭上了眼睛。

她朝档案柜挥挥手。"想看埃博拉吗?随便挑。"

"还是你挑给我看吧。"我说。

她从一个档案柜里翻出一把玻片,拿着它们走进另一个房间,房间的桌上摆着显微镜,这台显微镜有两组目镜,允许两个人同时观看。

我坐下,望进目镜——白茫茫,空荡荡。

"好,这个不错。"她说着把一块玻片放到透镜底下。

视野内出现许多细胞。有一些细胞已经破裂和液化。

"这是雄性生殖器官的组织样本,"她说,"受到严重感染。来自1986 年吉恩·约翰逊和我做实验时,通过肺部暴露感染扎伊尔埃博拉病毒的一只猴子。"

我看着猴子睾丸的切片,感觉五味杂陈。"你的意思是说,病毒进入猴子的肺部,然后转移到了睾丸?"

"对,让人看了很不舒服对吧?"她说,"现在我让你头晕一下。给你看肺部样本。"

场景变幻,眼前的画面犹如朽烂的粉红色比利时蕾丝。

"这是肺部组织的切片。一只通过肺部暴露感染的猴子。看见病毒怎么撑大肺部细胞了吧?这是扎伊尔埃博拉病毒。"

我能看见单个的细胞,其中一些被黑色斑点撑得鼓胀起来。

---

① turkey baster,烤肉尤其是烤火鸡时用来涂抹酱料的吸管。——译者

"咱们放大倍数看看。"

细胞变得更大。黑色斑点变成有棱角的暗色团块。团块正在撑破细胞，向外涌出，就像动物破壳而出。

"这些是又大又结实的病毒砖块。"她说。

它们是正在冲出肺部细胞的埃博拉类晶体。肺部将埃博拉病毒直接送进空气。我不禁毛骨悚然，感觉我这个平民似乎看见了不该让平民看见的东西。

"这些肺部细胞感染性很强，"她淡然道，"看见出芽进入肺泡内的那些病毒砖块了吧？病人一咳嗽，这东西就会随着痰液上升进入喉咙，所以你绝对不能让埃博拉患者对着你的脸咳嗽。"

"我的天，它很熟悉肺部的构造，对吧？"

"谁知道呢。它也许存在于昆虫体内，昆虫可没有肺部。但你看见了埃博拉怎么适应肺部。它从肺部细胞内出芽，直接进入空气。"

"这是一种适应力极强的有机体，对吧？"

"太对了。这鬼东西有它特定的生命循环。会玩'如果那么'的游戏吧？如果它进入人类的肺部？如果它变异了，那么就会产生问题。一个大问题。"

1990 年 3 月，雷斯顿病毒再次爆发时，疾控中心对猴类进口商制定了严格而详尽的限制规定，加强了化验和隔离检疫的流程。疾控中心暂时吊销了三家公司的许可证，它们是黑泽尔顿研究制品公司、查尔斯河灵长类动物公司和全球灵长类动物公司，指控它们违反了隔离检疫规定。（它们后来又重新取得了许可。）疾控中心的举措在接下来数月间有效阻断了美国的猴类进口。黑泽尔顿公司的损失合计数百万美元——猴子是很值钱的动物。尽管疾控中心惩罚了黑泽尔顿公司，但陆军研究所的科学家（还有疾控中心的一些人）高度赞赏达尔加德和公司将猴类中心移交给军方处理的决定。"对黑泽尔顿公司来说很艰难，但他们做了正确的决定。"彼得·耶林的话总结了专家们的普遍看法。

黑泽尔顿公司从一家商业地产公司手上租用了猴舍大楼。可想而知，在军方行动和第二次埃博拉病毒爆发期间，地产公司和黑泽尔顿的关系实在谈不上融洽。事后，地产公司清空了整幢楼，一直空置至今。

嗅闻过埃博拉病毒的彼得·耶林活了下来，他现在是研究所的首席科学家。他和汤姆·盖斯伯特遵循新病毒命名的传统，根据首次出现地点将其命名为雷斯顿毒株。他们在交谈时会随口称之为雷斯顿埃博拉。一天，耶林在他的办公室向我展示了某种埃博拉病毒的照片。病毒很像煮得尚有嚼头的意大利面条。"你看这个鬼东西。看这个长条混蛋，"耶林用手指勾出一个圈，"这是雷斯顿——天，险些又说成雷斯顿了——不，这是扎伊尔埃博拉病毒。问题在于，凭外表你很难分清这两个毒株。这就回到一个哲学问题上了：这两个毒株如此相似，为什么扎伊尔毒株对人类高度危险，而雷斯顿不危险呢？几乎可以肯定雷斯顿埃博拉病毒能通过空气途径传播。感染病毒的黑泽尔顿员工，我非常确定他们是通过空气感染的。"

"我们是侥幸逃过了一颗子弹？"

"我认为没有，"耶林说，"子弹打中了我们。走运的是，这是点二二小手枪发射的橡皮子弹而不是点四五打出的达姆弹。我就害怕人们说：'好彩，我们躲过了这颗子弹。'下次在显微镜里看见埃博拉，他们会说：'哎呀，只是雷斯顿而已，'然后把它带出隔离设施。假如那东西不是雷斯顿，而是它家大姐，那我们就会当头挨上一棒了。"

C·J·彼得斯后来从陆军退役，成为疾病控制中心特殊病原体部的主任。某天回顾雷斯顿事件的时候，他告诉我说他非常确定埃博拉能够通过空气传播。"我们观察到的扩散模式，还有病毒确实扩散到了其他房间的事实，都说明大楼内产生了含有病毒的悬浮颗粒，"他说，"看感染扎伊尔埃博拉病毒的猴类肺部照片，你会看见病毒充满了肺部细胞。见过那些照片吗？"

"见过。南希·杰克斯给我看过。"

"那你就明白了，你能在肺泡内清晰地看见埃博拉粒子了。"

"你们有没有试过将雷斯顿埃博拉病毒释放到空气中，看它能不能在猴群中传播？"我问。

"没有，"他斩钉截铁道，"我认为这实在不是个好主意。假如有人发现军方在做实验，想知道埃博拉病毒是否已经突变为能够通过呼吸道传播，我们会被指控是在研究杀伤性生物武器的——企图制造末日病毒。因此我们选择不再继续研究下去。"

"所以你们并不确定埃博拉究竟能不能通过空气传播。"

"对。并不确定。你只能猜测埃博拉病毒能做什么和不能做什么。假如它真的能，那就是你最可怕的噩梦了。"

因此，马尔堡、苏丹埃博拉和扎伊尔埃博拉三姐妹又多了第四个姐妹：雷斯顿埃博拉。疾控中心特殊病原体部的一组研究人员在安东尼·桑切斯和海因茨·菲德尔曼的带领下，已经分析出了所有丝状病

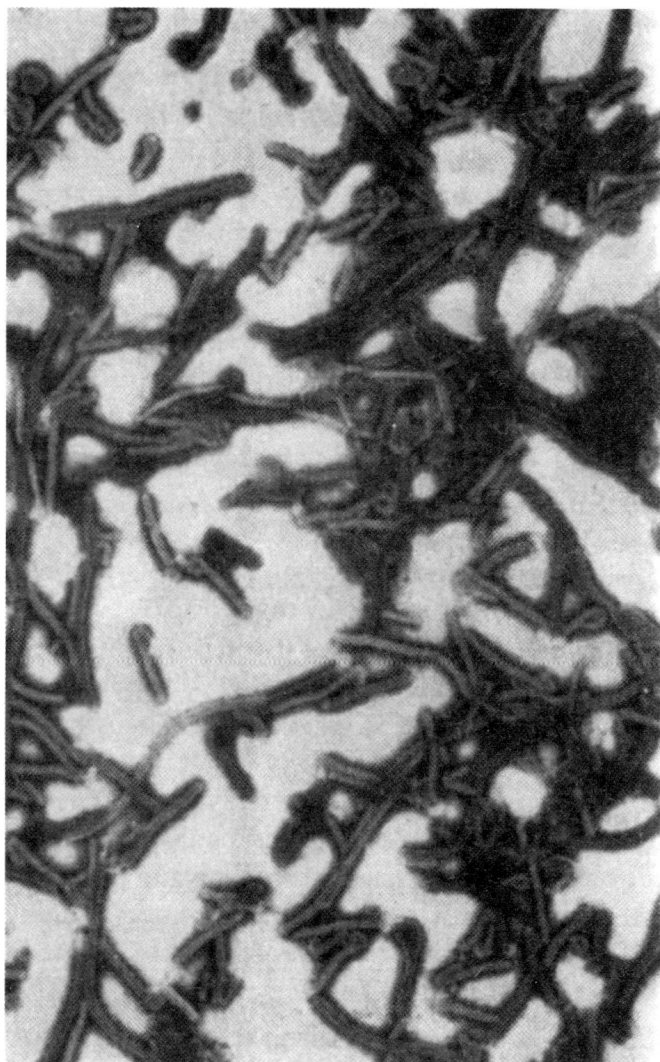

扎伊尔埃博拉病毒粒子，放大 17 000 倍。请注意一些粒子顶端的圈环，也就是所谓"牧羊人的曲杖"或"有眼螺栓"，这是扎伊尔埃博拉病毒及其姐妹的典型形态。拍摄者：托马斯·W·盖斯伯特，USAMRIID。

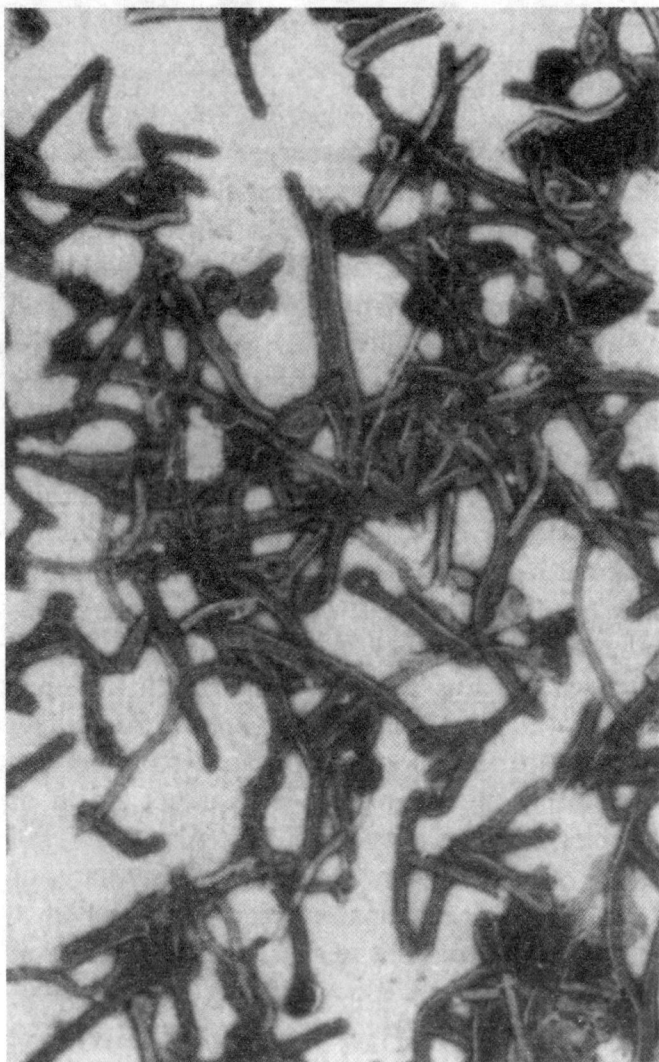

雷斯顿埃博拉病毒粒子。 "问题在于，凭外表你很难分清这两个毒株。"——彼得·耶林。拍摄者：托马斯·W·盖斯伯特，USAMRIID。

毒的基因。他们发现扎伊尔埃博拉和雷斯顿埃博拉相似得难以找到区别。我和安东尼·桑切斯见面时问到这件事，他说："我管它们叫一对血亲，但实在说不清雷斯顿为什么不让我们生病。就我个人而言，不穿防护服，不遵循最高等级的隔离流程，我就没法安心研究它。"

每一种丝状病毒都含有七种蛋白质，其中四种我们还完全不了解。雷斯顿毒株的某个蛋白质有着极其微小的差别，这大概就是它没有熊熊吞没华盛顿的原因。陆军研究所和疾控中心始终没有降低雷斯顿毒株的安全级别，它依然是 4 级防护的高危微生物，假如你想和它握手，最好还是先穿好防护服。安全专家认为，没有足够证据表明雷斯顿毒株不是一种极其危险的病毒。事实上它反而有可能是丝状病毒姐妹中最危险的一个，因为它似乎很容易就能通过空气传播——至少比其他几种丝状病毒容易。它的遗传密码要是出现小小变化，就有可能通过咳嗽消灭人类。

雷斯顿埃博拉和扎伊尔埃博拉如此相似，但为何雷斯顿似乎来自亚洲呢？假如两个毒株来自两片大陆，那么应该区别巨大才对。一种可能性是雷斯顿毒株也起源于非洲，不久前通过飞机传播到了菲律宾。换句话说，埃博拉已经进入交通网，开始环球旅行。专家们毫不怀疑，一种病毒可以在几天内走遍全球。也许埃博拉病毒终于走出非洲，几年前在亚洲扎根。也许——只是猜测而已——埃博拉藏在非洲野生动物体内来到了亚洲。有传闻说菲律宾的某些富豪在雨林地区拥有私人庄园，他们非法进口非洲动物，在菲律宾丛林放生，然后享受打猎的乐趣。假如埃博拉存在于非洲狩猎动物体内（豹、狮、非洲水牛），就有可能通过这个途径来到亚洲。但这只是猜测而已。和其他丝状病毒一样，雷斯顿埃博拉病毒也有不为人知的藏身之处。不过目前来看，雷斯顿的爆发很可能只始于菲律宾的一只猴子：一只病猴。这只猴子是不为人知的指示病例。一只猴子导致了整件事。这只猴子也许只感染了四五个埃博拉病毒粒子，而这些粒子的来源……天晓得了。

第四部

奇塔姆洞

公 路

1993 年 8 月

通往埃尔贡山的道路从内罗毕向西北深入肯尼亚高原，翻过非洲山丘衬托下的绿色山丘。它经过一个个小农场和一片片雪松林，冲向大地的顶端，像是要跃入虚空，却跌进了一片沉陷的黄色雾霭——那就是大裂谷。道路向裂谷内下降，穿过褶皱起伏的断崖，最终来到谷底，蜿蜒于点缀着刺槐树的草原上。道路绕过谷底的湖泊，穿过成片的金鸡纳树，黄绿色的树叶在阳光下闪闪发亮。道路在湖畔的城市稍作停留，然后转向西方的蓝色山丘——那是大裂谷的西侧边缘。道路攀向山峦，一条笔直的双车道公路，塞满黑烟滚滚的长途大卡车，它们轰隆隆地爬坡，驶向乌干达和扎伊尔。

通往埃尔贡山的道路是金沙萨公路的一部分，这条公路别名艾滋病公路，它将非洲一分为二，艾滋病病毒从非洲雨林内某处向全世界爆发时就是沿着这条公路传播的。这条路曾经是穿过非洲心脏地带的一条烂泥路，几乎不可能一次走完全程。公路的很大一部分是 1970 年代铺设的，卡车开始沿着它行驶，很快艾滋病病毒就出现在了沿途的村镇里。病毒究竟来自何方依然是个不解之谜。

我挺熟悉通往埃尔贡山的道路，因为我小时候曾经走过这条路。父母兄弟和我在一家卢奥人①俯瞰维多利亚湖的农场住过一小段时间，那是个传统农庄，有泥砌茅草屋和养牛的圈栏。十二岁以后我没再来过非洲，但假如你小时候见识过非洲，它就会成为你内心的一部分。我体验过赤足踩着温暖河沙的感觉，闻过鳄鱼的气味。我知道采采蝇在头发里爬行的窸窸窣窣感觉。我还能听见带着柔和的卢奥口音的英语，让我随便点，尽管玩，多吃点羊尾上的肥油。我在黎明之前的灰色天光下醒来，不知道自己身处何方，看见泥墙上有个窟窿，慢慢才意识到那是茅草屋的窗户，一群孩童在窗口看我——我记得这种感觉。再次看见非洲，活生生的非洲又完整地出现在我眼前，闪烁着记忆中的神秘火花。首先想到的是非洲的气味，炊烟的气味，刺槐和蓝桉木柴燃烧的雾霭笼罩村镇，包裹人们的身体。随后想起的一幕蓦地冲进脑海：沿公路行走的人们，他们像是从时间起始就在那里行走，无论去哪儿都全靠两条腿。在肯尼亚高原，他们或赤足或穿着凉鞋，将路肩踩成了红土花边。女人走路时唱着基督教赞美诗，有些人抱着吉他，有些人用头顶着大袋木炭或食盐。

　　路虎车在柴油燃烧的尾气里前进，碾过坑洼处时上下弹跳。我的向导罗宾·麦克唐纳抓着方向盘。"哈，这条路挺好了，朋友，"他赞赏道，"要是像我上次来那样，你这会儿该哭出来了。我好多年没上过埃尔贡山了——说实话长大以后就没上过。我老爸的一个朋友以前在那儿有个 shamba"——shamba 就是农庄——"我们经常去玩。

———————————

① Luo，肯尼亚第三大部族，主要聚居于肯尼亚西部大湖地区。——译者

哈，真是不错，朋友。农庄已经没了。唉，kwisha 了。"Kwisha：消失。他躲过一群羊，拼命按喇叭。"滚开，朋友！"他朝一头羊喊道，"你看，它一动不动。"路虎咆哮着加速前进。

道路时而经过小块的玉米地。田地中央总是泥砌或水泥砌的茅草屋。人们弯着腰站在玉米秆之间，用锄头耕作田地。每一寸土地都经过开垦，直到茅草屋的门口。我们经过一个站在路边的人，他拎着用铁链扎紧的手提箱。他朝我们挥手。我们又经过一个人，他穿英式雨衣和软呢帽，手持拐杖，步伐缓慢：烈日下的一条灰色人影。我们经过时，有些人朝我们挥手，有些人转身望着我们。我们停车等一群牛过马路，几个基库尤少年用树枝赶牛。

"唉，"罗宾怅然道，"我小时候，这个国家可不一样，知道吗？不管去哪儿都得走两三天。我们打死一头汤氏瞪羚，一路上就靠这个过活。以前，二十年前，这片土地全是森林和草原。现在却是玉米地。到处都是玉米地。森林全没了，朋友。"

罗宾·麦克唐纳是职业猎手和野外向导。他是非洲仅剩下的二三十位职业猎手之一。他们带客人去丛林，猎杀大型动物。他有一张宽阔的红脸，嘴唇很薄，戴眼镜，目光炯炯，颧骨也很宽。他的黑色卷发一缕一缕耷拉在额头上，像是他自己用刀削的。为了在树林中行走，他戴棒球帽，穿黑 T 恤和短裤，腰间别着非洲短刀，脚上的绿色运动鞋被火烤得有点融化——在篝火上烤干的次数太多了。他父亲是著名的职业猎手伊恩·麦克唐纳，1967 年驾驶一架轻型飞机时不幸在非洲平原坠毁遇难，当时罗宾只有十三岁，但已经学会了需要掌握的技能。他和父亲一起打过豹子和狮子，也打死了他的第一头非洲水牛——父亲站在旁边，万一他没有打中，父亲会补上一枪。罗宾和父亲在雅塔高原的干枯刺灌丛中一连几天追踪大象，只带了一壶水和一个苹果。"那次的客人，得克萨斯来的家伙，"罗宾说，"他说他能走路，说他是有经验的猎手。一天他坐下来，说：'去他妈的，我走不动了。帮我扎营。'于是我们给他扎营，然后我老爸和我又跟着大象走了两天。老爸跟踪大象只带水，对我说：'你在包里带个苹果，咱们就出发。'然后我们在雅塔高原走了两天。我们找到大象，带客人过去，他开枪打死大象。"

"你当时多大？"

"七岁，朋友。"

他不再猎杀大象了——他赞成现在的象牙制品全球禁令——但还在打非洲水牛，这不是濒危物种。

埃尔贡山周边地区有过部族暴力的报道。埃尔贡马萨伊人经常洗劫居住在南麓的布库苏人，烧毁他们的茅草屋，用自动武器射杀他们，驱赶他们离开自己的土地。我很担心这件事，从美国打电话给罗宾，询问他的意见。

"你想去哪儿？埃尔贡山？"他说，长途电话里的声音带着嘶嘶声，显得很遥远。

"我要带两件密封防护服。"我说。

"随你便，我的朋友。"

"在埃尔贡山附近旅行安全吗？"

"没啥大问题，除非有他妈的暴乱。"

他点燃廉价的非洲香烟，看我一眼。"你去洞穴有什么计划吗？要采集样本？搞几盒蝙蝠屎？"

"不，只是看看而已。"

"我小时候经常去洞里玩，"他说，"据说洞里有什么疾病，是吗？比起来艾滋病就像打个喷嚏了？会把人变成肉汤？会炸开？啪！——每个洞眼都往外飙血，是这么说的吧？需要几天时间？"

"七天左右。"

"啊哈！朋友，怎么才会染上？"

"接触感染者的血液。有可能通过空气。也通过性传播。"

"和艾滋病一样？"

"对。睾丸会肿起来，变成黑紫色。"

"什么？卵蛋会肿起来？好得很！像是长了一对蓝猴的卵蛋！天！这种病毒不好惹，说真的。"

"你的描述确实绘声绘色。"我说。

罗宾抽着烟，摘掉棒球帽，捋顺头发，重新戴上帽子。"那好。你进洞去看蝙蝠屎。然后——我说然后——你在我的帐篷里炸成一片血海，我该怎么处理？"

"别碰我。要是碰了我，你也会染病。连我一起收起帐篷，然后送进医院。"

他吃吃笑道："好得很。我们会召唤飞行医生。他们什么都接。我们该送你去哪家医院？"

"内罗毕医院。留在急诊室门口。"

"好，我的朋友。我们就这么办。"

远方出现了切兰加尼山，绿色山峦的线条在裂谷边缘隆起，永恒不变的绵延雨云压得很低。随着我们接近埃尔贡山，云层越来越暗，渐渐聚在一起，豆大的雨点噼噼啪啪打在挡风玻璃上。空气变得阴冷。罗宾打开车头大灯。

"买了漂白水吗?"我问他。

"后面有一加仑呢。"

"就是一般洗衣服用的漂白水?"

"对。肯尼亚这儿管它叫 Jik。狗娘养的 Jik。"

"成分是次氯酸钠吗?"

"对。Jik。喝下去能他妈杀死你。"

"我希望它能杀死马尔堡病毒。"

乡野有了人烟,我们穿过村镇。到处都能看见长途大卡车停在木板和铁皮搭建的简陋房屋边。那些窝棚是小餐馆。有些能够提供从烤羊、塔斯克啤酒、床铺到女人的全套服务。在东部非洲工作的医生认为,主要道路沿途的妓女有九成携带艾滋病病毒。没有人能说清具体数字,但当地医生认为埃尔贡山地区的育龄男女有三成已经感染了艾滋病病毒。他们中的大部分将死于艾滋病。许多新生儿也将感染艾滋病病毒,在儿童时期就死于艾滋病。

艾滋病会悄无声息地显出身形,在杀死人类宿主之前,它会在宿主体内潜伏多年。要是这种病毒的发现能够提前几年,它多半会被命名为金沙萨公路病毒,因为它走出非洲森林之后,就是沿着金沙萨公路传播的。

我小时候沿着金沙萨公路旅行时,它还没有铺上沥青,尘土飞扬地蜿蜒穿过大裂谷,通向维多利亚湖,承载的交通流量并不大。它是一条砾石道路,像搓衣板似的上下起伏,车辙压出的深坑足以震裂路虎车身。走在这条公路上,你会看见远方有一团烟尘向你而来,变得越来越大:那是一辆车。你必须开上路肩,放慢车速,迎面而来的车接近了，你必须抬起双手抵住挡风玻璃，以防那辆车弹起的石块打碎玻璃。那辆车隆隆驶过，留下你在黄色尘雾中什么也看不见。现在这条路已经铺上沥青，正中央还画上了分隔线，车流持续不断。重型卡车混着皮卡和挤满乘客的厢式货车，柴油燃烧的浓烟笼罩着整条路。铺设金沙萨公路影响了全世界的每一个人，是 20 世纪最重要的历史事件之一。它夺去了至少一千万条人命，人类的最终伤亡数量很可能会超过二战。事实上，我见证了艾滋病出现过程中的这个关键事件：一条泥土小路向通衢大道的转变。

露　营

　　罗宾的妻子凯丽·麦克唐纳是他的生意伙伴，经常和他一起陪客户狩猎旅行。要是客户允许，他们还会带上两个年幼的孩子。凯丽不到三十岁，金发棕眼，说话带着清爽的英国口音。她小时候随父母来到非洲。

　　我们乘两辆路虎上路，凯丽和罗宾各开一辆。"在这里我们总是开两辆车出门，免得哪辆车抛锚，"凯丽解释道，"这种事经常发生。"麦克唐纳家的两个儿子在凯丽的车上。同行者还有三个男人，他们是麦克唐纳狩猎队伍的成员，分别是卡塔纳·夏吉、赫尔曼·安登比和莫里斯·穆拉泰亚。他们是职业猎手，营地里的绝大部分工作由他们完成。他们只会几句英语，但履历比我的胳膊还长。除此之外，队伍里还有我的两个朋友。一个是我小时候的朋友，名叫弗雷德里克·格兰特，另一位是女性，名叫佳美·布坎南，两人都是美国人。我为朋友们准备了一份书面指示，以防我真的感染马尔堡病毒；我把这份指示装进信封，塞在背包里。指示是用打字机打的，单倍行距，有三页纸，描述了人类感染丝状病毒后的症状和病征，以及或许能减缓末期肉体融化的实验性治疗手段。我没有告诉他们有这么一个信封，但假如我头疼难忍倒下，就会取出来交给他们。至少，这足以证明我很紧张。

罗宾拐进对面车道，超过一辆卡车，前方突然驶来一辆轿车，对我们狂闪车灯，喇叭长鸣。

弗雷德·格兰特抓住座椅，大喊："这家伙为啥冲着我们来？"

"哈，人反正都会死，别太担心。"罗宾答道。他及时拐回卡车前的车道，哼起小调：

活着，爱着

爱着，活着——耶！

路边有个女人架着炭火盆在卖烤玉米，我们停车买了几个。玉米烤得焦干滚烫，很好吃，一个只要五分钱。当地人管这个叫 mealy。

罗宾边嚼 mealy 边开车。他突然捂住下巴，恶狠狠地骂道："我的牙！我他妈的！填料掉出来了！王八蛋狗娘养的牙医！"他摇下车窗，把几小块金属填充物吐进风中。"气死我了。补了三颗牙，现在全掉出来了。凯丽叫我去看这家伙，说他是个好牙医——好个屁！"

他一脚把油门踩到底，开到凯丽的路虎背后。两辆车像是连在一起似的呼啸行驶。他探身出车窗，把啃过的玉米棒扔向妻子的路虎。玉米棒打中后车窗弹飞，她似乎根本没注意到。我们经过一个警示牌：减少行车事故——敬请安全驾驶。

日落时分，我们在埃尔贡山脚下的奇塔莱镇，购买塔斯克啤酒和木炭。奇塔莱是个市场小镇，主要市场位于通往镇中心的公路旁，临近英国人修建的旧火车站。公路两边是高耸的蓝桉树，人们在树下压实的泥土和下雨的积水坑之间支起摊位，出售雨伞和塑料手表。罗宾开着路虎拐进市场，在人群中缓缓前进。一个男人用斯瓦西里语大喊："你开错路了！"

"路牌在哪儿？"罗宾对他喊道。

"这儿不需要路牌！"

我们停车，步行穿过小镇，皮条客立刻围了上来。一个穿白色风雪衣的家伙说："要去奇加维拉吗？去吗？我带你去。跟我走。马上去。姑娘漂亮。我带你去。"夏尔·莫内的女友们大概就住在这里，不过谁知道呢？正是高峰时刻，川流不息的人群在蓝桉树下行走，经过看不见尽头的一排商铺。埃尔贡山俯瞰小镇和树木，升向无法度量的高度，雷暴雨云团笼罩山巅，金色阳光照着山坡。一道山脊犹如剃刀，斜着插进云团。无声的闪电划过山巅，紧接着又是一闪——链状闪电，但没有传来雷声。空气潮湿而寒冷，闷呼呼的，蟋蟀的叫声不绝于耳。

我们在埃尔贡山周围的烂泥路上勘察环境，看见了近期动乱的迹象：曾经属于布库苏农户的茅草屋遭到焚烧，已经空无一人。有人说晚上会听见枪声，但我们没听到。病怏怏的香蕉树歪七扭八地围着荒弃的茅草屋。这些茅草屋四周是休耕田地，点缀着非洲杂草和一丛丛小树苗。我们在夏尔·莫内当年的宿营地扎营。厨师莫里斯·穆拉泰亚把一袋木炭倒在地上生火，架起金属壶烧水泡茶。罗宾·麦克唐纳打开折叠椅坐下，脱掉运动鞋。他用双手揉搓脚掌，拔出刀鞘里的匕首，削掉脚趾上的老茧。环绕营地的森林边缘，离我们不远的地方，一头非洲水牛望着我们。罗宾瞥一眼水牛。"公牛，"他嘟囔道，"凶得很。你得盯紧点儿。它们会把你挑到半空中。非洲水牛在非洲是杀人最多的动物之一，只比河马少。那些臭猪杀人如麻。"

我跪在草地上，整理装密封防护服、消毒工具和照明器材的箱子。营火的烟雾缭绕飘荡，麦克唐纳那伙人搭起野营帐篷，发出叮叮当当的响声。凯丽·麦克唐纳在营地周围忙碌，用斯瓦西里语和那几名助手说话。附近有一条从沼泽地流淌出的溪流。罗宾抬起头，听着鸟儿的叫声。"听见了吗？那些是蕉鹃。有一只林戴胜。还有一只灰齿䴕。看见那条长尾巴了吗？"

他走向溪流，我跟上去。"不知道有没有鲑鱼，"他望着水面，"很适合飞蝇钓鱼。"

我伸手试了试水——冰冷，有很多气泡，因为混进了火山灰而呈灰色，并不适合鲑鱼生活。

"说到飞蝇钓鱼。听说过飞蝇钓鳄鱼吗？"罗宾问我。

"没有。"

"找根铁链，挂一块肉。这么大的一块肉。上头会爬满苍蝇！这才叫他妈的飞蝇钓鱼！鳄鱼这东西，臭烘烘的。你站在浅水里，鳄鱼会向你游来。水很浑浊，你看不见它们。要是闻不到它们的臭味，你就绝对不会知道它们来了。然后——哗！鳄鱼把你拖下水。句号。朋友，你就成历史人物了。这就是大自然。你仔细想一想，从河流到海洋，大自然充满了杀手。"

一个戴贝雷帽穿迷彩服的年轻人单膝跪在地上，手持俄制突击步枪，带着几分兴趣望着我们。他叫波利卡普·奥库库，是一名askari——武装警卫。

"Iko simba hpa?"罗宾向他喊道。附近有狮子吗？

"Hakuna simba." 没有留下的狮子。

乌干达来的偷猎者会冲进埃尔贡山地区，见到活物就开枪——人也不例外；因此肯尼亚政府要求去埃尔贡山的游客必须有武装警卫陪同。askari 在斯瓦西里语里曾经是"持矛者"的意思，现在指端着突击步枪陪同你的警卫。

奇塔姆洞的洞口位于埃尔贡山东麓，在海拔八千英尺的一条林木茂密的山谷里。我们沿着小径气喘吁吁地爬山，麦克唐纳说："呸！非洲水牛的味道可真浓，对吧？Mingi 水牛。"Mingi 是许多的意思。许多水牛。水牛的足迹与人类的足迹斜向交叉，它们的足迹更宽更深，更有目的性，散发着牛尿的臭味。

我背着背包，在泥泞的小径上择路而行。

波利卡普·奥库库扳动突击步枪上的拉杆——咔嗒，啪——打开保险，将一颗子弹送进枪膛。"尤其是雨季，非洲水牛喜欢成群结队出动。"他解释道。

武器上膛的声音让罗宾大皱眉头。"该死，"他嘟囔道，"他那鬼东西可不安全。"

"看，"奥库库指着一丛石块说，"蹄兔。"我们看见一只土拨鼠大小的褐色动物轻快地跑下石块。它有可能是马尔堡病毒的宿主。

这条山谷被树木遮蔽，有非洲橄榄树、非洲雪松、阔叶巴豆树、长满苔藓的非洲红木和仿佛鞭子的灰色埃尔贡柚木。偶尔能看见一棵罗汉松，笔直的银色树干直插天际，高得难以想象，消失在婆娑摇曳的绿色生物空间之中。这不是树顶会形成整片林冠的低地雨林，而是非洲特有的山地雨林，林冠支离破碎，间有孔洞和空隙。一束束阳光落在地面上，照着林间空地上的荨麻、纸莎草和耀眼的野生紫罗兰。

每棵树都拥有自己的空间，曲折的树枝在云朵和天空的衬托下，仿佛伸向天堂的手臂。从我们所在的位置，能看见低处山坡上的农田。视线从低处向高处移动，农田变成一片片灌木林和丛生的高大树木，然后是连绵不断的东非原始雨林，全世界最罕见也是最濒危的热带雨林。

森林的主色是橄榄树带点银色的灰绿色，时而能看见一棵深绿色的罗汉松穿过林冠。罗汉松的树干有浅凹槽，笔直生长，没有树枝，有时候会螺旋向上，树干会略略迂回或弯曲，让整棵树像弯弓似的绷紧蓄力。到了高处，罗汉松会绽放出类似榆树的瓶状树冠，下垂的树枝长着一簇簇常绿针叶，球形果实闪烁其间。奇塔姆洞附近的灌木丛里很难见到罗汉松，因为它们在这条山谷里长不大，我看见一棵还在成长期的罗汉松，粗七英尺，高达上百英尺。我猜它在贝多芬的时代就开始生长了。

"这儿缺少的是猎物，"罗宾说，停下脚步，理了理棒球帽，瞭望森林，"大象全被打死了。要是没被打死，朋友，你会看见这座山上全是大象。Mingi 大象。到处都是大象。"

山谷静悄悄的，疣猴"哈哈"的叫声远远传来，它们看见我们都远远避开。这座山仿佛空荡荡的大教堂。我试着想象成群的大象走在红杉般高大的罗汉松之间：仅仅十年前，动乱尚未开始的时候，埃尔贡山还曾是地球的一颗王冠宝石。

遍覆苔藓的石块遮住了洞口，从小径几乎看不见。洞口长着一排非洲雪松，溪水从雪松之间潺潺流出，落在石块上，下雨般的声音回荡在山谷里。走到近处，水声越来越响，活物的气味越来越浓，那是蝙蝠的气味。

石块间长着巨大的带刺荨麻，它们擦过我们裸露在外的皮肤，我们的腿疼得火烧火燎。我忽然想到，这些刺就像注射器的针头。荨麻的刺细胞将某种毒素注入皮肤，破坏皮肤。病毒说不定就在荨麻上。洞口持续不断地向外吹着凉风，飞蛾和小飞虫随风飞舞。昆虫像雪花般飘飞，但这些雪花是活物，是宿主。其中任何一只都有可能携带着病毒，也可能都不携带。

我们在通往洞口的大象足迹上停步，身旁的石壁满是倾斜的磨痕，那是象牙掘取盐分留下的痕印。埃尔贡山曾经是两千头大象的家园，直到偷猎者带着机枪从乌干达蜂拥而至。现在埃尔贡山只剩下一族大象，成员仅有七十只左右。偷猎者在奇塔姆洞口架起机枪，只有学到教训的大象才活了下来。象群尽量远离人类，藏在山区更高的山谷里。象群的首领是睿智的年长母象，负责指挥象群的行动；每隔两周左右，只有在大象对盐分的渴求超过了被射杀的恐惧时，首领才会带着象群去一趟岩洞。

大象不是奇塔姆洞的唯一访客。非洲水牛也在小径上踩出了通往洞口的足迹。我看见水牛新鲜的绿色粪便，还看见了水羚的蹄印。小径上铺着一层干燥了的动物粪便。除了象群，还有许多种类的动物进过奇塔姆洞：薮羚、红麂羚，也许有猴子，也许有狒狒，肯定有麝猫——比家猫稍大的野生猫类动物。老鼠、鼩鼱和田鼠都会进洞，寻找盐分和食物，小型哺乳动物也在洞内留下足迹。非洲豹会在夜间进洞寻找猎物。奇塔姆洞对埃尔贡山就像纽约的时代广场地铁站，是地下的交通汇集处，也是生物混合点，不同物种的动物和昆虫在封闭空间内相遇，非常适合病毒在物种间跳跃。

我打开背包，取出装备放在石块上。这些东西加起来是一套4级防护的野外密封防护服。不是增压的防护服——橙色的雷卡防护服，而是无内压的全身防护服，带有头罩和护住全脸的呼吸面具。防护服是蒂维克材质，这种白色化纤能够抵御潮气和尘埃。我取出绿色橡胶长手套、黄色橡胶靴和带一对紫色过滤器的黑色呼吸面具。这是硅胶质地的 North 呼吸面具，面罩是聚碳酸酯质地，透光性很好；紫色过滤器能够挡住病毒。呼吸面具有点像昆虫头部，黑色橡胶看上去湿漉漉的有些凶险。我把一卷胶带放在石块上。一顶塑料浴帽，超市买的，一毛钱一个。手电筒，头灯。我从脚开始穿上防护服，向上拉到腋窝，将双臂伸进袖管。我戴好浴帽，用防护服的兜帽盖住浴帽。我从裆部到下巴拉上防护服的拉链。

通常你需要一个后勤小组帮你穿野外生物防护服，我的旅行伙伴弗雷德·格兰特扮演这个角色。"把胶带递给我，谢谢。"我对他说。

我贴住防护服正面的拉链，把手套的腕部和靴子的踝部与防护服贴在一起。

波利卡普·奥库库坐在石块上望着我，枪横放在膝头，脸上特地不露出任何表情。他显然不希望别人以为他见到一个人身穿密封防护服走进奇塔姆洞会大吃一惊。过了一会儿，他转过身，用斯瓦西里语和罗宾·麦克唐纳说了好长一段话。

罗宾扭头问我："他想知道有多少人死在了洞里。"

"两个，"我说，"但不是在洞里，而是出来以后。一个是成年男人，还有一个男孩。"

奥库库点点头。

"危险很小，"我说，"我只是想尽量谨慎。"

罗宾在泥土里蹭了蹭运动鞋，转身对那位武装警卫说："你会爆炸，朋友。得上那个病就完了——啪！——句号。就可以跟世界说再见啦。"

"我听说过这种病毒，"奥库库说，"美国人在这里做过些什么。"

"你当时在这里吗？"我问。指的是吉恩·约翰逊团队的那次探洞。

"我当时不在，"奥库库说，"但我们听说过。"

我戴上呼吸面具。能听见空气经由过滤器被我吸入，通过排气孔嘶嘶排出。我收紧脑后的系带。

"感觉怎么样？"弗雷德问。

"挺好。"我说。我觉得我的声音发闷而遥远。我吸一口气。空气流过面罩，清除了水雾。他们看着我把矿工灯戴在头上。

"你打算进去多久？"弗雷德问。

"一个小时应该就会回来。"

"一个小时？"

"嗯——等我一个小时。"

"好。你要是不回来呢？"他问。

"要是不回来？打电话报警。"

洞口很宽，越往里走越开阔。我穿过遍地动物脚印的泥地，沿着一段宽阔的台地向前走，干燥的粪便柔软如海绵。我戴着面具，闻不到蝙蝠和粪便的气味。洞口小瀑布的哗哗声在洞里回荡。我转身回望，见到乌云遮住天空，下午的大雨快要来了。我打开头灯，向前走。

奇塔姆洞往里走有一大片落石。1982 年，夏尔·莫内造访后两年，洞顶坍塌了，砸断了一根支撑洞顶的石柱，留下一片一百码见方的碎石堆，碎石堆上方形成了新的洞顶。我带着塑料防水袋装的地图。防水袋用来防止地图被病毒污染。我可以用漂白水清洗防水袋，但不会毁坏地图。地图的绘制者是英国人伊安·雷德蒙，他是象类专家，曾在奇塔姆洞内居住了三个月，他在宿营处位于洞口的一块大石头旁，在夜间观察大象来来去去。他没有任何生物防护装备，身体依然健康。（后来，我把雷德蒙在奇塔姆洞内宿营的事情告诉了彼得·耶林，他非常认真地对我说："你有没有办法搞到他的血样，拿给我们化验一下？"）

伊安·雷德蒙有个很好玩的想法，他认为奇塔姆洞是大象凿出来的。母象教小象怎么凿岩取盐：凿岩是象类的习得行为，由父母教会子女，而非本能；这种知识在象群内代代相传了几十万年——可能比现代人类的存在时间还要长。大象在奇塔姆洞每晚凿下几磅石块，几十万年很容易就能挖出这么一个洞。这是伊安·雷德蒙的看法。他称之为"洞穴象成"理论：大象创造洞穴的过程。

光线渐渐昏暗，高高的碎石堆挡住洞口，只留下一牙阳光：从这里望去，洞口形如弯月。我来到蝙蝠栖息的区域。这些是果蝠。灯光惊扰了它们，它们从洞顶落下，在我头顶上飞来飞去，发出很像孩童大笑的叫声。蝙蝠底下的石块上沾着湿漉漉、油腻腻的粪便，菠菜绿的糊状物里有些灰色团块，让我想起洛克菲勒焗牡蛎①。我有一瞬间难以控制地琢磨起了蝙蝠粪的味道。我连忙甩开这个念头，这是大脑的胡闹。在生物 4 级区域，你可不能有想吃屎的念头。

---

① 新奥尔良名菜，牡蛎上铺欧芹（或其他绿色蔬菜）、黄油酱汁和面包屑，然后烤或焗。——译者

走过蝙蝠栖息地，洞穴变得干燥，遍地灰尘。遍地灰尘的干燥洞穴很罕见。绝大多数洞穴很潮湿，因为绝大多数洞穴都是水成的。这个洞穴里没有流水的痕迹，没有河床和钟乳石。这个是埃尔贡山上一个干燥而巨大的洞穴。病毒喜欢干燥的空气、尘土和黑暗，绝大多数病毒在潮湿和阳光下无法存活太久。因此，干燥的洞穴是病毒理想的藏身之处，病毒可以在粪便或尿液残渣内休眠，甚至可以飘浮在没有光线、近乎停滞的凉爽空气之中。

马尔堡病毒粒子很顽强。你完全可以想象它们能在黑暗洞穴内存活很长一段时间。马尔堡病毒在水里能毫无变化地存活五天。汤姆·盖斯伯特证明了这一点。某次，纯粹出于好奇，他把一些马尔堡病毒粒子放进盛有室温清水的三角瓶里，然后把三角瓶在试验台上放了五天（这个试验台位于 4 级区域内）。他取出水样，滴进盛有活猴细胞的三角瓶里。猴细胞被类晶体撑爆，死于马尔堡病毒。汤姆发现马尔堡病毒粒子放置五天后的感染力和致命程度与新鲜粒子相同。绝大多数病毒离开宿主后活不了多久。艾滋病病毒暴露于空气中只能存活几分钟。没有人做过实验，研究黏附于干燥表面的马尔堡或埃博拉病毒能存活多久，但丝状病毒很可能可以存活一段时间，不过前提是所黏附的表面没有阳光照射，阳光能够破坏这种病毒的遗传物质。

我来到坡顶，伸出戴着手套的手触摸天花板。天花板上嵌着一些棕色的长形物体，那是石化的树干，还有一些发白的碎片，那是石化的骨头。这块岩石是结块的火山灰：埃尔贡山某处喷发留下的遗物。火山灰里嵌着石化的树干，那次喷发吞没了当时的热带雨林，埋藏在灰土和烂泥之中。树干呈深棕色，闪闪发亮，在头灯照射下的反光呈乳白色。有些石化树干从洞顶落下，留下一个个窟窿，洞眼里生长着白色晶体。那是矿物盐的晶体，看起来锋利得可怕。彼得·卡迪奈尔会不会摸了这些晶体？我发现洞眼的晶体之间有蝙蝠栖息：它们以昆虫为食，体型比靠近洞口的果蝠小。我用头灯照亮洞眼，蝙蝠一拥而出，在我头顶盘旋片刻，随即飞走。这时我看见了一件奇妙的东西：石头里嵌着一枚鳄鱼牙齿。火山灰吞没了一条有鳄鱼生活的河流。埃尔贡山那次喷发时捕获并杀死了这些鳄鱼。从河流到海洋，大自然充满了杀手。

我沿着剃刀般锋利的落石蹒跚而行，看见一堆新鲜的大象粪便。粪便有小号啤酒桶那么大。我跨过去，看见一条裂隙，用头灯向下照。我没有看见小象的干尸。我看见一面岩壁，布满了象牙劈凿的印痕。大象在洞里的所有石壁上都留下了印痕。我继续前进，看见一根断裂的石柱。旁边分出一条隧洞向下延伸。我跪倒在地，钻进那条隧洞。隧洞兜了个圈，回到主洞里。我在防护服里热得要烤熟了。面罩内侧有一滴一滴的水珠，在下巴底下汇聚成一小摊。我的脚步踢起灰尘，成团的尘土在靴子四周飘扬。身体完全湿透，脚下却是干燥的尘土，这种感觉很奇妙。我爬出那条隧洞时，脑袋撞在一块石头上。要是没有防护服，石块肯定会划破我的头皮。在洞穴里很容易弄伤头部。这也许就是感染途径：病毒黏附在岩石上，通过伤口进入循环系统。

我继续深入洞穴，终于来到最窄处的最后一面石壁。这里彻底黑暗，我在齐膝高度发现了生活在蛛网上的蜘蛛。蜘蛛的卵鞘垂挂在石块上，到处都能看见。这些蜘蛛在奇塔姆洞的最深处继续它们的生命循环，因为它们肯定能在黑暗中找到食物，有某些昆虫撞进了蜘蛛网。我在洞口看见蛾子和有翅昆虫倾泻而出，显然也有一些飞到了后面来。蜘蛛也可能是宿主，吃昆虫时感染了病毒。马尔堡病毒或许存在于蜘蛛的血液中。莫内和卡迪奈尔也许被蜘蛛咬了。你感觉到蛛网粘在脸上，有一下轻微的刺痛，然后就过去了。你看不见病毒，闻不到病毒，摸不着病毒。只有在开始流血之后，你才会知道它的存在。

这里有许多我无法理解的事情。奇塔姆洞在森林生物体系中扮演了一个角色，但谁也说不清究竟是什么角色。我发现一条裂隙，似乎充满了清澈的水，但深不见底。不可能是水，我心想，这里的裂隙肯定是干的。我捡了块石头扔进去，石头飞到一半就溅起了水花：它碰到了水面。石块懒洋洋地打着转向下沉，很快离开了我的视野，涟漪慢慢扩散，渐渐平息，将头灯的光束映在岩壁上。

我爬上掉落的石板，站到碎石堆的最高处，将光束投向前后左右。这里至少有一百码见方，长宽都超过了橄榄球场。光束照不到洞穴的边缘，边缘的岩壁朝各个方向汇入黑暗。正中央的碎石堆使得洞穴有点像口腔上腭。你望进一个人嘴里，看见舌头伸向前方，摆在上腭底下，然后你看见舌头弯曲的表面向后延伸，最后向下变成喉咙：这就是奇塔姆洞的样子。说"啊"，奇塔姆洞。你携带病毒了吗？没有任何工具或感官能告诉你，这个捕食者是不是就站在你面前。我关掉头灯，站在彻底的黑暗中，感觉汗水顺着胸腔滴淌，听见心脏怦怦跳动，脑袋的血液哗哗奔流。

下午的阵雨已经开始。弗雷德·格兰特不想淋湿，所以站在洞口内侧。武装警卫坐在附近的石块上，在膝头上下颠弄步枪，看起来很无聊。

"欢迎归来，"格兰特说，"还好吧？"

"七天以后就知道了。"我说。

他仔细查看我。"面罩上似乎有液体。"

"什么液体？"

"看着像是水。"

"只是面罩内的汗而已。稍等片刻，我这就脱掉防护服。"我拿起塑料洗衣盆（我们带到洞口的装备之一），在瀑布下接了半盆水，拿到洞口大象踩出的小径上，放在地上，把大半加仑"狗娘养的Jik"倒进去。

我站进洗衣盆。尘土从靴子上脱落，漂白水变成棕色，靴子很快就看不见了。我把戴着手套的手伸进棕色的Jik，舀起漂白水泼到头顶和面罩上。我用马桶刷擦洗靴子和腿部，清除明显的泥块。我把防水袋和地图扔进Jik，把手电筒和头灯扔进Jik，摘下呼吸面具，连同紫色过滤器一同扔进Jik，最后连眼镜也扔了进去。

我脱掉绿色长手套，扔进Jik。我撕开胶带，脱掉蒂维克防护服。防护服和黄色靴子泡在了Jik里。满满一洗衣盆的生物防护装备。

我在防护服底下穿了衣服和运动鞋。我脱得一丝不挂，把衣服装进塑料垃圾袋（所谓高危物品袋），加上少许Jik，然后放进第二个口袋。两层塑料袋的外表面都用漂白水清洗过。我从背包里取出干净衣服换上。我把防护装备放进双层塑料袋，添加漂白水。

罗宾·麦克唐纳穿着运动鞋，无声无息地出现在洞口的岩石町上。"蝙蝠屎先生！"他喊道，"怎么样？"

我们拖着高危物品袋，沿小径下山，返回营地。雨越来越大。我们带着一瓶苏格兰威士忌，坐进用餐帐篷的椅子，雨点噼里啪啦落下，嘶嘶穿过树叶。下午三点，乌云密布，天色暗得像晚上，我们点亮帐篷里的油灯。山上雷声隆隆，雨势变成倾盆大雨。

罗宾坐进一把折叠椅。"哎呀，朋友，埃尔贡山的雨就从来不停。一年到头每天都这样。"

电光闪烁，轰隆一声，闪电击中一棵橄榄树。闪电照亮他的脸膛和眼镜。我们就着塔斯克啤酒喝威士忌，打了一圈扑克。罗宾拒绝加入。我感觉他不会打牌。

"罗宾，来两口威士忌吧。"弗雷德·格兰特对他说。

"我不沾烈酒，"他说，"我的胃不喜欢。啤酒就挺好，富含蛋白质，还促进睡眠。"

雨势渐小，乌云暂时消散。橄榄树的树顶向下弯曲，树根消失在阴影中。水珠从树上滴落。齿鹑发出笛声般的长鸣，鸣叫声很快消失，埃尔贡山变得寂静。森林微微摇摆，前后晃动身躯。雨又大起来了。

"感觉怎么样，蝙蝠屎先生？"罗宾说，"有什么精神症状吗？然后就开始在厕所里自言自语？从今往后的每一天都有可能开始犯病。"

精神症状已经开始出现。我想起脑袋怎么撞上洞顶，那一下撞出了个肿包。肿包周围的皮肤上会有微小裂伤。我开始理解暴露在丝状病毒下的心态了：我会没事的。没问题的。暴露的可能性微乎其微。

艾滋病、埃博拉和其他雨林病原体的显现，无疑是热带生物圈遭到破坏的自然结果。这些新出现的病毒从生态被破坏的区域浮出水面，其中许多来自热带雨林破损的边缘区域，还有迅速被人类蚕食的热带稀树大草原。热带雨林是全世界最深的物种储备池，包含了地球上的大多数动植物。雨林也是全世界最大的病毒储备池，因为所有活物都携带病毒。病毒走出一个生态系统之后，往往会在人类群体中波浪式传播，仿佛是正在衰亡的生物圈的回声。列举一些新显病毒：拉沙热病毒、裂谷热病毒、奥罗波凯病毒、罗西奥病毒、委内瑞拉出血热病毒、委内瑞拉马脑脊髓炎病毒、猴痘病毒、登革热病毒、基孔肯亚病毒、汉坦病毒、马丘波病毒、胡宁病毒、狂犬病毒属的莫科拉病毒和杜文黑基病毒、勒当泰病毒、科萨努尔森林脑炎病毒、HIV（无疑也是新显病毒，因为它对人类的渗透正变得越来越快，而且看不到尽头）、塞姆利基森林病毒、克里米亚-刚果出血热病毒、辛德毕斯病毒、奥-奈氏病毒、无名圣保罗病毒、马尔堡病毒、苏丹埃博拉病毒、扎伊尔埃博拉病毒、雷斯顿埃博拉病毒。

从一定意义上说，地球正在启动对人类的免疫反应。它开始对人类这种寄生生物做出反应，人类的泛滥仿佛感染，混凝土的坏死点遍布全球，欧洲、日本和美国犹如癌症的烂肉，挤满了不停复制的灵长类动物，人类群落无限扩张和蔓延，很可能会给生物圈带来大灭绝。也许生物圈并不"喜欢"容纳五十亿人类。也可能是一百年间人类的极度增殖突然产生了海量肉类，这些肉存在于生物圈的每个角落，面对想要吞噬它的另一种生命体，很可能无法保护自己。大自然有自我平衡的手段。雨林有自己的防护手段。地球的免疫系统察觉了人类的活动，开始发挥作用。大自然在试图除掉人类这种寄生生物的感染。说不定艾滋病只是大自然的清除过程的第一步。

艾滋病可被视为 20 世纪最严重的环境灾难。艾滋病病毒很可能是从非洲灵长类动物——猴类或类人猿——传给人类的。举例来说，HIV‐2（HIV 最主要的两个毒株之一）也许是一种突变病毒，从非洲乌白眉猴传给人类：也许是猎杀或捕捉猴子的人接触了带血的组织。HIV-1（另一个主要毒株）可能是从黑猩猩传给人类的：也许是在猎人宰杀黑猩猩的时候。最近在西非的加蓬，科学家从一只黑猩猩体内分离出了一个猿类艾滋病病毒的毒株，这是目前在动物界发现的最接近 HIV-1 的病毒。

1980 年，洛杉矶的一位医生最早注意到了艾滋病病毒的存在，他发现他的几名男性同性恋正在死于某种传染病。假如当时有人说这种南加州男同性恋圈内的未知疾病源于非洲黑猩猩，医学界只怕会哄堂大笑。但现在没有人会嘲笑了。有一点越想越有意思：黑猩猩是一种热带雨林的濒危动物，但这种病毒从黑猩猩传给了人类，因此转瞬之间就不需要担心灭绝了。我们不妨这样说：热带雨林病毒非常擅长为自己争取利益。

艾滋病病毒是一种快速突变病毒，它会不停改变。这种高频突变体犹如变色龙，在人群和个人之间传播时，会自发改变它的个性。它甚至会在感染过程中变异，死于艾滋病的患者往往感染了多个毒株，它们全是在感染者体内自发出现的。一种病毒能够迅速突变，也就很难研制针对它的疫苗。换个角度看，这说明艾滋病病毒是生态系统改变的自然幸存者。艾滋病病毒和其他新显病毒逃过了热带生物圈的毁灭，因为它们突变得比生态系统的改变更快。它们无疑擅长逃离艰难环境，因为某些病毒已经存在了四十亿年之久。很容易让人联想起逃离沉船的老鼠。

我猜艾滋病恐怕不是大自然展现出的最强力量。人类能不能在高危病毒的威胁下维持五十亿人口，这个问题谁都没法回答。无法回答。答案隐藏在热带生态系统的迷宫之中。艾滋病是雨林的爆发，但还只是开始。

没问题的，我心想。当然了，我不会有事的，我们都不会有事的。不会有任何问题。一切都会好起来的。进过奇塔姆洞的绝大多数人都没有生病。三到十八天。增殖刚开始的时候，你不会有任何感觉。我不禁想起在雷斯顿埃博拉爆发事件中与军方争夺管辖权的乔·麦考米克，我想起他在苏丹寻找埃博拉病毒时的经历。他乘飞机深入丛林，在挤满垂死患者的茅草屋里与埃博拉狭路相逢，被沾血针头刺破大拇指，但他运气很好，活了下来。事实证明乔·麦考米克对雷斯顿埃博拉病毒的看法是正确的：它对人类并不具有高度传染性。然后我又想起乔·麦考米克的另一个发现，这是埃博拉病毒治疗中的少数几个突破之一。在苏丹的时候，他以为他会死于埃博拉感染，因此发现暴露在丝状病毒之下后，苏格兰威士忌是唯一的解药。

秋日的某一天，我开车去看废弃的猴舍，想知道它现在成了什么样子。那是个温暖的小阳春日子，棕色雾霭笼罩了华盛顿。我拐下环城公路，悄悄开近那幢楼。这地方已经荒弃，比坟墓还安静。门前的枫香树偶尔飘落一两片枯叶。停车场周围的很多办公室挂着"出租"标牌。我感觉到的不是病毒，而是财务危机——80年代园地的临床症状，就像高烧过后的蜕皮。我穿过楼后的草地，来到陆军研究所的突入点：那扇玻璃门。门锁着，门框上还没撕干净的银色胶带。我向楼里张望，看见地上满是棕红色污渍。墙上挂着"自己的烂摊子自己收拾"的标牌。我在标牌旁边认出了那条气密走廊，也就是士兵进入高危区域时穿过的灰色区域。灰色的煤渣砖墙壁：名副其实的灰色区域。

我窸窸窣窣地踩着草地上的塑料碎片走动。我看见生锈的空调外机周围有接骨木莓即将成熟。我听见球落地的声音，看见男孩在操场上运球。篮球弹跳的响声在昔日的猴舍大楼回荡。孩童的叫声来自树丛另一侧的日托中心。我在楼后乱转，来到一扇窗前，向内张望。房间里长出了攀缘藤蔓，附在窗户上，寻找温暖的阳光。藤蔓在楼里是怎么找到水源的？这些藤蔓是鞑靼忍冬，常见于废弃地点的野草。鞑靼忍冬的花朵没有气味，这一点和病毒相同。它们在人类放弃的居所里活得逍遥自在，让我想起了塔耳塔洛斯，维吉尔《埃涅伊德》中的阴间或地狱，亡者的幽魂在阴影中窃窃私语。

　　隔着纠结的藤蔓，我看不见昔日的高危区域。感觉就像在眺望雨林。我绕到大楼侧面，发现另一扇贴着胶带的玻璃门。我趴在门上，拢起双手挡在眼睛四周以遮住反光，看见一个提桶，桶里结了一层棕色硬壳。硬壳看着像是风干的猴粪。我猜想桶里肯定装过次氯酸钠漂白水。蜘蛛在墙壁和桶之间结了网。蜘蛛把苍蝇和黄蜂的外壳扔在靠近蛛网的地上。时值秋日，蜘蛛把卵鞘留在了蛛网上，为自己的复制循环做准备。生命又在猴舍里安营扎寨。埃博拉曾在这些房间里兴起，闪现身影，进食，然后回归森林。

　　它还会回来的。

主要角色

按出场顺序排列（军衔如雷斯顿事件时期）

"夏尔·莫内"（化名）。法国侨民，居住在肯尼亚西部。1980 年 1 月，他在乘坐飞机时被马尔堡病毒化为血泥。

南希·杰克斯中校。USAMRIID 的兽医病理学家。1983 年开始研究埃博拉病毒时，密封防护服被刺破了一个洞。1989 年，她成为 USAMRIID 的病理学部门主任，在当年冬天的雷斯顿生物防护行动中扮演了一个角色。

杰拉德（杰瑞）·杰克斯上校。USAMRIID 兽医部门主任。妻子是南希·杰克斯。在雷斯顿生物防护行动中穿上密封防护服，率领队伍进入猴舍，但在此之前从未穿过生物防护服。

埃博拉病毒。高度致命的病毒，来自热带地区，但传播源头未知。它有三个亚属：扎伊尔埃博拉、苏丹埃博拉和雷斯顿埃博拉。它与马尔堡病毒关系密切。以上病毒均属于丝状病毒科。

尤金（吉恩）·约翰逊。平民，为陆军工作的病毒猎手。埃博拉专家。1988 年春，"彼得·卡迪奈尔"死后，他率领陆军考察组前往埃尔贡山的奇塔姆洞。在雷斯顿生物防护行动中负责后勤和安全。

"彼得·卡迪奈尔"（化名）。丹麦少年，1987 年夏，在前往肯尼亚探望父母时死于马尔堡病毒感染。陆军在冷库中保存了以他命名的一支马尔堡毒株样本。

丹·达尔加德。雷斯顿灵长类隔离检疫中心（即雷斯顿猴舍）的兽医。

彼得·耶林。平民，为陆军工作的病毒学家。肆虐雷斯顿猴舍的病毒毒株的共同发现者。

汤姆·盖斯伯特。USAMRIID 的实习研究人员。1989 年秋，他负责操作 USAMRIID 的电子显微镜。病毒毒株的共同发现者。

克莱伦斯·詹姆斯（C. J.）·彼得斯上校，医学博士。USAMRIID 疾病评估部门的主任。雷斯顿生物防护行动的总指挥。

菲利普·K·拉塞尔少将，医学博士。下令派遣军队人员前往雷斯顿的将军。

约瑟夫·B·麦考米克医生。疾控中心特殊病原体部的主任。曾在苏丹的一个茅草屋里救治埃博拉患者，被沾血的针头扎伤。

术语表

扩增。病毒在单个宿主或宿主群体内的增殖。见"极度扩增"。

砖块。军队俚语。在细胞内生长的病毒粒子块状结晶，即内含体。在本书中亦称"类晶体"（作者杜撰的用语）。

气泡担架。便携式生物防护隔离舱，用于运送高危病患。

CHEMTURION 密封防护服。加压的重型生物防护服，用于生物防护四级的隔离区域。亦称"蓝色防护服"，因为它是蓝色的。

崩溃并流血至死。军队俚语。死于休克，伴随身体所有孔窍大量出血。

类晶体。见"砖块"。

清污。军队俚语。消毒，清除污染。

电子显微镜。放大率极高的大型显微镜，用电子束放大极小物体（例如病毒）的图像，并复现在屏幕上。

新显病毒。洛克菲勒大学的病毒学家斯蒂芬·S·莫斯发明的术语："新近开始扩大影响力并看似会继续扩大的病毒。"

ENVIROCHEM。绿色消毒液，用于气密室的化学淋浴。可有效杀灭病毒。

爆发式致命传染链。类似核事故的生物灾难，致命的传染性病原体在群体内爆炸式扩散，杀死极大比例的群体成员。亦称"燃烧"。

极度扩增。病毒在宿主体内各处增殖，将宿主本身部分转化为病毒。

丝状病毒。一个病毒科，只包括埃博拉属和马尔堡属。

灰色区域。高危区域和普通世界之间的过渡区域或房间。两个世界在这里相交。

帽盒。军队俚语。圆柱形的生物危害物品容器，由上蜡纸板制成。又称冰淇淋容器。

HIV。人类免疫缺损病毒，艾滋病的病因。是来自非洲雨林的二级新显病毒。起源未知。现已扩散到全世界，不确定在人类这个物种内最终能扩散到什么程度。参见"扩增"。

宿主。寄生生物（例如病毒）的栖息地，往往同是食物来源。

高危。军队俚语。具有生物学意义上的高度感染性。

高危病原体。极度致命的病毒。或可通过空气传播。

高危套房。一组4级生物防护的实验室房间。

高危区域。有致命的高感染性有机体存在的区域。

冰淇淋容器。见"帽盒"。

指示病例。传染病爆发的第一个已知病例。有时是疾病扩散的原因。

金沙萨公路/艾滋病公路。HIV走出非洲中部雨林后的主要传播路径。这条公路连接了扎伊尔的金沙萨和非洲中部。

马尔堡病毒。埃博拉病毒的近亲。刚开始被称为"延伸狂犬病"。

玛英嘉毒株。埃博拉病毒已知最高危的毒株。来自一位名叫玛英嘉·N 的护士，她于 1976 年死于扎伊尔。

微爆发。作者杜撰的用语。一种新显病毒的小型爆发，有时候甚至难以察觉。

核平。军队俚语。在生物学意义上彻底消毒某个地方。参见"彻底消毒"。

雷卡防护服。便携式的正压防护服，带有电池供电的送风机。用于野外处理有可能空气传播的高度生物危害物品。又称"橙色防护服"，因为它是橙色的。

哨兵动物。对环境敏感的动物，用于检测某种病毒是否存在，因为尚无能够探测到高危病原体的工具。等同于煤矿中的金丝雀。

SHF。猿猴出血热病毒。一种猴类病毒，对人类无害。

监狱。军队礼物。USAMRIID 内 4 级生物防护的隔离医院。

彻底消毒。无差别地消灭所有生命体。在实践中极难实现，事后也几乎不可能确认。

延伸狂犬病。见"马尔堡病毒"。

潜水艇。军队俚语。USAMRIID 的 4 级生物防护停尸房。

第三间隙。皮下的大量出血。

USAMRIID。美国陆军传染病医学研究所，位于马里兰州弗雷德里克市的德特里克堡。简称"研究所"。

病毒。可引发疾病的微生物，比细菌小，由蛋白质外壳、包膜和含有 DNA 或 RNA 的内核构成。病毒依靠活细胞实现自我复制。

致　谢

　　我首先要感谢 USAMRIID 的全体平民和军职人员。参与雷斯顿行动的无名英雄冒着生命危险，从未想过大众有可能会注意到他们付出的努力。

　　我深深感谢我在兰登书屋的编辑莎伦·德兰诺。有一次我对她说，"上帝存在于细节之中"，她回答我："不是，上帝存在于结构之中。"我也欠道布尔戴出版社的莎莉·加米纳拉一个人情，因为她提出了非常宝贵的编辑意见。感谢伊恩·杰克曼的帮助，万分感谢哈罗德·埃文斯。还有铁锚出版社的查理·康拉德。

　　感谢琳恩·奈斯比特帮我养家糊口。还有：罗伯特·布克曼、琳达·奥贝斯特、辛西娅·坎内尔、埃里克·西蒙诺夫和查克·赫勒维茨。感谢吉姆·哈特的敏锐洞见，感谢雷德利·斯科特。

　　这本书刚开始只是《纽约客》的一则文章。感谢委托者罗伯特·戈特利布，感谢决定发表、给它插上翅膀的蒂娜·布朗。感谢编辑约翰·本奈特和校对卡洛琳·弗雷泽。非常感谢帕特·克罗、吉尔·弗里希、伊丽莎白·麦克林和奇普·麦克格拉斯。

　　我得到了斯蒂芬·S·莫斯和约书亚·莱德伯格在理论方面的指

引，两人都是纽约市洛克菲勒大学的病毒学家。说来有趣，1989年5月，就在雷斯顿病毒爆发前的几个月，莫斯组织并主持了一场有关新显病毒的重要研讨会，让全世界注意到了他的看法，其中就包括本书表达的部分关注（或恐惧）。在这次会议上，莫斯发明了"新显病毒"这个名词。莱德伯格数十年的思考和评论同样影响了我。这本书里在科学方面的所有错失，都由本人承担责任。

我必须特别感谢USAMRIID的指挥官欧内斯特·高藤博士和副指挥官戴维·弗朗茨。我还想感谢彼得·耶林、南希和杰瑞·杰克斯、托马斯·盖斯伯特和尤金·约翰逊的详尽帮助，他们与我分享了雷斯顿危机期间的想法和感受。柯蒂斯·克拉格斯、妮可·博克·克拉格斯、隆妲·威廉姆斯、夏洛特·古德温·惠特福德同样给了我时间和帮助。我还要感谢：谢丽尔·帕罗特、卡洛尔·林登、琼·盖斯伯特和艾德·怀斯，还要其他91探戈队员和平民动物管理员，他们向我描述了雷斯顿事件中的经历。万分感谢艾达·杰克斯。

感谢疾病控制中心人员的宝贵时间，感谢他们与我分享回忆。感谢C·J·彼得斯博士和苏珊·彼得斯、乔尔·布雷曼博士、海因茨·菲德尔曼、托马斯·G·凯查克、约瑟夫·B·麦考米克博士和安东尼·桑切斯。感谢其他机构的戴维·哈克索尔、弗雷德里克·A·墨菲博士和菲利普·K·拉塞尔博士。感谢肯尼亚的谢姆·穆索凯博士、戴维·希尔佛斯坦博士和安东尼·约翰逊上校。感谢南非的玛格丽莎·伊萨克森和G·B·（本尼）米勒博士。感谢大角河的卡尔·M·约翰逊博士。非常感谢黑泽尔顿·华盛顿公司的丹·达尔加德，他给了我记录想法的部分手稿，还允许我引用他的《大事记》。

感谢阿尔弗雷德·P·斯隆基金，感谢小亚瑟·K·辛格的关注和支持。感谢普林斯顿大学人文学科委员会的卡洛尔·里格洛特。

感谢保护国际的彼得·塞利格曼和拉塞尔·米特梅尔。特别地，正是米特梅尔第一个将人类比作等待被消耗的肉堆。

说到奇塔姆洞穴之旅，非常感谢格拉汉姆·波伊顿和克里斯汀·莱诺德，当然还有罗宾和凯丽·麦克唐纳，以及卡塔纳·夏吉、赫尔曼·安登比、莫里斯·穆拉泰亚和佳美·布坎南。感谢伊安·雷德蒙给了我有关洞穴的宝贵情报。另外，我必须提到戴维和格雷戈里·丘德诺夫斯基。

感谢许多朋友：彼得·本奇利、费曼·戴森、斯通纳和安·费奇、莎莉·格瓦纳、威廉·L·霍瓦斯、约翰·麦克菲、戴维·G·内森博士、理查德·奥布莱恩、迈克尔·罗伯特逊、安·沃尔德伦、乔纳森·维纳和罗伯特·H·怀特。感谢我的祖父老杰罗姆·普雷斯顿和我的父母小杰罗姆·普雷斯顿和多萝西·普雷斯顿的支持，特别感谢我的兄弟戴维·G·普雷斯顿博士对这个故事的热忱，也感谢我的另一个兄弟，作家道格拉斯·普雷斯顿。

最后也是最多的感谢献给我的妻子，米歇尔·帕勒姆·普雷斯顿，感谢她的无私支持和爱。

图书在版编目（CIP）数据

血疫：埃博拉的故事/（美）普雷斯顿
（Preston, R.）著；姚向辉译. —上海：上海译文出版
社，2016.3（2019.7重印）
（译文纪实）
ISBN 978-7-5327-7149-3

Ⅰ. ①血… Ⅱ. ①普… ②姚… Ⅲ. ①纪实文学—美
国—现代 Ⅳ. ①I712.55

中国版本图书馆 CIP 数据核字（2016）第 005414 号

RICHARD PRESTON
THE HOT ZONE

图字：09-2015-435 号

血疫
——埃博拉的故事

[美] 理查德·普雷斯顿 著 姚向辉 译
责任编辑/张吉人 装帧设计/邵旻工作室 未氓设计工作室

上海译文出版社有限公司出版、发行
网址：www.yiwen.com.cn
200001 上海福建中路 193 号
上海信老印刷厂印刷

开本 890×1240 1/32 印张 9.75 插页 2 字数 158,000
2016 年 3 月第 1 版 2019 年 7 月第 9 次印刷
印数：51,001—59,000 册

ISBN 978-7-5327-7149-3/I·4334
定价：45.00 元